仙道 체험기

김태영 著

106

글앤북

선도체험기 106권 원고를 마감하려하는데 때마침(2013년 8월 14일 오전) 제7차 개성공단 실무 회담이 열렸다. 이번 회담에서는 어쩌면 북한이 개성공단 가동 중단 재발방지에 성의를 보일 가능성이 있다고 보는 사람들이 많았다.

북한이 이번 회담에 앞서 이례적으로 "정세에 영향 없이 정상 운영을 보장한다"는 것을 공개방송으로 발표했기 때문이다. 나 역시 남북이 이번에는 그 어느 때보다고 합의할 가능성이 있다고 보는 사람들 중의 하나다. 이번에도 합의에 실패할 가능성을 점치는 사람들도 있지만 나는 어쩐지 잘될 것 같은 느낌이 들었다.

곰곰이 생각해보면 그럴만한 이유가 적지 않다. 요즘 티브이 종편에 나오는 탈북 인사들의 말을 들어보면 더욱더 그렇다.

북한의 김씨왕조는 심한 경제난을 겪으면서도 순전히 남한에 백기를 들기 싫어서 시장경제를 도입하지 못했지만 3차 핵 실험을 한 이후에는 혈맹이라는 중국을 위시하여 세계 전체가 북한을 경제적으로 압박하고 제재하는 유엔 결의에 동참하고 있어서 개성공단을 폐쇄하고는 도저히 이 난국을 뚫고나갈 수 없게 된 것이다.

2,400만 북한 인구 중 지배계층인 배급 대상자를 뺀 나머지 2,300만 이상의 원초적인 북한 주민들도 요즘 급격히 보급되는 휴대전화와 컴퓨터, 텔레비전을 통하여 세상이 돌아가는 형편을 웬만큼 알게 되었다고 한다. 그들은 김씨왕조만, 23년 전 소련처럼 폭삭 망해버리면, 북한은 2~3년 안에 중국의 국민소득 5,000달러를 충분히 따라잡을 수 있다는 자신감을 내보였다고 한다.

한국은 1962년부터 공업화에 착수하여, 76달러의 국민소득을 1988년에 5,000달러 수준으로 끌어올려 놓았다. 공업화 착수 26년 만에 이룩된 성과였고 그때 세계는 한강의 기적을 무척 부러워했다. 그런데 어떻게 북한 주민들은 지금의 1,000달러의 국민소득을 중국의 5,000달러 수준으로 끌어올리는 데 겨우 2, 3년이면 충분하다고 장담하다니 그 자신감에 감탄하지 않을 수 없었다.

북한 주민들의 생각대로 김씨왕조가 망해버리지 않고 북한이 개성공단의 정상 운명을 보장함으로써 시장경제 제도를 사실상 수용한다면 어떻게 될까 상상해 보았다.

북한이 국제규범들만 준수한다면 개성공단과 같은 것이 북한의 주요 도시 전체에 신속히 퍼져나가게 될 것이다. 물론 남한의 기술과 자본이 다른 외국들보다 제일 먼저 대량으로 투입될 것이다.

개성공단과 같은 것이 북한 전역에 우후죽순처럼 퍼져나감으로써 북한의 산업화는 한강의 기적을 훨씬 능가하는 속도를 낼 수도 있을 것이다. 그뿐만 아니라 육이오 전후에 대량으로 월남한 북한 주민들 중에 성공한 기업인들이 제각기 자기네 고향 근처 공단에 앞 다투어 투자하게 될 것이다. 정주영 현대 회장이 99마리의 황소를 이끌고 강원도 통천의 고향땅으로 향하듯 수많은 북한 출신 기업인들이 고향 땅 공업단지에 경쟁적으로 투자한다면 북한 주민들의 말대로 2~3년 안으로 5,000달러의 국민소득을 올리지 못한다고 누가 장담할 수 있겠는가?

이리하여 8,000만 한국인들이 꿈에도 그리는 조국통일은 풀뿌리 북한 주민들이 선도한 자신감에서 시작되어 한강의 기적을 훨씬 능가하는 속도로 새로운 기적을 창출하게 될 것이다. 이러한 내 생각이 비록 일장춘몽이 된다 해도 그럴듯하지 않은가?

　선도체험기 106권은 시사문제를 많이 다루었지만 그외내도 '역사요 이력서'·'토지건물등기부등본'·'동양사의 진실'·'한국유적 말살하기'·'여자 검침원'·'헛구역질하는 누나'·'변하지 않는 자성'·'우주의식과 나'·'믿음과 관의 차이' 그리고 마윤일 재야사학자의 '고구려 본기 후기'를 주목해 주기 바란다.

　특히 고구려의 수도 평양은 금년 6월 27일~30일 박근혜 대통령이 중국 방문시에 들렸던 산서성 시안이라는 점을 명심해 주기 바란다.

이메일: ch5437830@kornet.net

단기 4346(2013)년 8월 14 일

서울 강남구 삼성동 우거에서 김 태 영 씀

차 례

[이메일 문답]

[부록]

[다음은 단기 4346(2013)년 3월 25일부터 단기 4346(2013)년 8월 14일 사이에 있었던 필자의 수련 과정과 필자와 수련생들 사이에 오고 간 수련과 인생에 대한 대화 그리고 필자와 독자 사이의 이메일 문답을 수록한 것이다.]

천안함 폭침 3주년

2013년 3월 25일 월요일

우창석 씨가 말했다.

"선생님, 천안함이 폭침당한 지 내일이면 벌써 3주년이 되고 그때 희생된 46위의 장병들을 기리는 행사들이 거행될 모양인데 우리 해군은 그런 일이 다시 벌어지지 않도록 대비가 확실한지 모르겠습니다."

"티브이 종편에 나와서 발언한 전 해군 작전사령관의 말을 들어보면 그때나 지금이나 해군 함정에 관한한 별로 달라진 것이 없다고 합니다."

"구체적으로 좀 말씀해 주시겠습니까?"

"우리 해군은 해상 함정 전력은 공군이나 육군과 마찬가지로 첨단 장비로 무장되어 있으므로 북한군을 단연 압도하고 있다고 합니다. 그러나 비대칭 전력에 속하는 잠수함에서는 북한보다 한국이 형편없이 취약합니다.

북한에는 잠수함이 70척이나 있지만 한국은 불과 12척으로 북한의 6분의 1 정도에 지나지 않습니다. 그리고 잠수함을 잡으려면 구축함과 이지스함 그리고 잠수함이 있어야 합니다. 그런데 우리 해군이 가지고 있는 구축함은 6척, 이지스함은 3척밖에 안 되어 수요에 훨씬 못 미치고 있다고 합니다. 그러니까 북한이 언제 또 천암함 비슷한 사건을 도발해도 지금으로서는 속수무책이라고 합니다."

"아니 속수무책이라뇨? 도대체 무엇이 문젭니까?"

"돈이 없어서 구축함이나 이지스함이나 잠수함을 증강시킬 수 없다고 합니다."

"아니 그게 어디 말이 됩니까? 우리나라는 GDP가 북한의 40배나 되는, 세계가 인정하는 경제 및 무역 강국이 아닙니까?"

"그건 사실입니다. 그러나 총예산에 비해 2.8%의 현재의 국방 예산으로 그런 첨단 무기들을 구입하기에는 턱도 없다고 합니다.

더구나 우리는 핵무기를 비롯한 각종 비대칭 전력을 갖춘 북한이 호시탐탐 남침 적화를 노리는 분단국이면서도 겨우 국가예산의 2.8%밖에 안 되는 국방예산을 책정하고 있지 않다니 그게 어떻게 말이 됩니까? 이것은 미국의 7%, 이스라엘의 8%, 일본의 6%, 중국의 7%, 북한의 60%에 훨씬 못 미치고 있지 않습니까? 그래놓고 돈이 없어서 구축함, 이지스함, 잠수함을 구입할 수 없다는 것이 말이 되는가요?"

"말이 됩니다."

"그 이유가 무엇이죠?"

"국방예산을 증가하려고 해도 국회에서 예산 통과가 안 된답니다. 더구나 요즘은 국회선진화법이라는 것이 버티고 있어서 여야의 합의 없이는 어떤 법안도 통과가 사실상 불가능합니다. 박근혜 대통령의 정부개혁안이 국민 여론에 못 이겨 출범 52일 만에 간신히 명목상으로는 통과가 되었다고 하지만 자의적 해석이 얼마든지 가능한 모호한 허점과 모순투성이라고 합니다. 과거 같으면 여야 극한 대립으로 법안 통과가 불가능하면 의장 직권 상정으로 몸싸움을 해서라도 다수결 통과를 할 수 있었지만 이제는 그것을 날치기 통과라고 하여 국회선진화법 하에서는 그것조차 불가능하게 만들어 놓았습니다."

"그렇다면 다른 자유민주주의 국가에서는 다 같이 허용되는 다수결 원칙이 한국에서만은 아무 쓸모가 없다는 얘기인가요?"

"그렇습니다."

"그렇다면 국가의 존폐가 걸려있는 안보상 중차대한 법안도 국회선진화법에 묶여서 통과가 불가능하고 그 때문에 나라가 망해버려도 속수무책이라는 말씀인가요?"

"지금은 대단히 미안한 말이지만 그렇다고 말할 수밖에 없습니다."

"어쩌다가 우리나라가 이 지경이 되었습니까?"

"당연히 국익을 최우선으로 앞세워야할 국회의원들 중의 일부가 아직도 이념이나 당리당략에 놀아나기 때문입니다. 지금의 정국은 5.16 직전의 장면 정부 때와 흡사한 무위무능의 수렁 속에 빠져서 허우적거리기나 할 뿐 한치 앞도 내다보지 못하고 있습니다."

"그때 우리는 국민 소득이 76달러밖에 안 되는 세계 최후진국이었고 부정부패에다가 서구식 민주주의 제도를 덮어놓고 시행하려다가 만성적인 학생 데모에 사로잡혀서 아무 일도 못했지만 지금은 그때와는 다르지 않습니까? 그때 학생들은 4.19의 여세를 몰아 자기네가 국가의 주도권을 잡은 듯이 설치고 다녔고 국회의장도 총리도 그들 앞에 꼼짝을 못했습니다. 그들은 자기네가 남북 협상을 한다고 판문점으로 몰려가기도 했습니다.

그때 공익 정신과 애국심이 투철한 군의 정예 집단이 박정희 장군의 지휘로 5.16쿠데타를 일으켜 18년 동안 헌법상의 기능을 정지하고 인권을 잠시 유보하면서라도 산업화를 서둘러 우선 국민들이 먹고 사는 문제를 해결하고, 1976년을 기점으로 그 당시 여러 면에서 남한을 앞섰던 북한의 경제력을 앞질렀고 뒤이어 80년대에 민주화에 성공하지 못했다면, 우리가 오늘의 세계 8위의 무역 강국으로 등장할 수는 없었을 것이고 장면 정부 이래 내내 지금처럼 여야 싸움으로 한 치도 전진하지 못했을 것입니다. 다행히 나라가 망하지 않았다고 해도, 잘해야 지금의 필리핀 정도의 국력을 유지하고 있었을 것입니다.

그걸 생각하면 쿠데타의 힘으로나마 조국 근대화를 성취할 수 있었던 것은 천만다행한 일이 아닐 수 없습니다. 그런데 1979년 10.26사건 이후 새로 등장한 전두환 신군부 정권 타도를 위해 싸운 민주당 인사들로 구성된 김대중 친북 정권과 386주사파들을 주축으로 한 운동권 출신들로 구성된 노무현 친북좌파의 양 정권 10년 동안에 자라난 정치인들로 구성된 현 야당 국회의원들과 새누리당 의원들의 대립 정국이 지금과 같은 교착 상태를 만들어 놓았습니다. 이 교착 상태가 해소되지 않는 한 국가의 안보 역시 오리무중이 될 것입니다."

"무슨 획기적 돌파구는 없을까요?"

"과거에 비록 주사파였고 좌파 이념에 빠져 있었다고 해도 지금은 국익이 최고의 가치라는 것을 깨닫고, 유권자가 투표로 선출한 박근혜 정부를 일단 밀어주어야 합니다. 친북 또는 종북 이념에서 벗어나지 못한 정치인들은 그들이 제아무리 북한을 도와보았자, 한반도가 적화된다 해도 그들은 그동안의 애쓴 공로를 인정받기는커녕 휴전 후 북한에서의 박헌영과 남노당원처럼 미제의 앞잡이 누명을 씌워져 모조리 숙청을 당하든가, 월맹이 공산 통일 후 자기네를 도와준 베트콩을 무자비하게 제거해버렸듯이, 그들도 결국은 숙청대상밖에는 될 수 없다는 것을 똑바로 알아야 합니다.

왜 그러냐하면 결국 그들의 조국은 대한민국이지 북한의 김씨왕조가 아니기 때문입니다. 민주당은 천안함 폭침 초기부터 북한의 소행이 아니라고 우기기만 하다가 작년 즉 2012년 12월, 18대 대선 무렵에 와서야 그것이 북한의 소행임을 인정했습니다. 만시지탄의 감이 있지만 참으로 잘 한 일입니다.

이왕에 내친 김에 친북과 종북의 꼬리표까지도 모조리 다 떼어버리고 진정으로 국가에 봉사하는 공익정신에 투철한 현실적이고 실리적인 국회의원으로 거듭나야 할 것입니다. 그리하여 유엔과 전 세계 여러 나라의 국회들이 다 통과시켰건만, 한나라당이 발기한 이래 지금까지 8년 동안이나 미루어 온 북한인권법도 통과시키고, 천안함 폭침 사건 같은 불상사가 다시는 되풀이 되지 않도록 국방비 증액에도 흔쾌히 동의한다면 하늘에 있는 천안함의 46위 영령들도 쌍수를 들어 환영할 것입니다."

"그거야 힘없는 백성들의 한낱 가냘픈 희망 사항밖에 더 되겠습니까? 그럴듯한 확실한 돌파구는 없을까요?"

"왜 없겠습니까. 있습니다. 그 유일한 돌파구는 유권자들이 각성하여 안보를 무시하는 정치인은 국회의원이나 대통령으로 뽑아주지 않는 길밖에는 없습니다. 왜냐하면 우선 우리나라가 북한에 의해 나라가 망하고 적화통일이 되면 여당도 야당도 다 물거품이 되고 말 것이니까요. 우선 국방예산 증가를 반대하는 의원이나 대통령을 평소에 지목해 두었다가 다음 선거 때는 꼭 낙선시키는 길밖에는 없습니다. 그리하여 이 나라의 주인이 국민들임을 똑똑히 보여주어야 합니다. 그렇게 하여 우선 국가의 안보부터 반석 위에 올려놓아야 합니다."

두 번째 망국亡國 피하려면

"그럼 국회선진화법은 어떻게 해야 할까요?"

"안보 문제에 관한한 여야 합의가 불가능할 때는 다수결로라도 통과할 수 있도록 법을 고쳐야 합니다. 그리하여 적어도 대한민국이 망해버리는 불상사는 막아야 합니다."

"그러나 그러한 법조차도 국회선진화법에 발이 묶여 통과가 불가능할 경우 어떻게 하죠?"

"그럴 때는 대통령이 국가비상사태를 선포하여 국민투표에 회부해서라도 국민 전체의 의사를 물어야 할 것입니다. 무슨 짓을 해서라도 나라가 망해버리는 긴급사태는 피해놓고 보아야하지 않겠습니까?

1910년 8월 29일, 경술국치庚戌國恥, 우리나라가 역사상 처음으로 일본에게 망해버린 나라 없는 백성이 된 후 우리 민족은 얼마나 서럽고 치욕적이고 분통 터지는 암울한 세월을 살아야 했습니까? 그동안 겪은 숱한 치욕적인 사건들 중에서도 딱 한 가지만 지적하겠습니다.

우리가 나라 없는 백성이었기 때문에 2차 세계대전 말기에 20만 명이나 되는 죄 없고 연약한 한국인 처녀들이 일본 '천화폐하의 하사품'이란 명목으로 일본군 위안부로 끌려가서 인생의 꽃봉오리도 채 피워보지 못하고 그 대부분이 무참하게 짓밟혀 죽어갔습니다.

그러고 나서 해방된 지 어언 68년이란 세월이 지난 지금까지도 일본은 사과도 보상도 끈질기게 거절하고 있습니다. 이러한 망국의 설움과 치욕을 당하고도 모자라 이제 또 다시 나라 없는 치욕을 스스로 불러들일 수는 없는 일이 아니겠습니까?"

"그렇습니다. 그럼 나라 없는 설움을 다시는 겪지 않는 길은 무엇입니까?"

"약자가 되지 말고 강자가 되어야 합니다. 다시 말해서 우리나라가 103년 전에 망한 것은 우리가 강대국 아니고 약소국이었기 때문이었습니다. 지금도 103년 전과 마찬가지로 강대국의 파워 게임으로 세계의 세력 구도는 유지되고 있습니다.

우리가 약소국이었기 때문에 강대국들의 힘겨루기에 휘말려 희생이 되었으므로 그렇게 되지 않으려면 우리도 어떻게 하든지 강대국이 되는 길밖에는 없습니다. 그렇습니다. 그리하여 그 누구도 우리를 희생시킬 수 없는 강대국으로 당당하게 부상해야 합니다.

우리도 과거의 일본이나 지금의 초강대국 미국처럼 스스로 부강해지는 길밖에 없습니다. 우리는 고조선과 고구려 시대까지만 해도 수천 년 동안 동아시아 대륙에서 강대국으로 군림해 온 것을 입증하는 조상들의 역사 기록을 가지고 있습니다.

우리가 강대국이 되어 지금까지 세계의 역사 무대에 등장했던 기존 강대국들처럼 약소국들을 괴롭거나 희생시키지 말고 그들과 상부상조하는 정의롭고 지혜로운 강대국이 되어야 합니다. 다시는 이 지구상에서 20만의 순진무구한 처녀들이 종군위안부로 끌려가 희생되는 망국의 설움과 울분으로 몸부림치는 약소국이 없는 평화로운 지구촌을 만들어야 합니다.

약소국과 망국의 비극을 속속들이 체험한 우리나라야말로 그들의 원한을 풀어줄 수 있는 정의롭고 지혜로운 강대국이 되기에는 가장 알맞은 나라입니다."

변화의 징후들

2013년 3월 31일 일요일

"선생님, 채널 A 종편에 따르면 전북대 학생들이 교내에서 하기로 예정되었던 통합진보당 이정희 대표의 강연을 거절하는 바람에 할 수 없이 교문 밖에서 약식으로 치러졌다고 합니다. 전북대 학생들뿐만 아니라 서울의 덕성여대 학생들도 예정되었던 종북주의자 이재연 의원의 강연을 반대하는 시위를 했다고 합니다."

"그전 같으면 대학생들 특히 호남지방 대학생들 사이에 이정희 대표는 큰 인기를 끌고 있었는데 지금 와서 도대체 무엇 때문에 그런 일이 벌어졌을까요?"

"학생들 스스로 종북주의從北主義를 내용으로 한 강연은 일체 거절하기로 작정한 것이 그 원인입니다."

"거 참! 오래간만에 들어보는 꼭 10년 묵은 체증이 확 뚫려나가는 낭보군요. 더구나 우리나라의 어느 지방보다도 야성과 반골 기질이 강한 호남에서 더구나 학생들이 종북주의를 반대하고 나선 것은 경천동지驚天動地 할 의미심장한 사건이 아닐 수 없습니다."

"그것뿐이 아닙니다."

"또 무슨 소식이 있습니까?"

"있구 말구요."

"그게 뭡니까?"

"민주통합당의 박기춘 원내대표가 곧 있을 52차 당 대회에서 당 강령을 개정하기로 했다고 하는데 그 골자는 첫째로 지금까지 배척하여 온 한미 FTA 협정을 반대하지 않기로 했고 두 번째로 는 북핵을 묵인하지 않고 북한이 잘못한 것은 정정당당하게 비판 하기로 했으며 세 번째로는 국가 안보를 무시하는 일은 앞으로 하 지 않기로 했다고 합니다."

"그게 다 정말이라면 이제 민주당도 철이 들어가는 것 같아서 우리나라도 국민들이 신뢰할만한 야당다운 야당을 갖게 된 것 같 습니다. 앞으로 만약에 우리나라의 여야 의원들이 서로 어깃장 놓 거나 생억지 부리지 않고 서로 육두문자 쓰지 않고 멱살잡이와 삿 대질과 육탄공격 안 하고, 오순도순 사이좋게 상의하여 우리에게 당장 필요한 구축함, 이지스함, 잠수함 증강에 필요한 국방예산도 통과시키고 지난 8년 동안이나 질질 끌어온 북한 인권법도 통과 될 수 있다면 얼마나 좋겠습니까?

그렇게만 된다면 우리나라는 그야말로 기적을 창출할 수 있을 것입니다. 조선왕조 517년 동안에는 그것이 안 되었기 때문에 우 리는 얼마나 큰 국가적 수치와 낭패를 당했습니까? 임진왜란 직전 에 조정 대신들은 동서 붕당으로 갈라져 순전히 당리당략 때문에 일본에 정보수집 차 파견되었던 서인西人인 정사正使 황윤길黃允吉과 동인東人인 부사副使 김성일金誠一의 말이 서로 달랐습니다.

게다가 암우暗愚한 임금 선조는 '왜가 조선에 쳐들어올 것 같지 않다'는 부사 김성일의 말만 믿고 아무 준비도 안 했다가 7년 동 안 왜군의 분탕질로 온 나라를 쑥밭으로 만들어 놓았습니다.

그런 비극을 당하고도 정신을 차리지 못한 정치꾼들은 사색당쟁 으로 날 새는 줄 모르고 외침에 대비하지 못하다가 병자호란을 당했고 마침내 1910년에는 나라까지 통째로 팔아먹었습니다.

해방이 되어 1948년에 남쪽에서나마 대한민국이 성립되었건만 사색당쟁의 구시대의 뿌리를 끊어내지 못하고 여야의 대립으로 내내 싸움질만 하다가 4.19와 5.16을 맞이하였습니다.

박정희 시대 18년 동안은 헌법 기능과 인권을 일시 정지시키고 다소 강제적이긴 했지만 온 나라가 하나가 되어 미국까지도 반대한 중화학 공업을 위시한 산업화를 서둘러 성공시켰습니다. 만약에 이때 여야가 합의하여 산업화를 계속 진척시켰더라면 더욱더 놀라운 창의적 성과를 올릴 수 있었을 것입니다.

그런데 이제 산업화에 뒤이어 동아시아에서는 처음으로 여야의 평화적 정권 교체까지 성취한 지금, 그 고질적인 여야 대립이 해소되어 당리당략을 제쳐놓고 국익우선주의로 돌아선다면 우리나라는 지난 50년 동안에 이룩한 세계를 경악케 한 성취를 크게 능가하는 창의적 업적을 쌓을 수 있을 것입니다. 만시지탄은 있지만 야당이 당리당략을 떠나 국익우선주의를 택한 것 같아서 무엇보다도 반가운 일이 아닐 수 없습니다."

"그것뿐이 아닙니다."

"또 무슨 좋은 소식이 있습니까?"

"며칠 전에 B-2 스텔스 폭격기가 키 리졸브 훈련 차 한국을 다녀간 일이 발표된 후에 북한의 태도가 현저하게 변했다고 합니다. B-2 폭격기는 전에도 한국을 다녀간 일이 있지만 공개된 일은 이번이 처음이라고 합니다. B-2 폭격기는 괌에도 있고 대만에도 있지만 이번에는 미국 본토에서 직접 이륙하여 도중에 공중 급유를 받으면서 한반도 상공까지 유유히 날아 와 훈련용 폭탄까지 투하하고 귀환한 것은 특별한 의미가 있다고 합니다."

"그게 뭔데요?"

"북한이 공언 한대로 핵으로 미국 본토와 주한민군을 공격하면 미군의 해외기지는 물론이고 미국 본토에서도 직접 보복 공격을 할 수 있다는 신호라고 합니다. B-2 기는 16기의 핵폭탄을 탑재하고 있고 레이더에 잡히지 않으므로 북한 상공 어디를 통해서 공격해도 북한은 이라크 전 때의 이라크군처럼 속수무책으로 당할 수밖에 없게 되어 있습니다. 북한이 자랑하는 그 수많은 각종 미사일들이 모조리 다 무용지물이 될 수밖에 없으니까요.

아닌 게 아니라 B-2 폭격기가 다녀간 사실이 공표된 뒤로는 그렇게 핵 선제공격을 장담하던 북한 매체들은 핵에 관한 한 갑자기 꿀 먹은 벙어리가 되었습니다. 더구나 김정은 최고사령관은 4명의 장성을 모아놓고 밤 12시 20분에 적전회의를 주재하는 사진을 공개했습니다. 손자병법에 보면 지휘관이 야반에 참모회의를 갑자기 소집하는 것은 크게 겁먹은 징후라고 나와 있습니다. 김정은은 또 한국과 미국을 자극할 빌미를 주지 말라고 북한군에 지시했다고 합니다. 또 북한 매체들은 1호 전투준비를 하고 개성공단도 폐쇄할 수 있다고 호언하면서도 공단에서의 남측 요원들의 통행은 여전히 보장되고 있다고 합니다."

"이러한 변화들이 자꾸만 쌓여 가면 어느 시점에서 가면 큰 변화로 비약하게 될 것입니다. 우선 우리나라의 제1 야당이 무엇이 국익을 위한 것인가를 알아차리기만 한다면 우리나라가 두 번째로 망하는 끔찍한 참사는 능히 피할 수 있을 것입니다.

그뿐만 아니고 잘하면 우리 역사상 마지막 초강대국이었던 고구려가 668년에 망한 지 1345년 만에 그야말로 홍익인간弘益人間하는 정의로운 강대국으로 등장할 수도 있을 것입니다."

역사歷史와 이력서履歷書

"그럼 고구려 이전에도 우리나라가 강대국이었던 때가 있었습니까?"

"그렇고 말구요. 환단고기桓檀古記에는 고구려를 포함하여 7대 3301년 지속된 환국桓國, 14대 1565년간 대물림된 배달국倍達國 그리고 47대 2096년 동안 이어져 온 단군조선檀君朝鮮이 있습니다. 환국, 배달국, 단군조선 세 나라를 합치면 총 72대 6690년이 됩니다.

여기에 고구려 역년 721년을 합하면 7411년 동안 우리나라는 동아시아 대륙에서 자타가 공인하는 초강대국의 지위를 유지하면서 사실상 이 지역을 지배하여 왔습니다.

다만 아쉬운 것은 환국시대 3301년 동안의 기록은 7대의 임금과 역년만 기재되어 있을 뿐 구체적인 통치 기록이 생략되어 있지만, 배달국과 단군조선 기록에는 수많은 제후국諸侯國과 번국藩國들에 대한 통치 및 공물 상납 기록이 자세히 나와 있습니다.

환단시대에는 환국, 배달국, 단군조선과 맞설만한 나라가 주변에는 아무도 없었습니다. 중원 대륙에서 단군조선과 맞설만한 최초의 통치자는 한고조漢高祖였고 그때가 서기전 202년이었습니다."

"그럼 그 이전 중국사 등장하는 황제헌원黃帝軒轅, 요순堯舜, 우禹, 하夏, 은殷, 주周, 춘추전국春秋戰國 시대를 다스린 아시아 대륙의 주인은 어느 나라입니까?"

"그것이 바로 배달국과 단군조선입니다. 환단고기에는 배달국과 단군조선의 통치 기록이 소상하게 나와 있습니다. 그리고 환단고기 이후에 나온 삼국사기, 고려사, 조선왕조실록, 중국의 이십오사二十五史 같은 권위 있는 문헌 기록에 따르면 우리나라는 그 후 한반도의 10 내지 15배에 달하는 대륙의 핵심 부위인 중원의 황하와 양자강 유역의 중부와 동부 및 남부 지역을 1910년까지 무려 9100년 동안 다스려왔습니다."

"그러나 서세동점기西勢東漸期를 거쳐 조선왕조가 망하기 시작하면서 그 실세들이 대영제국을 위시한 외세에 의해 한반도로 옮겨진 이제 와서 그러한 역사를 되새겨보았자 무슨 의미가 있겠습니까?"

"있고말고요. 분명히 의미가 있습니다."

"도대체 무슨 의미가 있습니까?"

"세상에서는 무슨 직업을 가진 사람이든지 실제로 얼마나 그 직종에 대한 체험을 했는가를 중요시합니다. 그와 마찬가지로 국가도 과거를 지배한 나라가 현재와 미래도 지배하게 되어 있으니까요. 그러나 외세에 의해 과거사를 약탈당한 채 다시 찾지 못한 나라는 현재도 미래도 없습니다.

우리는 대학을 졸업하고 취직을 위해서 희망하는 회사에 이력서를 제출합니다. 그 회사의 인사 담당자는 그 이력서를 보고 시험을 보고 면접을 거친 뒤에 취직 여부를 결정합니다. 그러나 초·중·고·대학을 다닌 일이 없거나 다니고도 그 기록을 완전히 망각한 사람은 이력서를 쓸 내용이 없습니다. 남들이 다닌 초·중·고·대학 16년이 통째로 빠져버린 그 사람은 회사에 취직을 하려고 해도 이력이 없으므로 이력서를 쓸 수 없습니다.

한 나라의 국민에게 있어서 역사는 한 직업인의 이력서와도 같습니다. 초·중·고·대학을 나오지 못했으면 하다못해 배운 기술이나 타고난 능력이라도 있어야 합니다. 그것조차 없으면 그에게 무슨 장래의 희망이 있겠습니까? 한 사람의 이력서를 보면 그의 장래가 내다보이는 것과 같이 한 나라의 역사를 보면 그 나라의 현재의 추이와 장래가 떠오르게 되어 있습니다.

이처럼 소중한 역사를 우리는 과거 130여년 이상 외세에 의해 약탈당해 온 것입니다. 이 역사를 과거에 있었던 그대로 복구할 때 우리의 정신전력精神戰力도 회복되어 엄청난 창의력과 함께 잠재되어 있던 무한한 에너지를 구사할 수 있게 되어 있습니다."

토지건물등기부등본土地建物登記簿謄本

"그럼 우리는 외세에 의해 어떻게 역사가 약탈당해 왔습니까?"

"우리가 일본에 의해 우리 역사가 강탈당하기 시작한 것은 1876년 강화도 조약이 체결된 이후부터입니다. 그때부터 우리는 일본제국주의자들에 의해 조직적으로 우리 역사가 약탈당하기 시작한 것입니다."

"우리 역사가 약탈당한다는 것은 구체적으로 무엇을 말하는 것입니까?"

"우리 역사를 과거에 있었던 기록을 토대로 가르치는 것이 아니라 일본이 한국인을 영원히 자기네 노예로 길들이기 위한 반도식민사관半島植民史觀에 따라 교육시키는 것을 말합니다. 일본의 반도식민사관을 바탕으로 한 역사 교육은 1910년에 한국이 일본에 의해 강점됨으로써 본격화되었습니다.

그런데 정말 기가 막히는 것은 우리가 1945년 일제로부터 해방이 되고 나서도 68년이 지난 지금까지 일본인 스승들에 의해 역사 교육을 받은 한국인 학자들이 그대로 이 나라의 사권史權을 장악하고 일본이 이 땅에 심어놓은 반도식민사관에 의한 가짜 한국 역사를 지금까지도 변함없이 각급학교에서 그대로 가르치고 있다는 엄연한 사실입니다.

이것을 바로 잡아 우리 역사를 과거에 있었던 그대로 복원시키자는 것이 우리 세대에게 맡겨진 역사적 의무요 사명입니다."

"과거에 있었던 그대로 역사를 복원하자면 어떻게 해야 합니까?"

"우리 역사를 일본제국주의자들의 한국 침략 의도로 고안된 반도식민사관이 아니라 우리 조상들이 중원을 경영할 때 쓰여진 기록을 바탕으로 진실한 역사를 가르치는 것입니다. 왜냐하면 일본인들이 날조한 반도식민사관은 일본의 이익을 위하여 한국인들을 자기네 노예로 길들이려는 의도로 아무 근거도 없이 쓰여진 일종의 악의적인 역사왜곡이요, 날조요, 자기네 나름의 환상에 지나지 않기 때문입니다."

"우리 역사를 과거에 있었던 그대로 쓸 수 있는 바탕이 되는 기록에는 어떠한 것들이 있습니까?"

"일본사학자들과 한국의 식민사학자들은 물론이고 전 세계의 사학자들이 공동으로 인정하는 일차 사료인 삼국사기三國史記, 삼국유사三國遺事, 고려사高麗史, 조선왕조실록朝鮮王朝實錄, 동국여지승람東國輿地勝覽, 중국의 이십오사二十五史 등이 있습니다. 이들 문헌기록들이야 말로 한국사의 진실을 캐낼 수 있는 무한한 보고寶庫입니다.

나는 앞으로 한국의 뜻있는 젊은 사학도들이 우리 역사 복원을 위해 한국사를 전공할 것을 적극 권장합니다. 이 분야야말로 무한히 뻗어나갈 수 있는 황무지요, 한 생을 걸어도 조금도 아깝지 않는 가장 보람있는 분야이기 때문입니다."

"그 문헌 기록들은 일제가 반도식민사관에 꿰어 맞추기 위해서 제멋대로 첨삭添削 및 날조捏造를 했다는 말이 있는데 사살입니까?"

"사실입니다. 그러나 역사를 전공하는 사학자라면 일제가 조작한 부분은 금방 알아볼 수 있게 되어 있습니다. 더구나 삼국사기, 고려사, 조선왕조실록 중 지리지地理志는 일제가 거의 손을 대지 못했습니다.

왜냐하면 일반 역사 기록은 어느 특정 지명이나 방향을 날조해도 되지만 지리지는 그 전체가 지명地名이요 지리地理와 관련되어 있으므로 지리지地理志 전체를 새로 쓰기 전에는 손을 쓸 수 없게 되어있습니다.

그래서 그 악착 같은 일제의 어용사학자御用史學者들도 지리지만은 거의 손을 대지 못했습니다. 일제가 각 사록史錄의 지리지 전체를 불태워버리지 않은 것은 우리 민족을 위해서는 그야말로 천우신조天佑神助가 아닐 수 없습니다."

"그럼 우리나라가 중원대륙을 경영했었다는 가장 최근의 확실한 기록은 무엇입니까?"

"조선왕조실록 중 세종실록지리지世宗實錄地理志와 성종 때 편찬된 동국여지승람東國輿地勝覽, 다산茶山 정약용丁若鏞의 경세유표經世遺表 등이 있습니다. 이 문헌사록文獻史錄이야말로 우리나라가 한반도의 10 내지 15배나 되는 대륙의 중원 지역을 영토로 경영했다는 그 누구도 부정할 수 없는 확실한 문헌 기록이요, 개인으로 말하면 토지건물등기부등본과 같은 것이 아닐 수 없습니다."

"그렇게 문헌 기록들이 엄연히 있는데 한국에서 역사교과서를 집필하는 식민사학자들은 무엇 때문에 우리 조상들이 써서 남겨놓은 기록은 보지 않고 무엇을 근거로 교과서를 집필합니까?"

"그들은 기록을 연구함으로써 역사 공부를 하는 것이 아니라 단지 학교에서 그들의 스승들에게서 반도식민사관으로 씌어진 가짜 역사를 배운 대로 앵무새처럼 제자들에게도 복창하여 가르칠 뿐입니다."

"그렇다면 그것이야말로 국가의 장래를 위해서도 개인의 지식과 교양을 위해서라도 심각한 문제가 아닙니까?"

"그럼요. 그것이야말로 시급히 해결되어야 할 가장 심각한 문제가 아닐 수 없습니다."

"그럼 어떻게 해야 합니까?"

"제정신을 가진 사람이라면 누구를 막론하고 이 나라의 장래와 후손들을 위해서라도 지혜를 짜내어 연구하여 적절한 대책을 세워야 할 일입니다."

북한의 노림수

2013년 4월 20일 토요일

우창석 씨가 말했다.

"선생님, 북한은 한국과 미국이 연례적으로 또는 몇 해에 한 번씩 실시하는 한미 방어 훈련 때마다 북침 예행연습이라면서 생트집을 부리고 계속 전쟁 분위기를 고조시키고 있고 요즘은 개성공단까지 폐쇄 협박까지 하고 있습니다. 전례 없이 고강도로 진행되는 전쟁발발 분위기에 국민들과 세계인들의 이목이 집중되어 혹시 전쟁이라도 일어나는 것이 아닌가? 우려하는 사람들이 적지 않습니다. 이러다가 정말 전쟁이라도 터지는 것은 아닐까요?"

"김정은이 젊은 혈기로 혹시라도 전쟁을 일으켰다 하면 그 순간에 현 북한 체제는 한미연합군에 의해 박살이 나게 되어 있습니다. 20년 전 45,000개의 핵탄두를 가지고 있으면서도 소련이 경제난으로 갑자기 공중분해 된 것처럼 북한도 한 순간에 날아가 버리고 말 것입니다. 현실적으로도 북한은 지금 전쟁을 일으킬 능력이 없습니다.

그 이유는 자국의 국민들도 먹여 살릴 능력이 없어서 탈북자들이 줄을 잇고 있고 최근의 탈북자들에 따르면 최전방 북한 군인들은 하루 감자 세 개로 기근을 면하고 있는 판입니다. 일반 군인들은 낮에도 잠을 재운다고 합니다. 움직이면 기운이 빠지고 배가

고파오기 때문입니다. 그런 판에 어떻게 전쟁을 일으킬 수 있겠습니까?

6.25 때 김일성은 소련과 중공의 전폭적인 지원을 받아 전쟁을 일으켰지만 지금은 중국은 말할 것도 없고 러시아도 북한의 도발을 전적으로 반대하고 있는데 어떻게 전쟁을 일으킬 수 있겠습니까?"

"그렇지만 북한은 지금도 핵미사일로 미국 본토를 때릴 수 있다고 호언장담하고 있지 않습니까?"

"빈 깡통이 소리만은 요란한 법입니다. 그건 순전히 허장성세虛張聲勢일 뿐입니다."

"그러면, 그런 허장성세를 부려서 북한이 얻으려고 하는 것이 도대체 무엇입니까?"

"우선 다급한 것은 그들이 유엔 결의를 위반하고 강행된 미사일 발사와 제3차 핵 실험에 대한 응징으로 유엔에서 채택된 2,087호 및 2,094호로 가해지는 제재에서 벗어난 후, 핵보유국의 지위를 얻어 과거 베트남전쟁 때의 월맹처럼 미국과 단독으로 평화 협상을 벌여 미군을 남한에서 철수시키고, 핵으로 대한민국을 위협 굴복시켜 한반도 전체를 적화하겠다는 야심찬 흉계야말로 북한의 노림수입니다.

적화통일이야말로 북한의 헌법과 노동당 규약에도 엄연히 나와 있는, 김씨왕조가 생존하는 한 변함없는 신앙이요 철학입니다."

"그럼 북한이 전에 없이 평양의 외교사절 철수를 요청하고 김양건 통일전선부장이 개성공단의 잠정 가동중단을 통고해 오는 것은 도대체 무엇 때문입니까?"

"개성공단 자체가 김대중, 노무현 친북좌파 정부시절에 잘못 만들어진 것입니다. 공산주의자들의 생리를 잘 모르는 천진난만하기 짝이 없는 김대중, 노무현 두 사람은 북한의 술수에 말려들어 한 치 앞의 미래도 내다보지 못하고, 적지 속에 우리의 기술과 자본으로 공단을 만든 것 그 자체가 크나큰 실책이었습니다. 그 실책이 이제 와서 현실화되었을 뿐입니다."

"그건 과거의 실책이고 지금 우리는 개성공단을 어떻게 해야 합니까?"

"지금이라도 개성공단 내에 머물러 있는 우리 측 8백여 명의 인원만이라도 한시바삐 철수시켜야 합니다."

"그럼 5조원 내지 6조원 상당의 개성공단 시설비용과 부수적인 손실은 어떻게 됩니까?"

"그거야 빼앗길 각오를 해야죠. 북한의 혈맹이라는 중국 업체들도 북한 내부에 진출하여 공장을 지어 운영하다가 시설과 장비를 다반사로 약탈당하고 쫓겨나는 판인데 그들의 주적인 한국이야 더 말해 무엇 하겠습니까? 시설과 장비는 직원들이 인질로 잡히는 데 비하면 아무것도 아닙니다."

"아니, 그건 강패들이나 하는 약탈행위가 아닙니까?"

"북한이 깡패집단이라는 것을 지금 처음 알았습니까? 우리는 신포 경수로 폐쇄시 1조원에 달하는 설비와 장비를 고스란히 약탈당했고 이미 2008년 북한군에 의한 의도적인 박왕자 씨 총살 사건 이후 금강산 관광 시설과 장비 등을 북한에게 빼앗긴 경험이 있으면서도 왜 그렇게 건망증이 심합니까?

20년 이상 자국 인민들을 굶주려 죽게 내버려둔 채 핵과 미사일 개발에만 혈안된 것 자체가 깡패 집단이 아니면 할 수 없는 일이라는 것을 똑똑히 알아야 합니다. 그리고 개성공단이야말로 북한에게는 장중보옥掌中寶玉과 같은 존재입니다."

"그게 무슨 뜻입니까?"

"지금 북한이 전쟁을 일으키면 자멸을 각오해야 합니다. 그래서 전면전을 피하고 천안함, 연평도 포격 비슷한 국지 도발을 또 감행하려 해도 이번에야말로 가공할 보복을 각오해야 합니다. 그러니 함부로 도발을 할 수도 없습니다.

그러나 손바닥 안에 들어와 있는 개성공단이야 말로 마음대로 가지고 놀 수 있는 유일한 대상이 아닐 수 없습니다. 인질로 잡을 수도 있고 그것이 어려우면 아예 공단을 폐쇄하고 시설과 장비를 그대로 삼켜버릴 수 있는 유일한 대상입니다."

"그렇다면 우리 측 인원만이라고 한시바삐 철수시키는 것이 상책이겠군요."

"정답입니다."

"그럼 북한이 전쟁을 일으킬 능력도 없으면서 저렇게 계속 전쟁 분위기와 긴장만 고조시키는 이유가 무엇입니까?"

"지난 20년 동안 북한이 늘 그래왔듯이 이번에도 김정은은 오바마가 자기에게 전화를 걸어오기를 고대한다고 합니다. 당장은 김씨왕국 체제를 인정받고 식량과 에너지를 지원받으려는 것이죠. 거듭 말하지만 거기서 한걸음 더 나아가 평화협정을 체결하고 남한에서 미군을 철수시키고 적화통일하자는 겁니다.

대화와 보상의 악순환의 고리

과거에 미국은 북한이 미사일을 쏘고 핵 실험을 할 때마다 대화를 제의하고 보상을 해 왔지만 앞으로는 나쁜 행위에 대해서 보상을 하는 대신에 제재를 가중시키는 쪽으로 행동 지침을 바꾼 것입니다. 그것이 현실화된 것이 유엔 안보리 결의 2,087호와 2,094호입니다. 이 결의는 북한이 핵을 포기하지 않는 한 계속 각종 제재를 강화하기로 한 것입니다.”

“그럼 북한의 전쟁위협과 긴장고조 행위는 언제까지 진행될까요?”

“옛 우화에 나오는 얘기지만 소를 유심히 지켜본 개구리가 생각했습니다. 소를 이기려면 소만큼 덩치가 커져야한다고 생각하고 자꾸만 배에 바람을 불어 넣었습니다. 결국은 어떻게 되었습니까?

풍선처럼 잔뜩 부풀어 오른 개구리의 배때기는 팡 소리를 내고 터져버리고 말았습니다. 개구리가 소의 흉내를 내려다가 스스로 제 무덤을 판 것처럼 북한은 지금이라도 제 분수를 알고 자제하지 않으면 그 어리석은 개구리의 신세가 되고 말 것입니다.”

“그럼 이러한 때에 우리 국민들은 어떻게 해야 합니까?”

“북한이 도발을 해 오면 연평도 피격 때처럼 우물쭈물하다가 확전이 두려워 그 황금 같은 보복 기회를 모조리 놓쳐버리지 말고 우리의 첨단장비로 즉각 포를 쏜 포대뿐만 아니라 그 지원부대까지 묵사발을 만들 만반의 준비를 갖추고 북한의 행동을 예의 주시하고 있으면 됩니다.

그러나 실제로 그 임무는 국민을 대신해서 국군장병들이 수행할 것이고 우리는 그들을 열심히 지원하면 됩니다. 그렇게 하는 한 북의 어떠한 도발로 미연에 방지할 수 있습니다."

"그러나 실제로 일상생활을 어떻게 해야 합니까?"

"예비역 장병들은 평소에 훈련받은 대로 북한 특수부대의 기습에 대비해야 될 것입니다.

"언제까지요?"

"그 어리석은 개구리가 이성을 찾아 제 분수를 알아차리거나 아니면 그 개구리의 배때기가 터질 때까지 느긋하게 지켜보면 될 것입니다."

"선생님이 보시기엔 북한이 이대로 나가다가 어떻게 될 것 같습니까?"

"북한은 과거 중소 분쟁 때부터 벼랑 끝 전술을 교묘하게 구사하여 양쪽에서 동시에 재미를 톡톡히 보아왔으므로 지금도 궁지에 몰릴 때마다 그와 비슷한 벼랑 끝 전술을 즐겨 써먹고 있습니다.

그러나 그것도 처음 한두 번이지 계속 써먹으면 아무도 속지 않게 됩니다. 마침내 북한은 거짓말에 재미 들여 자기 묘혈을 판 양치기 신세가 되고 말 것입니다.

이런 때일수록 국민여론을 하나로 통일해야 되는데 민주통합당의 박기춘 원내대표와 통합진보당의 이정희 대표는 무조건 북한에 특사를 보내어 대화를 해야 한다고 하는데 이것은 궁지에 몰렸을 때 거기서 벗어나기 위한 상투적인 북한의 떼쓰기 전술에 스스로 말려드는 어리석은 짓밖에 안 됩니다.

    우리 쪽에서 양보를 얻어내려고 멀쩡하게 잘 돌아가는 개성공단
을 '존엄을 모독했다'는 엉뚱한 생트집을 부려 잠정 폐쇄했는데 우
리가 먼저 특사를 보내자는 것은 깡패한테 느닷없이 뒤통수를 얻
어맞고 나서 비굴하게 사과부터 먼저 하자는 것처럼 이치에 맞지
않습니다.

    그래서 현명한 국민들은 북한의 행태를 하도 많이 겪어왔으므로
이제는 만성이 되어, 꼭 전쟁이 날 것 같아서 달려온 외국 특파원
들이 보기에는 지나칠 정도로 평온하다는 평을 들을 정도입니다."

    "그럼 언제까지 그 수모와 손해를 참고 기다려야 합니까?"

    "북한이 스스로 초래한 궁지를 벗어나려고 지나치게 행패부린
것을 반성하거나 미국, 중국 또는 김정은이 유학을 했다는 스위스
같은 중립국이 대화 중재를 한다든가 물밑 접촉이 있으면 혹 응할
수도 있을 것입니다. 대화는 전쟁 중에도 하는 것이기 때문입니
다."

    "혹 김씨왕조를 아예 교체해버리는 방법은 없을까요?"

    "북한에는 김씨왕조 체재 외에는 대안 세력이 전무해서 그럴 수
도 없습니다. 현 체재에 반대한다고 입만 뻥긋해도 강제수용소에
감금되어 죽기 전에는 나올 수가 없으니까요. 그래서 김씨왕조가
갑자기 붕괴되면 혼란이 초래될 것이므로 현 체제가 스스로 생존
하기 위해서라도 개혁개방을 추진하도록 해야 하는데 그것조차도
체재붕괴를 우려해서 못 하고 있습니다. 그러나 비록 그렇다해도
중국이 결심만 한다면 그렇게 할 수 있습니다."

    "북한은 요즘은 중국의 말도 안 듣는다는데 무슨 수로 김씨왕조
를 교체할 수 있겠습니까?"

    "20년 전 소련을 포함한 공산경제권이 갑자기 공중분해된 이후

고립무원 상태에 빠진 북한에 식량과 원유를 무상원조해 온 중국이 압록강 밑을 지나가는 원유 밸브를 딱 한 달만 막아버려도 북한은 꼼짝 없이 손을 들지 않을 수 없게 될 것입니다. 그렇지 않아도 중국은 이미 2차 핵 실험 후엔가 일주일 동안 원유 밸브를 막은 일이 있었습니다."

"그때 어떻게 됐습니까?"

"북한 전체에 갑자기 생난리가 났고 중국에 하도 거센 항의를 하는 바람에 다시 밸브를 열어주었습니다. 김씨왕조 교체에 가장 큰 이해관계가 있는 대한민국이, 수익자부담 원칙에 따라, 이런 때 은밀히 중국, 미국, 러시아, 일본 등 이해당사국들과 주도적이고 창의적이고 지혜로운 외교를 벌여야 합니다.

20여년 전 서독이 얼마나 현명하게 미국, 소련, 영국, 프랑스를 움직여 통독을 완수했는지 좋은 귀감으로 삼아야 할 것입니다."

"그 방법 외에 다른 방법은 없을까요?"

"중국과 잘 협조하여 북한에서 중국으로 넘어오는 탈북자들을 대한민국이 무제한 받아들이는 정책을 구사해야 합니다. 한국에는 지금 언어도 통하지 않고 문화도 다른 백만의 외국인 인력이 들어와 돈을 벌어 고국에 송금을 하고 있습니다. 같은 언어를 쓰는 동포들을 못 받아들일 이유가 없습니다.

동독이 망해버린 직접적인 이유는 서독으로 넘어가는 탈출자들 때문에 국가를 이끌어나갈 인재가 고갈되었기 때문이었습니다. 동독인들의 탈출이 가능했던 것은 서독이 그들을 무조건 받아들였기 때문이었습니다.

서독은 동독은 물론이고 전 세계 어디서 오든지 독일인이면 무조건 차별 없이 다 받아들여 일자리를 만들어 주었습니다. 특별히 각종 전문가와 기술자들을 우대했습니다. 우리는 방위산업 특히 핵과 미사일 기술자들을 북한보다 훨씬 더 우대해 주어야 할 것입니다. 한국에 들어와 적응된 탈북자들은 장차 남북통일 시기에 유용한 통일역군으로 활약하게 될 수 있을 것입니다."

북한의 주인은 북한 주민이다

"북한은 우리를 전쟁과 핵으로 위협하다가 그것도 먹혀들지 않자 지금은 개성공단을 잠정 폐쇄하고 무수단을 비롯한 각종 미사일 발사로 우리를 위협하고 있는데 우리가 대등하게 북을 굴복시킬 수 있는 수단으로는 무엇이 있습니까?"

"1990년 전후 동유럽 공산권이 한꺼번에 폭삭 무너져버린 원인은 동유럽 공산권 국민들이 북한 주민들과는 달리 자유세계와의 정보유통이 비교적 자유로웠기 때문이었습니다.

지금 북한 주민들은 20년 또는 10년 전과는 달리 인터넷과 SNS 그 밖의 각종 매체를 통하여 외부 세계를 잘 알고 있다고 합니다.

탈북자들에 따르면 지금 북한의 순수한 하층 주민들은 이왕 굶어죽느니 전쟁이라도 일어나 김씨왕조가 무너져버리는 것을 절실하게 소망하고 있다고 합니다. 따라서 우리는 국민과 정부 할 것이 일치 단합하여 북한 주민에게 외부 세계의 진실을 더욱더 잘 알게 하여 그들 스스로 정치적으로 각성하여 자기 앞길을 개척해 나갈 수 있도록 도와주어야 합니다.

그들이 살길은 핵과 미사일이 아니라 개혁 개방임을 깨닫게 하여 중동의 자스민 혁명과 같은 길을 걷도록 유도할 필요가 있습니다. 북한의 개혁 개방은 북한의 유일한 우방이요 혈맹인 중국도 적극 권하고 있습니다.

탈북자들을 위시하여 한국 국민, 정부, 중국 국민과 정부까지도 합심하여 이 일을 조직적으로 추진한다면 반드시 성공할 것입니다. 북한 주민들의 운명은 김씨왕조가 좌우할 일이 아니라 북한 주민들 자신의 마음먹기에 달려 있다는 것을 지속적으로 일깨워주어야 합니다.

북한에서는 김일성, 김정일, 김정은은 103년 전에 일본에 망해버린 이조李朝의 세습전제군주世襲專制君主보다도 더 가혹하고 독재적인 임금 행세를 하고 있습니다. 나라를 이끌어갈 능력이 없어서 103년 전에 이미 폐기 처분되어 일본에게 망해버린 세습군주제는 중동 국민들도 반대하는 민주화 시대에, 더구나 23년 전에 폐기 처분된 공산주의도 싫어하는 북한 주민들이 받아들일 이유가 없습니다.

전제군주국가에서는 임금이 나라의 주인이고 국민은 하나의 신민臣民이요 노예일 뿐입니다. 이것은 공산주의도 철저히 배격하는 것입니다. 공산국가의 주인은 어디까지 무산계급입니다. 따라서 북한의 김씨왕조는 공산국가인 중국도 용납이 안 되는 일입니다.

북한 주민들이 일개 왕을 노예주처럼 섬길 이유가 없다는 것을 지속적으로 일깨워주어야 합니다. 해방 후 지금까지 68년 동안 허위선전에만 세뇌되어 살아온 북한 주민들에게 이 세상의 진실을 알리고 북한의 진정한 주인은 그들 자신이고 김씨왕조가 아니라는 것을 깨닫게 하는 것이야 말로 김정은에게는 핵폭탄 이상의 공포가 아닐 수 없습니다."

"그럼 그 일을 누가 주체가 되어 실행할 수 있을까요?"

"북한 사정을 누구보다도 잘 아는 탈북자입니다. 그들 중에서 뜻있는 인재들을 발탁하면 될 것입니다. 그렇지 않아도 탈북자들 중에는 북한 민주화를 주장하는 단체들이 이미 조직되어 활동하고 있습니다. 그들의 자문을 얻으면 범국민적이고 범동아시아적이고 나아가 전 세계적인 북한 민주화를 위한 지원 단체들이 자발적으로 호응해 올 날도 멀지 않을 것입니다."

북한을 깡패 국가로 키운 중국

"북한 주민들이 국가의 주인의식을 갖도록 의식화하는 일은 저도 적극 찬성합니다. 그러나 그것은 시간이 너무 많이 걸리는 일입니다. 될 수 있는 한 단시간 안에 큰 성과를 거둘 수 있는 무슨 기발한 착상이나 아이디어 같은 것은 없을까요?"

"왜 없겠습니까? 지금 돌아가는 남북한과 한·미·중·일 관계로 볼 때 박근혜 대통령이 지혜롭고 창의적인 외교적 수완을 주도적으로 발휘한다면 좋은 성과를 기대할 수도 있을 것입니다."

"어떻게 말이니까? 좀 구체적으로 말씀해 주시겠습니까?"

"2013년 5월로 예정된 미국 방문에 뒤이어 있게 될 중국 방문 시에 박 대통령은 시진핑 주석에게 북한이 지금과 같은 불량 국가가 된 것은 전적으로 중국이 지난 20여 년 동안 북한에 제공하고 있는 식량과 원유의 무상원조 때문이라는 점을 일깨워주어야 합니다.

만약에 중국이 북한에 그러한 무상원조를 하지 않았더라면 북한은 생존을 위해서라도 소련이나 동유럽 공산국들 그리고 중국과 베트남처럼 고통을 감수하는 한이 있더라도 개혁개방을 하지 않을 수 없었을 것이라는 점을 강력하게 일깨워주어야 합니다.

북한이 망하지 않고 생존하기 위해서라도 개혁개방을 단행했더라면 지금의 중국이나 베트남처럼 경제 자립이 되었을 것입니다.

그리고 체재 유지 수단으로 핵과 미사일에 매달리지 않는 정상 국가가 되었을 것입니다.

그러나 불행하게도 중국이 북한을 자국의 방패로서의 가치만을 존중하여 무책임하게도 무상원조를 계속함으로써 지금과 같은 통제 불능의 핵 가진 깡패 국가로 키웠다는 점을 통렬하게 지적해 주고 중국은 지금 국제사회에 그 책임을 져야 한다고 일깨워 주어야 합니다.

중국이 북한을 지금과 같은 상태로 방치해 둘 경우 대한민국은 언제까지나 미국에만 의존할 수 없으므로 결국은 핵을 가진 북한에 맞서서 생존하기 위해서라도 핵보유국이 되지 않을 수 없다는 점을 중국에게 꼭 깨우쳐 주어야 합니다.

만약에 한국이 핵보유국이 된다면 이웃 일본과 대만이 보고만 있지 않게 될 것이고 순식간에 중국은 핵무장한 북한, 한국, 일본, 대만에 둘러싸이게 될 것입니다. 이것은 미상불 중국에게는 생각하기도 싫은 악몽이 아닐 수 없을 것입니다.

이러한 끔찍한 사태를 미연에 방지하기 위해서라도 중국은 북한을 지금대로 내버려두어서는 안 될 의무와 국제사회에 대한 책무가 있다는 점을 지적해주어야 합니다.

그 방법은 유엔 안보리 2094호를 철저히 준수할 뿐만 아니라 지난 20여 년 동안 지속되어온, 다분히 중국의 국가이기주의적인 발상으로 시행되어온 북한에 대한 식량과 원유의 무상 원조를 중단함으로써 북한이 개혁개방의 길로 나아가 스스로 자립하여 국제법을 존중하는, 책임 있는 국제사회의 일원으로 평화롭게 살아나갈 수 있도록 마땅히 도와주어야 할 것이라는 점을 일깨워 주어야 합니다.

무상원조를 유상거래로

끝으로 일깨워주어야 할 것은 이번 북한의 전쟁 위기 조성으로 미국이 동해에 B-52, B-2 폭격기 및 F-22 스텔스 전폭기, 원자력 잠수함, 이지스함 등을 파견함으로써 중국은 적지 않은 부담과 긴장을 느끼지 않을 수 없었을 것입니다.

지금 남한에 미군이 주둔하게 된 것은 순전히 북한의 남침 위협 때문입니다. 육이오 직전에 남한에는 단 한 사람의 미군 전투 요원도 없었습니다. 북한군의 전면 남침이 없었더라면 미군이 남한에 진주하는 일은 결코 일을 없었을 것이고 한국전쟁 때 중국이 압록강과 두만강 남쪽 기슭에 미군이 나타날 우려를 하지 않아도 되었을 것입니다.

만약에 북한이 개혁개방을 하여 한반도 전체가 평화적으로 통일이 된다면 전쟁이 일어날 우려가 없으므로 미군이 한국에 장기간 주둔할 필요도 없어질 것입니다. 따라서 중국은 북중 국경선 남쪽에서 미군과 마주해야할 일은 없어지게 될 것이라는 점을 강조해야 할 것입니다.

문제는 핵으로 벼랑 끝 전략을 구사하는 북한이 개혁개방이 된다면 북한은 중국과 비슷한 국제사회에 책임을 질 줄 아는 정상 국가로 변신할 수 있을 것입니다. 박근혜 대통령은 이번 기회에 중국이 과거 20여 년 동안 무상원조를 함으로써 북한이 개혁개방을 할 수 있는 기회를 못 갖게 한 잘못과 책임을 중국 스스로 벗게 해야 합니다. 그러한 과오를 고칠 수 있는 능력이 있는 지구상 유일한 나라는 중국뿐이기 때문입니다."

"그럼 구체적으로 중국이 어떻게 해야 합니까?"

"그건 아주 간단합니다. 러시아가 북한에 대하여 했던 것처럼 무상원조를 정상적인 유상거래로 바꾸기만 하면 됩니다. 다시 말해서 지금까지 지난 20여 년 동안 북한에 공짜로 제공하여 온 곡물과 원유를 앞으로는 국제 가격으로 돈을 받고 팔라는 겁니다. 박근혜 대통령은 이번에 시진핑 주석을 북경에서 만나면 무슨 일이 있어도 이 점을 지적해야 할 것입니다. 이 일의 성사 여부야말로 한반도의 장래 운명이 달린 중차대한 일입니다."

"그렇게 되면 북한과 중국의 관계는 어떻게 될까요?"

"북한과 중국의 관계는 지금의 러시아와 북한의 관계처럼 변해버리고 말 것입니다. 공산경제권이 존속되고 있을 때 소련은 북한에 원유를 무상 제공해 주었지만 개혁개방을 한 뒤 소련이 러시아로 바뀐 뒤로는 다른 나라와 마찬가지로 돈을 받지 않고는 원유를 공짜로 내주지 않았습니다. 그래서 지금 북한은 중국처럼 러시아와 친밀한 사이가 아닙니다. 중국 외의 다른 나라들처럼 그냥 덤덤한 사이일 뿐입니다."

"박근혜 대통령이 북한에 의한 피해 당사국인 한국 대통령의 입장에서 강력하게 그러한 요구를 할 자격이 있지만 막상 그렇게 한다면 중국은 어떻게 나올 것 같습니까?"

"지금 중국 조야의 북한에 대한 태도 변화를 감안할 때 단칼에 거절할 수는 없을 것이고 시진핑을 비롯한 중국 지도부는 장고長考에 들어가게 될 것이므로 지켜보아야 할 것입니다.

그러나 북한에 대한 무상원조를 유상거래로 바꾸는 일이야말로 지난 20여 년 동안 북한을 깡패 국가로 키워 온 중국이 국제사회에 끼친 과오와 책무에서 벗어날 수 있는 유일한 첩경이라는 점은 반드시 지적해야 할 것입니다.

덩샤오핑의 실사구시實事求是 정신을 이어받은 중국 지도부가 부디 현명한 판단을 내리기 바랍니다.”

“만약에 시진핑 주석이 박근혜 대통령의 정당한 요구를 거절한다면 어떻게 될까요?”

“초강대국 미국과 함께 G-2 국가로서의 국제적 의무와 책무를 저버린 도덕적으로는 별 볼 일 없는 한낱 국수주의國粹主義에 사로잡힌 그렇고 그런 2류 또는 3류 국가의 자격밖에는 갖지 못하게 될 것입니다. 마치 일본이 한때 세계 제2의 경제 대국이면서도 ‘경제적 동물(economic animal)’이라는 별명을 들을 정도로 도덕적으로 타락되었던 것처럼 말입니다.”

“만약에 중국이 박근혜 대통령의 요구를 받아들여 무상원조를 유상거래로 바꾼다면 북한은 실제로 어떻게 될까요?”

“그렇지 않아도 요즘 탈북자들을 통하여 들려오는 정보에 따르면 북한은 주민 한 가구당 무조건 휘발유 1리터와 중유 1리터를 김일성 생일인 4월 15일 ‘태양절’까지 공출하라는 지령이 내려왔다고 합니다. 북한의 에너지란이 그만큼 심각하다는 얘기입니다.”

“그렇다면 중국의 원유 공급량이 점차 줄어들고 있는 것이 아닐까요?”

“실리주의에 밝은 중국이라 그럴 수도 있습니다. 요즘 신의주 대안의 단둥에서는 북한에 들어가는 모든 물화를 엄격히 통제하고 있다고 합니다. 북한 권력 기관의 간부들에게 지급되는 김일성 생일 선물도 엄격히 통제되고 있다고 합니다."

"거듭 말하지만, 만약에 중국이 곡물과 원유를 유상거래로 바꾼 다면 북한에서는 어떤 일이 벌어질까요?"

"북한은 그야말로 죽지 않고 살아남기 위해서라도 식량과 원유 를 사들이려고 외화벌이에 총궐기하게 될 것입니다. 잠정 중단되 었던 개성공단도 무조건 재가동될 것이고 개성공단 같은 것을 해 주·진남포·평양·신의주·함흥·흥남·신포·단천·성진·길주·나 남·청진·나진·회령 같은 도시에도 세우게 해달라고 한국에 요청 해 오게 될 가능성이 있습니다.

한국의 기술과 자본이 대규모로 북한에 진출하게 되면 그것 자 체가 북한에게는 개혁개방의 촉매제가 될 것입니다."

"그렇게 했다가 북한이 만약에 지금 개성공단에서처럼 가동 중 단 조치 같은 것을 취하면 어떻게 되죠?"

"그래서 이번에는 한국만 들어가지 말고 미국·중국·일본·호주· 캐나다·대만·홍콩·영국·프랑스·독일·러시아 기업인들과 함께 들어가면 안전할 것입니다."

"그렇게 해서 북한이 울며 겨자 먹기로 어쩔 수 없이 개혁개방 이 된다면 그 다음에는 어떻게 될까요?"

"그렇게 하여 개성공단 같은 것이 북한 전역으로 확장되고 세월 이 흐르는 동안 북한 주민들의 생활수준이 점차 향상되지 않을 수 없게 될 것입니다. 남한의 88올림픽 때 수준인 개인당 소득이 지 금의 1,000달러 수준에서 5,000달러 정도에 이르면 북한 주민들 의 의식도 크게 변하게 되어 남북이 자유롭게 교류하게 될 날이 다가오게 될 것입니다. 그러한 교류가 잦아지면 통일은 지극히 평 화스럽게 그리고 자연스럽게 이루어지게 될 것입니다."

악순환의 고리 끊어야

"꿈같은 얘기입니다."

"그러나 꿈을 현실로 만드는 것이 인간의 의지이기도 합니다."

"만약에 중국이 종전처럼 은근히 북한 감싸주기를 계속하고 북한이 지금처럼 전쟁 위협 벼랑 끝 전술을 계속 밀고나간다면 우리는 어떻게 해야 할까요?"

"중국의 조야가 지금 급격하게 변하고 있으니까 그런 일은 없을 것입니다."

"만약의 경우 그렇게 된다면 말입니다."

"지금처럼 북의 어떠한 도발에든지 대응할 태세를 갖추어야 할 것입니다. 미·소 냉전시에 미국은 소련과의 '별들의 전쟁'이라는 군비경쟁에 주력했을 뿐 별다른 조치를 취한 일은 없었습니다. 두 나라가 서로 상대를 노려보면서 팽팽하게 군사적으로 대립하고 있을 때는 그 대립 상태를 어느 쪽이 더 오래 지탱할 수 있는 경제력이 있느냐가 승패를 좌우하게 되어 있습니다.

그때 미소가 대립하고 있는 사이에 어떻게 되었습니까? 소련은 그때 이미 45,000기의 핵탄두를 갖고 있으면서도 미국과의 '별들의 전쟁'을 감당할 경제적 능력이 없어지자 그냥 어느 한 순간에 그 자리에서 폭삭 주저앉고 말았습니다. 결코 미국이 소련을 위협

하거나 어떤 특별한 조치를 한 것이 아니었습니다.

핵과 미사일 도발을 하고, 유엔 안보리 결의안 2087호와 2094호라는 대북제제조치를 초래한 것은 어디까지나 북한 자신입니다. 이번 전쟁 도발 벼랑 끝 분위기를 몰고 온 것도 북한입니다. 그러한 북한에 대하여 우리가 먼저 대화를 구걸할 필요는 없습니다. 그냥 도발을 하면 얼마든지 하라고 내버려두고 우리는 도발을 행동으로 옮길 때 응징할 만반의 준비만 갖추고 있으면 됩니다."

"하지만 북이 개성공단까지 폐쇄하겠다고 날뛰는데도 어떻게 그냥 못 본 척할 수 있겠습니까?"

"그렇다고 해서 우리가 먼저 대화 요청을 하면 우리 스스로가 북의 전술에 말려드는 꼴밖에는 안 됩니다. 북은 이미 써먹을만한 도발은 다 써 먹었습니다. 천안함, 연평도, 사이버 테러, 점차 수위를 높여가는 전쟁 도발 위협 등등 써먹을 수 있는 것은 다 써먹었는데도 우리가 꿈쩍도 하지 않으니까 이번에는 마지막 카드로 개성공단 폐쇄를 들고 나온 것입니다.

어떤 사람은 북한이 6.25 때처럼 전면전을 도발하면 어떻게 할 거냐고 반문하지만 지금은 6.25 때와는 사정이 전연 다릅니다. 그때는 소련과 중공이 전적으로 북한을 지원했지만 지금은 러시아도 중국도 북한의 도발은 원치 않을 뿐 아니라 도리어 적극 말리고 있습니다. 전쟁 도발은 북한이 자멸을 각오하지 않은 한 할 수 없습니다."

"그럼 개성공단에 남아있는 190여 명의 직원은 어떻게 해야 합니까?"

"북한은 우리가 개성공단을 살리기 위해서 백기를 들고 나오기를 바라고 있지만 그렇게 되면 도발 협상 보상의 악순환이 앞으로도 계속 되풀이될 뿐입니다. 그 악순환의 고리를 이번 기회에 단연코 끊어버리기 위해서라도 개성공단 폐쇄를 각오하고 남아있는 종업원들이 인질로 잡히기 전에 철수시켜야 합니다.

"그렇게 되면 남북 교류의 최후 보루인 개성공단마저 완전히 폐쇄하게 되는 거 아닙니까?"

"폐쇄 위협을 한 것은 북한입니다. 북한 지도층에도 머리를 제대로 굴릴 줄 아는 책사策士가 있을 것입니다. 개성공단을 폐쇄하면 북한이 계획하고 있는 나진 선봉을 비롯한 다른 공단에 투자할 나라가 어디에 있겠습니까?

북한이 외국 투자 없이도 살아나갈 자신이 있다면 그렇게 하겠지만 그럴 수는 없습니다. 대원군 시대처럼 문호를 꼭꼭 닫아걸고는 살아나갈 수 있을까요?

개성공단 폐쇄 여부는 북한이 선택하게 내버려두어야 할 것입니다. 개성공단이 당장 폐쇄되면 그곳에 투자했던 한국의 213개 기업체는 당장 큰 고통을 당하겠지만 정부가 남북협력 기금에서 긴급 지원을 해주면 그럭저럭 살아나갈 수 있게 될 것입니다. 이처럼 우리는 최악의 경우를 상정하면 무서운 것이 없어지게 될 것입니다."

배은망덕한背恩忘德漢

"만약에 개성공단의 우리측 직원들이 완전 철수하면 우리가 투자한 5~6조원에 달하는 공단시설과 장비들은 금강산 관광시설의 경우처럼 고스란히 약탈당하는 거 아닙니까?"

"그럴 각오를 해야 합니다. 2013년 4월 19일자 조선일보에는 베이징 최유식 특파원의 다음과 같이 보도가 실려 있습니다.

[북중 무역에 종사하거나 북한에 투자한 중국 기업인 중 상당수가 투자금이나 무역 대금을 떼인 뒤에 돌려받지 못하고 있으며, 심지어 돈 한푼 챙기지 못한 채 북한에서 쫓겨나고 있는 것으로 전해졌다. 중국 관영 충칭重慶신보는 18일 북·중 국경 도시인 단둥丹東발 기사에서 현지 중국 기업인들을 인용, '북한 회사로부터 밀린 대금을 받기 위해 평양 시내 호텔에 장기투숙 중인 중국 기업인이 거의 100명에 이른다'고 보도했다. 하지만 상당수 중국 기업인은 밀린 대금을 돌려받지 못하고 있으며, 일부는 아예 북한에서 추방당하기도 한다고 이 매체는 전했다. 중국 공산당 기관지 인민일보 인터넷판도 이날 이 기사를 전재했다.

북한 무역회사가 대금을 연체하거나 아예 지불하지 않는 경우가 속출하면서, 단둥에서는 신용거래가 크게 줄어들고 '현찰 박치기'거래가 유행하고 있다. 주문한 물건을 실은 트럭을 일단 단둥까지 몰고 온 뒤 북측 회사로부터 현금을 받고 나서 물건을 넘겨주는 식이다.

현지 기업 사이에서는 '북한과 무역은 하되 대북 투자는 안된다'는 인식도 확산되고 있다. 특히 지난 해 8월 라오닝성의 대기업인 시양西洋 그룹이 황해남도 옹진철광에 2억 4,000만 위안(약 410억 원)을 투자했다가 한푼도 받지 못하고 계약을 파기당한 채 쫓겨난 일이 중국 기업들의 투자 심리에 큰 영향을 미치고 있다.

단둥 현지 무역회사의 자오치밍 사장은 시양 그룹의 가장 큰 실수는 북한에 투자해서는 안된다는 점을 어긴 것이라면서 '일단 분쟁이 발생하면 개별 기업이 북한 정부를 이기는 것은 불가능한 일'이라고 말했다. 북중 국경 지대에 있는 단둥에는 기업 2,000여 개가 있으며 이 중 4분의 1 가량인 500여 개 기업이 북 중 무역에 종사하고 있다. 한 대북 무역상은 '타면 탈수록 심리적으로 불안한 비행기에 앉아있는 기분'이라고 했다.

중국은 유엔군의 북진 때 거의 다 망해가는 김씨왕조를 구해준 나라입니다. 북한에게 중국은 한국전쟁 초기에 침몰 위기의 대한민국을 구해준 미국과 같은 나라라고 할 수 있습니다. 그러한 은혜를 베푼 중국의 기업인들을 대하는 북한의 태도는 꼭 배은망덕한背恩忘德漢과 같습니다.

한국인들이 국내에 진출한 미국 기업들을 약탈할 수 있을까. 상상도 할 수 없는 일이 북한에서는 벌어지고 있는 것입니다.

하물며 적대국인 한국 기업이 투자한 개성공단의 시설과 장비를 약탈하는 것쯤이야 식은 죽 먹기가 아니겠습니까. 동족이라고 해서 감상적으로 북한을 대하면 김대중, 노무현 정부처럼 실패의 쓴 잔을 마시기 않을 수 없게 되어 있습니다.

북한은 경제 경쟁에서는 남한에 완패 당했지만 군사적으로는 기필코 이기고야말겠다고 핵과 미사일을 개발을 위하여 기를 쓰고 있습니다. 우리는 군사적으로도 꼭 북한을 이겨야 합니다. 그러자면 우리는 흐르는 물처럼 굳셀 때는 굳세고 부드러울 때는 부드러운 강온 전술을 지혜롭게 구사할 수 있어야 합니다.

북한과의 대결에서 우리는 기다려야 할 때 기다릴 줄 아는 지혜를 구사해야 합니다. 미소 냉전시에 소련이 경제난으로 갑자기 망한 것처럼 북한은 남한의 경제력을 당할 수 없습니다. 북한은 경제 규모가 남한의 40분의 1에 지나지 않아 인천광역시의 정도밖에는 안 됩니다.

더구나 북한은 주민을 굶겨 죽여 가면서까지 순어거지로 핵과 미사일에 집착하는 사상누각沙上樓閣과 같은 경제구조를 가진, 세계에서 가장 비인도적이고 파렴치한 불량 국가입니다.

유진벨이라는 미국 대외원조재단에서 일하는 한 간부가 종편에 나와서 하는 말을 들어보면 북한의 실정을 단적으로 잘 말해주고 있습니다.

유진벨에서 북한의 요청으로 결핵주사약 500인분을 보내주었답니다. 결핵약을 받은 북한 당국은 얼마 뒤에 유진벨에 결핵약을 보관할 냉장고가 없으니 보내달라는 요청을 해 왔습니다. 유진벨은 곧바로 냉장고를 보내주었습니다. 그러자 이번에는 냉장고가 고장이 났으니 어떻게 하면 좋으냐고 하소연하는 연락이 왔습니다. 북한에는 전력난이 심한데다가 전력 공급량이 고르지 않아서 기계에 자주 고장을 일으킨다고 합니다.

게다가 최근엔 중국의 냉대로 경제가 갈수록 악화일로에 있습니다. 시간이 갈수록 애가 타는 쪽은 북한이지 우리가 아닙니다.

"그런데도 불구하고 박근혜 대통령이 전격적으로 북한에 대화 제의를 한 것은 무엇 때문일까요? 더구나 도발, 협상, 보상의 악순환의 고리를 단연 끊어버려야 한다고 강조 한지 며칠 되지도 않았는데 말입니다?"

"내가 보기에 그건 미국·중국·일본·한국 사이의 물밑 접촉 끝에 나온 전략적인 조치가 아닌가 생각됩니다."

"왜 그렇게 생각하십니까?"

"최근 한·중·일을 방문한 존 케리 미국 국무장관도 거의 동시에 그러한 대북대화 제의를 했기 때문입니다."

핵보유의 차선책

"그건 그렇구요. 요즘 정계 일각에서는 우리도 핵보유국이 되어야 하는데 이를 반대하는 것은 강도가 기관총을 들고 쳐들어오는데 돌맹이로 맞서자는 것밖에 안 된다고 주장하는 정몽준 의원을 비롯한 비중있는 정치인들이 있습니다.

인도와 적대관계인 파키스탄과 아랍권 전체와 대립하고 있는 이스라엘의 핵 보유를 미국이 용인한 것처럼 우리도 핵으로 위협하는 북한에 맞서 당연히 핵을 보유해야 된다는 주장을 미국도 끝끝내 거부할 수는 없을 것이라는 겁니다. 어떻게 생각하십니까?"

"핵은 핵 이외의 방법으로 막을 수 없는 이상 당연한 주장입니다. 그러나 당장은 미국의 핵우산을 쓰고 있는 우리가 핵 감축이라는 세계적인 추세를 역행하기에는 부담이 되지 않을 수 없는 일입니다.

우리의 동맹국인 미국의 핵우산을 받고 있는 나라는 한국뿐만 아니라 일본·대만·호주·캐나다·독일·이탈리아·네덜란드·스페인·폴란드 외에도 수많은 나라들이 있습니다. 이들 나라들은 핵을 만들 수 있는 충분한 능력이 있지만 지구인의 재앙인 핵을 감축하자는 세계적인 추세에 호응하여 핵 보유를 유보하거나 폐기한 나라들입니다.

더구나 수출로 먹고 사는 우리가 핵 감축이라는 국제적 흐름을 역행하여 각종 경제 제재를 감수하기보다는 북한에 핵 못지 않는 위협이 되는 차선책을 강구하는 것이 차라리 낫다고 봅니다."

"차선책으로는 어떤 것이 있습니까?"

"북한이 핵 못지 않게 두려워하는 B-2 폭격기, B-22 스텔스 전폭기, 원자력 잠수함, 구축함, 이지스함, 적 지휘부를 족집게처럼 도려내는 벙커버스터, 공기부양정과 탱크 킬러인 아파트 헬기 같은 첨단무기로 한국군이 무장하는 것입니다. 이러한 첨단무기들은 우리의 국론만 통일된다면 우리의 경제력으로 능히 도입할 수 있습니다."

"그럼 지금까지는 여야 사이에 국론 통일이 안 되어서 그러한 첨단 무기들을 도입하지 못했단 말입니까?"

"그렇습니다. 지금까지는 대한민국의 존립 자체를 반대하는 친북 또는 종북 세력의 지원을 받거나 그들을 두려워하는 정치집단이 15년 동안이나 집권을 하는 바람에 국방비를 총예산의 2.8% 이상 증가할 수가 없었습니다. 이것은 미국 7%, 중국 7%, 일본 6%, 이스라엘 8%, 북한의 60% 이상에 비해 형편없이 낮은 수준입니다.

그러나 지금 북한이 감행하고 있는 핵전쟁 위협의 여파로 친북, 종북 세력의 기세가 차츰 꺾이고 있는 추세입니다.

지금까지는 대법원에서 반국가 단체로 판결받은 종북 단체들에 대한 법집행이 보류되어 왔지만 앞으로는 이들 반국가 단체들은 과거 서독에서 친동독 반국가 단체들을 해산시킨 것처럼 우리도 강력한 법 집행으로 이들을 해산시켜버려야 합니다.

그래야 대한민국의 안보가 반석 위에 오르게 될 것입니다. 이명박 정부는 당연히 해야 할 종북 반국가 단체들에 대한 대법원 판결을 집행을 하지 않고 방치했었지만 박근혜 정부는 절대로 그런 일이 있어서는 안 됩니다.

그리하여 핵으로 위협하는 북한을 상대로 우리도 핵 보유의 차선책으로 우선 북한이 두려워하는 첨단무기들을 도입하기 위하여 국방비를 지금의 2.8%에서 적어도 5~7%로 인상하는 결단을 내림으로써 다른 무엇보다도 대한민국의 안보만은 무슨 일이 있어도 확고부동하게 만들어 놓아야 할 것입니다.

그러자면 첨단무기를 도입 운영함으로써 북한의 비대칭전력을 무력화시키는 국방력 강화 정책부터 강력하게 밀고나가야 합니다.”

한국도 중국의 전략적 자산이 될 수 있어야

"지금 북한의 김정은 정권은 전 세계의 지탄을 받고 있는데도 여전히 말 폭탄 벼랑 끝 전술로 하루하루를 연명하고 있습니다. 김정은이 노리고 있는 최후 목표는 핵보유국이 되어 미국과 단독으로 담판하여 남한에서 미군을 철수시키고 적화통일을 하자는 겁니다. 북한은 하늘이 무너져도 이러한 신념과 철학을 바꾸는 일은 없을 것입니다. 이때 한국은 어떻게 해야 할까요?"

"이제 한국은 핵을 가진 김씨왕조와는 더 이상 공존할 수 없다는 명백한 현실을 깨닫고 지금까지 추구하여 온 북한과의 공존 정책에서 벗어나 새로운 길을 모색할 수밖에 없습니다."

"어떻게 말입니까?"

"지금까지 우리가 추구하여 온 한미와 유엔의 조치만으로는 단기간에 김씨왕조를 변경시킬 수 없습니다. 북한이 무상으로 중국의 원유와 식량 지원을 받는 한 미국만으로는 안 됩니다. 반드시 중국의 협조를 얻어야 합니다.

최근 한·중·일을 방문한 존 케리 미 국무장관은 중국이 북한에 압력을 가하여 핵을 포기하면 동북아에서 미국의 MD(미사일 방어망)를 감축할 용의가 있다고 말했습니다. 이때 한국은 미국과 중국 사이에 끼어들어 미중 협상을 조율하는 역할을 해야 합니다."

"우리가 어떤 조율을 할 수 있을까요?"

"김씨왕조가 붕괴되고 한국 주도하에 한반도가 통일이 된다고 해도, 지금의 휴전선 또는 38선 이북에는 미군이 주둔하지 않는다는 조건을 조율할 수도 있습니다. 한국전쟁 시기 한국군과 유엔군이 북진할 때 중국은 38선 이북에 미군이 진출하면 중공군이 개입하겠다고 경고했습니다.

그때 맥아더 유엔군 사령관은 중공의 경고를 무시하고 38선 이북에 미군을 진출시킴으로써 중공군의 참전을 초래했습니다.

38선은 얄타협정에서 미국의 루즈벨트와 소련의 스탈린 사이에 체결된 경계선입니다. 한국은 서독과 동독이 통일될 때 서독이 미국과 소련, 영국과 프랑스 사이에서 어떻게 지혜롭게 처신했던가를 거울로 삼아야 합니다."

"그럼 중국은 과연 단시간 안에 북한의 핵을 포기시킬 수 있을까요?"

"그렇고말고요. 중국은 작심하고 한 달 동안만 압록강 밑을 통과하는 원유 공급 파이프의 밸브를 막아도 북한의 일체의 군사시설은 물론이고 교통수단과 모든 공장과 생활시설들이 올 스톱되지 않을 수 없게 되어 있습니다.

이것은 이미 북한의 2차 핵 실험 후에 1주일 동안 중국이 원유 공급밸브를 막았던 전례가 증명하고 있습니다."

"그렇다면 북한의 김씨왕조의 생사여탈권은 중국이 확실하게 장악하고 있다는 얘기입니까?"

"정확합니다. 지난 20여 년 동안 북한에 원유와 곡물을 무상공급해 줌으로써 북한이 지금까지 생존할 수 있게 해 준 것도 중국이고 김씨왕조를 붕괴시킬 수 있는 것도 중국입니다.

중국이 아니었더라면 북한은 이미 20년 전에 중국 자신처럼 살기 위해서 개혁개방을 단행하지 않을 수 없었을 것입니다."

"그런데도 중국이 원유와 곡물을 무상원조해 줌으로써 북한을 계속 생존케 하여 불량국가로 키운 이유는 무엇입니까?"

"중국은 지금도 북한을 전략적 자산으로 보고 있기 때문입니다."

"전략적 자산이란 무슨 뜻입니까?"

"북한을 외부 침략으로부터 중국을 막아주는 방패로 이용하려는 국가 이기주의적 발상을 말합니다. 만약에 북한이 개혁개방이 되었다면 김씨왕조는 무너지고 남북은 벌써 통일이 되어 있었을지도 모릅니다."

"북한이 개혁개방을 하면 꼭 붕괴된다고 말할 수 있습니까? 베트남은 중국처럼 개혁개방에 성공하지 않았습니까?"

"북한은 베트남과는 다릅니다. 베트남은 1975년에 월남공화국이 망한 뒤에 개혁개방에 착수했지만 북한은 자기네보다 40배의 경제력을 가진 대한민국과 지금도 육지로 맞붙어 있습니다. 북한은 이미 1976년을 기점으로 남북의 경제력 경쟁에서 완전히 판정 패당했습니다.

자기네가 패배당한 한국의 시장경제제도를 도입한다는 것은 북한의 입장에서 보면 한국에 백기를 들고 항복하는 것과 같습니다. 개혁개방으로 정보 유통이 자유로워지고 시장경제 도입으로 주민들의 생활이 향상되면 김씨왕조는 어차피 그동안 속아서 살아온 민중 봉기로 붕괴되지 않을 수 없게 되어 있습니다.

결론적으로 말해서 김씨왕조는 한국을 적화통일하려는 지금의 마음보를 바꾸지 않는 한 영원히 개혁개방은 못하게 되어 있습니다. 따라서 이제 심기일전心機一轉하여 우리도 북한처럼 중국에 대한 전략적 자산이 될 수 있다는 확신을 심어줄 수 있어야 합니다.

그렇게 되면 중국을 능히 움직일 수 있을 것입니다."

"우리가 어떻게 전략적 자산 즉 중국의 방패가 될 수 있을까요?"

"방금 전에도 말했지만 한국 주도로 통일이 되어도 1953년 판문점 휴전회담에서 미국과 중국 사이에 합의된 그대로 휴전선 이북에는 미국과의 협의를 통해 미군이 주둔하지 않게 한다는 것을 한국과 미국이 중국에 보장해 줄 수 있어야 한다는 것입니다."

"결론적으로 말해서 지금까지 김씨왕조를 실질적으로 키워온 장본인은 중국이 틀림없군요?"

"그렇습니다. 순전히 중국의 국가 이기주의가 그렇게 만든 것입니다."

103년 만에 찾아온 기회

"김씨왕조가 붕괴되면 어떻게 될까요?"

"북한에는 여야 정치세력이 없어서 현실적으로 김씨왕조의 대안 代案 세력이 존재하지 않습니다. 그러므로 구소련이 붕괴되었을 때처럼 김씨왕조 체재만 없어질 뿐, 66년 계속된 김씨왕조 체제의 구성원들은 계속해서 다음 체제의 관리요원으로 남아서 개혁개방 정책을 주도하게 될 것입니다. 개성공단은 김씨왕조 붕괴 다음에 올 경제 체제를 이어받을 수 있는 좋은 규범이 될 수 있을 것입니다.

그렇지 않아도 최근의 탈북자들의 말을 들어보면 1994년 이후 대기근으로 배급 대상에서 제외당한 2,300만 북한 주민의 대다수는 김정은 체제만 무너지면 북한 주민들도 남한 동포들을 본떠 열심히 일함으로써 최소한 2~3년 안에 현재 중국 수준의 개인소득 5,000달러는 달성할 수 있을 것이라고 말합니다.

여기서 문제가 되는 것은 미국과 중국 사이에서의 한국의 역할입니다. 북한의 핵 포기와 개혁개방은 미국과 중국 사이에서 한국이 어떻게 지혜롭게 처신하느냐에 전적으로 달려 있습니다.

지금 동해와 서해에는 북한의 전쟁 협박 이후 미국의 B-52, B-2 폭격기 및 F-22 스텔스 전폭기의 한국 상공 비행과 폭격 연습, 핵잠수함, 이지스함, 구축함, 2척의 항공모함 등이 상시 주둔하여 북한의 핵 포기를 압박하는 한편 중국에도 북한의 핵 포기에 영향력을 행사할 것을 강력하게 요구하고 있습니다.

북한이 받을 압박은 말할 것도 없고 중국 역시 적지 않은 위협을 받고 있습니다. 그 때문에 중국인들이 지금은 종래처럼 북한을 전략적 자산으로 보는 것이 아니라 도리어 전략적 장애물로 보는 경향으로 바뀌어 가고 있습니다. 한국으로서는 바로 지금이야말로 미중 두 나라 사이에서 외교를 펼 수 있는 절호의 기회가 아닐 수 없습니다.

그야말로 구한국이 일제에 망한 후 103년 만 찾아온, 하늘이 마련한 천재일우千載一遇의 호기가 아닐 수 없습니다. 지금 한국이 할 일은 우리나라가 다시는 주변 강대국들의 국가 이기주의에 희생되는 일이 없도록 우리도 이번 기회에 반드시 분단을 극복한 독일처럼 강대국으로 뻗어나갈 수 있는 기초를 다져나가는 일입니다."

"구한국舊韓國이 주변 강대국들의 이기주의에 희생된 경위를 이번 기회에 좀 말씀해주시겠습니까?"

"그러죠. 1894년에 일어난 청일전쟁淸日戰爭은 청국과 일본이 약소국 조선을 서로 차지하기 위한 전쟁이었고 1905년에 일어난 노일전쟁露日戰爭 역시 한국의 지배권을 놓고 러시아 제국과 일본제국이 맞붙은 각축전이었습니다.

그리고 1905년에 있었던 태프트-가즈라 비밀 협정은 한국은 일본이 필리핀은 미국이 사이좋게 먹어버리자는 비밀 협정이었습니다. 따라서 일본의 한국 강점은 미국과 일본 사이의 파워게임의 소산이었습니다.

1945년 2월 4일에 열린 얄타 회담에서는 미국의 루즈벨트와 소련의 스탈린 사이에 한반도의 38선 분할 점령이 결정되었습니다. 이처럼 미국은 108년 전부터 한국 문제에 깊숙이 간여한 결과 6.25 때 한국이 적화되는 것을 당연히 막아야 책임이 있었을 뿐만 아니라 통일을 도와줄 의무가 있는 나라가 아닐 수 없습니다.

1953년 7월 29일에 조인된 휴전회담에서는 미국과 중국 사이에 현 휴전선이 확정되었습니다. 물론 이 휴전 회담 조인식에 한국은 참석하지 않았고 북한만 참석했지만 그 조인식의 실질적 주체국은 미국과 중국과 그 회담을 막후에서 주선한 소련이었습니다. 요컨대 한국의 현 휴전선은 미국, 중국, 소련의 합작품이라고 할 수 있습니다.

따라서 앞으로 우리나라를 둘러싼 주변 강대국들의 파워게임이 되풀이 되지 않게 하려면 우리도 운명적으로 강대국이 되는 길밖에는 다른 선택의 여지가 없습니다. 그 기초를 지금부터 다져나가자는 겁니다. 이것이야말로 우리 세대가 수행해야 할 숭고한 사명입니다. 그리하여 우리도 파워게임의 피해자가 아니라 당사자가 되어야 합니다. 이것이 하늘이 우리에게 계시한 사명입니다.

1876년에 강화도 조약 이래 내내 강대국들에게 피해만 당해 온 우리나라가 137년 만에 강대국이 될 기틀을 잡았습니다. 약속국의 서러움을 속속들이 잘 아는 한국이 아직도 강대국들에게 희생되고 있는 수많은 약소국의 대변자가 되어 홍익인간弘益人間할 수 있는 기회를 하늘은 우리나라에 부여했다는 것을 알아야 할 것입니다."

강대국과 중립국

2013년 4월 23일 화요일

우창석 씨가 말했다.

"선생님께서는 우리나라가 뻗어나갈 수 있으려면 강대국이 되어야 한다고 자주 말씀하시는데 과연 한국에 그럴 만한 싹수가 있을까요?"

"있고 말고요. 한국은 지난 50년 동안에 2차 세계대전 후에 식민지에서 독립한 수많은 나라들 중에서 기적적으로 산업화와 민주화에 다 같이 성공하여 원조받는 나라에서 원조주는 나라로 탈바꿈한 유일한 나라입니다. 그리고 한국은 경제 규모와 무역량에서 유럽의 강대국 이탈리아를 이미 추월하여 세계 8위를 기록하고 있습니다.

이제 한국은 미국은 말할 것도 없고 중국도 과거처럼 가볍게 볼 수 없는 협상 당사국이 되었습니다. 만약에 한국이 1998년부터 2008년 사이에 친북좌파가 집권하여 한국 경제의 잠재 성장 동력을 소진시키지 않고 계속 성장 정책을 밀어붙였더라면 한국은 이미 영국의 경제 규모를 추월하고도 남았을 것입니다. 한국의 친북좌파 10년 집권이야말로 중국의 홍위병 난동 10년 못지 않게 국가 발전을 저해했습니다."

"그 이유가 어디에 있을까요?"

"전 세계가 이미 20년 전에 확실히 용도 폐기해버린 부의 평등 정책을 밀어붙였기 때문입니다. 요즘은 유럽과 남미의 사회당들도 사회주의를 폐기하고 실리적인 자유시장 경제제도를 채택하고 있건만 한국의 친북좌파들만은 구 공산권인 동유럽과 러시아와 중국까지도 쓰레기통에 내다버린 사회주의 정책을 추진했기 때문입니다. 돌대가리들이 아닌 이상 도저히 할 수 없는 것을 한 것입니다."

"강대국이 되어 엄청난 모험을 감수하기보다는 한국도 차라리 영세중립국으로 1,000년 이상을 누려온 스위스 같은 나라를 벤치마킹하는 것은 어떨까요?"

"한국 역사의 진상을 알면 그런 말을 할 수 없을 것입니다. 한국은 동북아 대륙의 중심부인 황하와 양자강 유역의 중원의 동부 지역을 9,100년 동안 중단 없이 지배하여 온 터줏대감으로 살아온 나라입니다. 한국인의 피 속에는 대륙을 지배했던 9,100년 동안의 잠재력과 DNA가 숨 쉬고 있습니다.

우리 기업들이 남들이 200년 내지 100년 걸린 과정을 겨우 한 세대 안에 성취하고 해외에 진출하여 현지에 잘 적응하면서 세계 각지에서 힘차게 뻗어나갈 수 있었던 것은 대륙의 이민족들을 지배했던 경험이 우리의 피와 뇌 속에 잠재되어 있다가 때를 맞아 일시에 폭발했기 때문입니다. 그래서 역사를 바로 알아야 현재와 미래를 정확하게 내다볼 수 있다고 동서고금의 성현들은 말하는 것입니다."

"결국 우리는 과거에 오랫동안 살아온 능력과 재주대로 앞으로도 살아나갈 것이라는 말씀이시군요."

"그렇습니다. 우리는 원래 중원을 9,100년 동안 경영하여 온 국민들입니다. 그런 기질을 가진 민족이 19세기 말엽에 외세에 의해 나라를 빼앗기고 역사까지도 모조리 약탈당한 채 100여 년을 한반도 안에서 잔뜩 웅크리고 살아오다가 이제 때가 되어 그동안 억압되었던 기를 펼 수 있게 된 것입니다. 인재를 쓰는 황금률은 적재적소適材適所입니다. 재능에 알맞은 일자리를 각자에게 마련해 주는 겁니다.

그와 마찬가지로 나라도 그 나라에 알맞은 역할이 있습니다. 우리나라의 과거사를 되돌아보면 홍익인간弘益人間 재세이화在世理化 정신으로 주변 나라들을 장구한 세월 동안 다스려온 이력을 가지고 있습니다.

3,301년 동안의 환국桓國 시대, 1,565년 동안의 배달국倍達國 시대, 2,096년의 단군조선檀君朝鮮 시대가 그것을 말해줍니다. 단군조선이 서기전 238년에 망한 뒤에도 부여, 고구려, 백제, 신라, 발해, 고려, 조선에 이르는 2,138년 동안 배달민족은 왕조를 바꾸어 가면서 황하와 양자강 유역의 중원을 중단 없이 다스려왔습니다.

세계를 정복했다는 로마제국도, 유라시아를 망라한 징기스칸 제국도, 유럽의 나폴레옹 제국도, 지구상에서 해가 지는 일이 없다던 대영제국大英帝國도 로마를 빼고는 1천년 이상 생존한 일이 없습니다. 그러한 엄청난 역사를 가진 한국이 겨우 중립국이 되라는 것은 대목大木을 보고 소반이나 책상 따위나 만드는 소목小木으로 죽치고 앉아 있으라는 것과 같이 어울리지 않는 일입니다."

동양사의 진실

"그런데 실제로 지금 나돌고 있는 동양사는 선생님의 말씀과는 전연 다르지 않습니까?"

"잘 알고 있습니다. 그 이유는 내가 선도체험기에서 누누이 말한 바와 19세기 말 서세동점기西勢東漸期에 당시의 초강대국 대영제국과 그 주구인 일본에 의해 우리나라가 대륙의 영토와 역사를 동시에 강탈당하고 그 당시 조선왕조의 변두리였던 지금의 한반도로 추방되었기 때문입니다."

"그러나 지금 교육되고 있는 동양사를 보면 중국은 진시황 이래 한漢, 당唐, 송宋, 원元, 명名, 청淸 어느 시대에도 거의 다 중원을 통일한 것으로 되어 있지 않습니까?"

"잘 알고 있습니다. 그러나 그 당시의 기록에 따르면 한, 당, 송, 원, 명, 청 시대에 어느 나라도 중원을 통일한 일은 없습니다. 동양사가 그런 식으로 기술된 것은 전연 사실事實이 아닙니다."

"그럼 무엇이 사실입니까?"

"대륙의 중원은 우리민족에 의해 환국桓國이 지금의 섬서성 시안 지역에 최초로 나라가 세워진 이후 중원 지역은 9,100년 동안 한 겨레에 의해 장악되어 경영되었다는 것이 역사적 사실입니다. 그러니까 대륙에서 1910년 전후에 배달족들이 한반도로 추방되기까지 중국 대륙이 어떤 왕조에 의해 하나로 통일되었다는 것은 순전한 역사 날조에 지나지 않습니다.

그 사실을 입증하는 물증이 바로 각 시대에 사관들이 써 남긴 기록들 즉 이십오사二十五史, 환단고기桓檀古記, 삼국사기三國史記, 고려사高麗史, 조선왕조실록朝鮮王朝實錄 중 세종실록지리지世宗實錄地理志, 동국여지승람東國輿地勝覽 등입니다.

이들 기록에 의하면 동북아 대륙은 환국 이래 대부분의 시대를 통하여 대륙 북부와 서부에는 말갈족, 거란족, 돌궐족, 몽골족, 한족漢族 국가들이 길게 누어있었고 동부에는 배달족 국가가 남북으로 뻗어 있었고, 절강성, 복건성, 광동성, 강소성 일부 해안 지역에는 왜족倭族 즉 일본족이 살고 있었는데 이들에 의해 대륙은 3분되어 있었습니다. 이것이 역사의 진실입니다."

"그렇다면 언제부터 그 진실이 왜곡 날조되기 시작했습니까?"

"조선왕조가 대영제국의 사주를 받은 일본에 의해 나라와 역사까지 철저히 약탈당한 채 한반도로 추방되고 나서 신해혁명에 의해 청국이 무너지고 중화민국이 생겨나 손문孫文정부가 생겨나기 전후의 일입니다.

그때 영국은 중국 대륙을 인도 대륙처럼 통째로 먹어버릴 큰 야심을 품고 그 장애물인 중원의 터줏대감인 517년의 역사를 가진 노쇠하고 힘 빠진 조선왕조를 일본의 도움을 얻어 한반도로 추방한 것입니다.

그때 손문 정부는 얼씨구나 하고 지금의 동양사와 비슷하게 역사 날조 작업을 철저하게 강행한 것입니다. 이십오사二十五史의 한서漢書 지리지地理志를 비롯한 수많은 사서들이 국가 이익에 맞게 대대적으로 첨삭添削이 가해져 지금과 비슷한 체제로 왜곡날조된 것입니다.

마치 배달족의 국가들이 중원에는 존재한 일조차 없었던 것처럼 역사 기록들을 대대적으로 왜곡 날조한 것입니다. 그리고 대륙에 남아있던 배달족 국가들의 각 시대의 궁전들과 사적들은 한족漢族 국가들의 것인 것처럼 바꿔치기 한 것입니다.

그와 함께 한국사는 일본에 의해 대륙에서 한반도로 수평 이동 작업이 진행되고 이에 발맞추어 반도식민사관에 따른 역사 날조 작업이 강행된 것입니다.

바로 이때에 토속어 땅이름밖에 없던 한반도에는 대륙 중원에서 우리 조상들이 쓰던 지명地名들과 조선왕조의 궁전들을 위시하여 우리 역사상 중요한 역사 유적들이 대대적으로 이식移植된 것입니다.

평양에는 동명왕릉, 기자릉, 개성에는 선죽교, 만월성터, 경주에는 안압지, 첨성대, 포석정鮑石亭이 대륙에 있었던 것을 본떠서 만들어졌고 신라 왕릉들도 대륙에서 이장移葬되었습니다.

그래서 전라도에는 중국의 동정호洞庭湖 같은 호수가 없는데도 호남湖南이라는 지명이 생겼고, 경기도 수원水源에는 물의 근원이 될 만한 수원水源도 없으면서 수원이라는 지명까지 버젓이 껴묻혀 들어 온 웃지 못할 해프닝이 벌어진 것입니다."

"그런데 왜 하필이면 전라도를 호남이라고 부르게 되었을까요?"

"조선왕조가 대륙에 있었을 때는 도읍인 한양을 중심으로 태극 사상에 입각하여, 반도에서는 각도가 길게 남북으로 배치된 것과는 달리 둥글게 배치되어 있었습니다. 도읍 북쪽이 함경도이고 시계 바늘 방향으로 강원도, 경상도(도읍 남쪽) 전라도 그리고 충청도, 황해도, 평안도 순으로 원형으로 배치되어 있었습니다. 전라도를 한반도에서도 호남이라고 지금도 부르게 된 것은 대륙에서는 그 위치가 바로 동정호 남쪽에 해당되기 때문이었는데 그 지명이 한반도로 옮겨오면서 그렇게 부르던 습관이 그대로 같이 끼어들어 왔기 때문입니다."

한국 유적 말살하기

"중국인들은 배달족 국가들의 흔적들을 말소하고 중국 것으로 바꿔치기만 하면 9,100년 동안의 배달족의 중원 경영의 역사가 모조리 말소될 것이라고 생각했을까요?"

"물론입니다. 동북아 대륙에서는 배달족이 선주先住 민족으로 역사시대를 연 이래 수없이 많은 국가들이 부침浮沈을 거듭해 왔습니다만 하나의 민족국가들이 9,100년 동안이나 계속된 실례는 한민족을 빼놓고는 없습니다. 한족漢族 최초의 군왕이라는 황제헌원黃帝軒轅이 나타난 것도 환국桓國이 세워진 지 4천년 후의 일이었습니다."

"한족漢族 국가들은 여러 번 부침을 거듭하면서도 계속 이어지지 않았습니까?"

"그렇지 않습니다. 한족漢族 국가는 하夏, 은殷, 주周, 진秦, 한漢, 당唐, 송宋 이후에는 몽골족의 원元에 의해 근 백 년 동안 완전히 국맥國脈이 완전히 끊겼었고, 그 후 한족이 세운 명明 이후에도 만주족이 세운 청淸에 의해 300년 동안 두번째로 나라의 명맥이 깡그리 끊어졌습니다. 그러니까 원元, 청淸에 의해 도합 400년 동안 나라의 맥이 완전히 끊겨서 몽골족과 만주족의 지배를 받으면서 한족은 심하게 이질화되었습니다. 그러나 중원의 배달족 국가들은 이러한 외침으로 국맥이 끊어진 일이 단 한번도 없었습니다."

"그것을 무엇으로 입증할 수 있습니까?"

"우리 조상들이 대륙에서 국가를 경영하면서 써 남긴 삼국사기, 고려사, 조선왕조실록 같은 기록들과 중국의 이십오사二+五史가 그것을 증명하고 있지 않습니까? 한족 국가들은 요遼, 금金, 돌궐突厥, 원元, 청清 등에 의해 부분적으로 또는 완전히 수없이 국맥이 끊어졌지만 배달족 국가들을 그런 일이 전연 없었습니다. 유라시아에 대제국을 건설했던 징기스칸의 원元 제국도 고려를 부마국駙馬國으로 만들 수는 있었을망정 독립 국가로서의 숨통을 아예 끊어버리지는 못했습니다.

그런대 무려 9,100년 동안 대륙에서는 외침에 의해 나라의 명맥이 단 한번도 끊어진 일이 없었던 배달족 국가의 대륙에서의 마지막 나라인 조선왕조가 망하여 1910년 대륙에서 완전히 추방되어 한반도로 이동되면서 우리 역사상 처음으로 35년 동안 일본에 의해 국맥이 끊어졌다가 1945년에 해방을 맞았고 남한에서는 1948년에 대한민국이 세워진 것입니다.

이것은 중국인들이 보기에는 기적과 같은 일이었습니다. 왜냐하면 중국인들은 원元에 의해 국맥이 끊어진 지 정확히 97년 만에, 그리고 청清에 의해 나라의 숨통이 끊어진지 296년 만에 한족 나라가 회복된 것이 비하여 너무나도 그 기간이 짧았기 때문입니다.

한때 그렇게도 막강했던 금金, 요遼, 거란契丹, 돌궐突厥, 원元, 청清 등을 세웠던 민족들은 지금은 한족문화에 흡수동화되어 몽골족 외에는 흔적도 없이 사라져버렸습니다."

"그 이유가 무엇입니까?"

"그 민족의 혼에 해당되는 역사와 문화가 다른 나라 역사와 문화에 흡수동화될 정도로 취약했기 때문입니다. 이스라엘 민족이

2,000년 동안 세계에 흩어져 살면서 언어마저 잊어버렸지만 끝내 살아남아 다시 나라를 세울 수 있었던 것은 바로 그 민족의 역사를 보존할 수 있었기 때문입니다.

중국의 언어학자들은 중국이 어려운 표의문자인 한자를 쓰기 때문에 문맹 퇴치가 어려운 것을 감안하여 1920년경 중국어의 표현 수단으로 표음문자를 채택할 것을 논의한 일이 있었습니다. 두 가지 표음 문자 즉 한글과 서양 알파벳이 토의 대상에 올랐습니다.

한글은 그때에도 세계 언어학자들 사이에 가장 과학적이고 쓰기에 편리한 우수한 표음문자로 인정받고 있었습니다.

일부 실용성을 중시하는 언어학자들이 한글을 중국어의 표현 수단으로 쓸 것을 주장했습니다만 다수의 학자들이 그 타당성은 인정하면서도 한글은 이미 망해버린 나라의 글자인데 체면상 어떻게 우리가 그것을 쓸 수 있겠느냐는 다수 의견에 따라 한글 대신 알파벳을 채택했다고 합니다.

이처럼 중국인들은 한국이 35년 만에 부활하리라고는 생각지 못했습니다. 거란족, 돌궐족, 만주족처럼 다시는 나라를 가질 수 있으리라고는 생각지 않았던 것입니다. 그러나 그런 발상은 잘못이라는 것이 드러났습니다.

그런데도 불구하고 그들은 대륙의 중원에 한겨레의 나라가 있었다는 흔적조차 말끔하게 지워버리려고 지금도 동북공정을 추진하려고 혈안이 되어 있습니다. 바로 이런 이유로 요즘 그들은 자국인의 교육용으로 압록강 대안에 지안박물관을 짓고는 수隋 당唐을 패퇴시킨 역사는 일언반구도 없이 고구려가 한당고국漢唐古國이라고 쓴 간판만을 걸어놓았을 뿐입니다. 마치 고구려가 한당漢唐의 속국이나 되는 듯이 말입니다."

"비록 소설 형식을 빌리는 삼국지三國志, 수호지水滸志, 열국지列國志 같은 것을 읽어보면 이들 소설 주인공들의 활동 무대는 우리 민족이 9,100년 동안이나 국가를 경영했던 중원으로 되어 있습니다. 그건 어떻게 된 겁니까?"

"그 작품들은 명대부터 유행했다고 합니다. 그렇다면 그때부터 한족漢族들은 그들 나름으로 지금의 동북공정과 같은 역사 날조 작업을 소설을 통하여 시작했다고 보아야 할 것입니다. 다만 우리가 조심해야 할 것은 우리 자신들이 바른 역사를 모르니까 그 소설에 나오는 대로 그 활동 무대가 원래부터 한족漢族들의 땅이라고 보는 역사에 대한 무지입니다.

그런 무지가 계속되는 한 우리의 혼魂은 한족에게 침해를 당하는 것입니다. 그런 침해를 당하지 않으려면 그러한 소설을 읽되 무엇이 틀렸다는 것을 바르게 아는 것입니다. 다시 말해서 역사를 바르게 알아야 한다는 겁니다."

한·중·일 3국 시대

"그럼 동북아 대륙에서 살아온 나라들 중에서 지금도 국가의 명백을 유지하고 있는 나라가 몇이나 됩니까?"

"독립국가로서는 한국·중국·일본·몽골이 있습니다. 이 중에서 분단국인 대만·북한·몽골 외에는 동양 3국으로 한국·중국·일본이 뚜렷하게 부상하고 있다고 말할 수 있습니다. 그 밖에 티베트족과 신장 위그르족이 중국의 멍에에서 벗어나려고 독립 운동을 벌이고 있습니다.

한·중·일 세나라는 19세기 말까지도 대륙을 3분하여 살아왔습니다. 한국이 대륙의 중동부를 차지한 국가였고 중국은 북서부를 일본은 대륙의 동남부 해안 일부를 차지했습니다."

"그렇다면 1840년에 벌어진 영국과 청국의 아편전쟁은 어떻게 됩니까?"

"아편전쟁은 영국과 청淸과의 전쟁이 아니라 영국과 조선과의 전쟁이었습니다. 그것이 영국을 비롯한 서구 열강들과 신해혁명 이후 손문 정부에 의해 역사 날조 작업이 대대적으로 벌어진 결과 지금처럼 가짜 동양사가 등장하게 된 것입니다."

"그럼 일본은 어떻게 대륙을 떠났나요?"

"일본은 해안지대를 차지했으므로 서구 문물을 가장 먼저 받아들여 서구화가 동양 3국 중에서 가장 빨랐던 이점을 이용하여 1868년 강소성에서 명치유신을 단행했습니다. 명치천황은 어려서부터 영국에서 교육을 받은 후 16세에 천황이 되었습니다. 그 후 일본은 영국과의 밀약에 따라 일본열도로 옮겨갔습니다."

"그 밀약 내용은 무엇입니까?"

"영국은 일본이 열도로 철수하는 대신 대만·조선·만주를 일본에 양도했습니다. 그 대신 영국은 만리장성 이남 중국 대륙 전체를 영국 식민지인 인도 대륙처럼 식민지로 경영하려고 아편전쟁의 결과로 차지게 된 홍콩을 교두보로 삼고 잔뜩 벼르고 있었습니다.

영국이 보기에 조선과 일본을 그대로 놔두고는 중국 대륙을 제 마음대로 요리할 수 없다고 생각한 것입니다. 영국에게는 조선과 일본이 일종의 걸림돌이 아닐 수 없었던 것입니다."

"그럼 영국은 일본과의 밀약을 제대로 지켰습니까?"

"물론입니다. 영국은 약속대로 대만을 일본에 넘겨주었고, 1876년의 강화도 조약을 기점으로 일본의 조선 침략을 허용했던 것입니다. 그 당시 세계 유일의 초강대국 대영제국의 위세가 지금의 미국 못지 않았습니다. 그때부터 우리나라는 계속 열강들의 파워게임의 희생양이 되어왔던 것입니다."

"그래서 그 후에는 어떻게 되었습니까?"

"1932년 일본은 자기네의 괴뢰국 만주국滿洲國을 세워 만주를 식민지로 통치하기 시작했지만 어느 열강도 항의 한마디 하지 않았습니다. 그러나 1937년 일본이 만리장성 이남 중국 본토에 침략해 들어감으로써 대영제국을 비롯한 열강들의 강력한 반대에 부딪치게 되었습니다. 영국과의 비밀약속을 위반했기 때문이었습니다."

"그건 그렇고요. 영국은 결국 중국 대륙을 식민지로 차지하는 데 실패하지 않았습니까?"

"그렇습니다. 하늘은 영국에게 인도 대륙 이외 중국 대륙까지

넘보는 영국의 지나친 탐욕을 용납하지 않았던 것입니다. 그동안
에 중국에서는 1911년 신해혁명이 일어나 청국이 붕괴되고 손문孫
文이 이끄는 중화민국中華民國이 수립되어 역사상 처음으로 중국 대
륙 전체를 다스리는 중국 국가가 수립되었고, 뒤이어 중국 공산당이
대륙을 석권하여 지금에 이르렀습니다."

"그럼 영국은 결국 죽 쑤어 개 준 꼴이 된 거 아닙니까?"

"정확합니다. 영국은 조선과 일본을 대륙에서 내어쫓고 나서 중
국인들만 남은 중원 대륙을, 인도처럼 털도 안 뽑고 통째로 삼키
려다가 목구멍에 딱 걸린 것입니다. 게다가 중국 침략의 교두보였
던 홍콩에서까지 철수하지 않을 수 없게 되었습니다. 이로써 서세
동점西勢東漸 시기는 막을 내리게 된 것이죠."

"그럼 하늘은 현재의 중국에만 지나치게 혜택을 주어온 것 아닐
까요?"

"과연 그런지는 좀 더 지켜보아야 할 것입니다. 이제 한·중·일
3국 쟁패 이야기는 제1막이 올랐을 뿐이니까요."

개성공단은 운명

2013년 4월 29일 월요일

우창석 씨가 말했다.

"박근혜 정부는 개성공단에 남아 있는 우리 측 근로자들을 29일까지 완전히 다 철수시킨다고 합니다. 어떤 사람은 잔류 근로자들에 대한 식자재 반입조차 북측이 금지하는 판에 차라리 잘된 일이라고 말합니다.

중국이 원하는 북핵을 막으려면 무상으로 공급해 주던 원유만 끊어도 김씨왕조는 금방 붕괴될 터인데 중국은 원유 배관 밸브를 왜 막지 않느냐고 우리가 항의하면, 중국은 한국은 왜 개성공단을 운영하여 북한에 연간 근 1억 달러의 외화를 공급하면서 우리 탓만 하느냐고 반문하면 우리는 할 말이 없었는데, 이참에 개선공단이 폐쇄되면 우리가 중국에 대북 원유 중단을 떳떳이 촉구할 수 있을 것이므로 차라리 잘된 일이라고 말하는 사람도 있습니다."

"북한에 대한 중국의 태도가 달라지고 있는 것은 사실입니다. 중국은 요즘 북한을 중국의 전략적 자산이 아니라 전략적 장애물로 보고 있습니다."

"그러나 지난해 중국의 대북 원유 수출은 10만 6,000톤으로 전년에 비해 오히려 8.2%나 증가되었다고 합니다. 중국의 식량과 원유의 무상원조만 없었다면 북한의 김씨왕조는 벌써 20년 전에 망해버렸을 것입니다.

그러나 비록 만시지탄은 있지만 지금이라도 중국이 원유 공급 중단 결단만 내린다면 지구촌의 골치덩어리는 간단히 제거될 수 있다고 말하는 사람도 있습니다. 어쩌면 그러한 계기가 될 수도 있고, 중국의 대북 원유 공급에 영향을 줄 수도 있는 개성공단 폐쇄는 과연 가능할까요? 선생님께서는 어떻게 생각하십니까?"

"북한은 개성공단 잠정 폐쇄는 한다고 했지만 아직 완전 폐쇄를 한다고는 말하지 않았습니다. 북측 지도부에 돌대가리들만 있는 것이 아니라면 개성공단을 그렇게 간단히 닫아버리기는 어려울 것입니다.

남북이 합의해서 만든 개성공단을 일방적으로 닫아버리면 북한은 앞으로 지구촌의 어떤 나라와도 경제협력을 할 수 없게 될 것입니다. 지금 북한에는 나선지구, 황금평, 개성공단 세 군데의 대외 협력 지구가 있는데 나선지구는 카지노 지구로서 별로 시원치 않고 황금평은 지금 막 말뚝을 박는 단계이고, 제대로 돌아가는 곳은 개성공단밖에 없었습니다.

개성공단을 한국의 동의 없이 북한이 멋대로 폐쇄해버리는 자살 행위는 감히 하지 못할 것입니다. 그렇다고 북한이 못하는 폐쇄를 한국이 할 수 있으리라고는 누구도 상상도 할 수 없는 일입니다.

천안함 폭침, 연평도 폭격과 같은 격변을 겪으면서도 개성공단이 살아남을 수 있었던 것은 남북에 다 같이 상호이익이 되는 경제적 자생력이 있었기 때문이었습니다.

공단에서 지급되는 임금으로 5만 4,000명의 종업원과 그 가족까지 합해서 약 20만 명의 주민들의 생계를 해결하는가 하면 공단에 입주한 123개의 한국의 중소 기업체는 여기서 생산되는 삼품을 팔아 이익을 올릴 수 있었으므로 공단은 지금까지 잘 돌아가고 있었습니다.

그러한 공단이 북한의 3차 핵 실험으로 유엔 안보리의 제2094호 제재에 위협을 느낀 북한이 여기에서 벗어나려는 몸부림의 일환으로 단계적인 전쟁도발 위협을 가하는 과정에서 개성공단도 도발 위협 대상이 된 것입니다.

정동영 전 통일원 장관이 말한 것처럼 '아무 이상 없이 멀쩡하게 잘 돌아가던 개성공단이 남쪽의 잘못으로 폐쇄 위기에 몰린 것'이 결코 아닙니다.

따라서 안보리 제재를 주도한 미국과 북한의 대화를 통해서 무슨 돌파구가 생기면 개성공단은 재가동될 것으로 봅니다. 그러나 핵을 포기하지 않는 한 북한과 대화도 보상도 하지 않겠다고 미국이 완강하게 나오는 한 북한의 의미있는 태도 변화 없이는 어떠한 해결의 실마리도 쉽게 풀리지 않을 것입니다."

"지난 10년 동안 개성공단이 운영되면서 한국측 기업체 요원들과 5만 4,000명의 북한 종업원들이 서로 늘 접촉하는 과정에서 남쪽의 문화와 생활방식이 무언중에 북한에 전파되어 북한 주민들은 은연중에 지금까지 모르던 남쪽의 실상과 자본주의적 생활방식을 알게 되어 김씨왕조 체재 유지에 위험신호가 켜져서 어차피 어느 땐가는 폐쇄를 하려 했었는데 때마침 이번 북한의 전쟁 도발 대상에 개성공단이 포함되었다고 말하는 사람도 있습니다. 선생님께서는 어떻게 생각하십니까?"

"충분히 있을 수 있는 일입니다. 남북 이산가족 상봉이 처음에는 서울과 평양에서 교대로 진행되다가 북측 이산가족들이 서울에 와서 한국의 실상을 보고 북한 돌아가 이웃들에게 서울에서 보고

들은 얘기를 한 것이 계기가 되어 남한의 실상을 아는 북한 주민들이 계속 늘어나게 되었습니다.

그것이 김씨왕조 체재 유지에 장애가 된다고 판단한 북한 당국은 결국 이산가족 상봉 장소는 그들의 요구대로 금강산으로 결정이 되었습니다.

김씨왕조에게 가장 중요한 것은 이산가족 상봉이 아니라 체제 유지이기 때문에 충분히 그럴 수도 있습니다. 개성공단도 마찬가지입니다. 김씨왕조에게 가장 중요한 것은 그들의 체재 유지지 남북 주민들에게 상호이익이 되는 공단 같은 것이 아니기 때문입니다."

"아니 그렇다면 남북통일이 되어 남북 주민들이 상부상조하면서 아무리 행복하게 잘 살아나갈 수 있다고 해도 그것이 김씨왕조 유지에 걸림돌이 된다면 물거품이 될 수 있다는 얘기가 되는가요?"

"그렇고말고요. 그렇게 생각하는 것이 1998년부터 2008년까지 한국의 친북좌파 정부 10년을 주도한 집권자들의 정신적 스승인 송두율 교수가 말하는 이른바 '내재적內在的 접근법'이라는 사고방식입니다. 쉽게 풀어서 말하면 한국인은 북한의 김씨왕조를 이끌어가는 사람들의 사고방식을 그대로 복창해야 한다는 것입니다."

"그건 우리가 이웃에 살고 있는 도둑과 어울려 살아가기 위해서 도둑과 똑같은 생각을 해야 된다면 우리도 결국은 도둑이 되자는 얘기가 아닙니까?"

"정확합니다."

누가 일본의 극우파를 키웠나

2013년 4월 30일 화요일

우창석 씨가 말했다.

"요즘 일본의 아베 정부는 168명의 국회의원의 야스쿠니 신사 참배로 마치 패전 68년 만에 그동안 은인자중隱忍自重 와신상담臥薪 嘗膽 끝에 드디어 100년 전의 욱일승천旭日昇天하는 영광스러운 대 일본 군국주의 국가로 부활한 것처럼 기고만장하고 있습니다.

일본과 같은 전범국인 독일이 히틀러의 나치 독일로 북귀하는 것과 같은 사태는 서구인들이게는 상상도 할 수 없는 일입니다. 그러나 지금 일본에서는 여봐란 듯이 공공연히 그런 일이 벌어지 고 있습니다. 도대체 같은 전범국인 독일과 일본이 무엇 때문에 이렇게 하늘과 땅처럼 달라져야만 할까요? 누구에게 그 책임이 있 는지 선생님께서 좀 말씀해 주실 수 있겠습니까?"

"그 주된 책임은 1945년에 패전국 일본을 통치한 연합군 최고 사령관으로 취임한 맥아더 장군에게 있습니다."

"아니 맥아더 장군이라면 6.25 때 인천상륙을 단행하여 한국전 쟁의 양상을 뒤바꾸어놓은 영웅으로 한국인들의 존경을 받아 인천 공원에 동상까지 세웠건만 근래에 종북 좌파들의 철거 시도를 막 느라고 경찰들이 고생께나 하고 있는 바로 그 주인공 말입니까?"

"그렇습니다."

"맥아더 사령관이 도대체 주일 사령관으로 있을 때 무슨 일을 했습니까?"

"일본이 태평양전쟁이라는 침략 전쟁을 일으켜 한국인만도 100만 명 이상을 희생시킨 최고 주범은 엄연히 일본의 쇼와 천황이었는데도 그를 전범으로 처벌하지 않고 내각 수반이요 육군상인 도죠 히데끼와 그 일당만을 전범으로 처벌한 것이 결정적인 실수였습니다."

"그렇게 된 이유가 무엇입니까?"

"패전한 일본을 효과적으로 다스리려면 일본인들이 신으로 숭배하는 천황를 존치하는 것이 좋겠다는 맥아더 사령관의 판단이 결정적 패착이었습니다. 뿌리는 그대로 놔 둔 채 나뭇가지만 살짝 쳐 버리면 될 것이라는 안이한 생각이 맥아더로 하여금 지금과 같은 사태를 불러오게 한 것입니다. 이것이 일본의 우익을 지금처럼 키워준 첫 번째 원인입니다."

"그럼 두 번째 원인은 무엇입니까?"

"김일성의 적화야욕으로 촉발된 한국전쟁과 미소 냉전입니다. 6.25 발발로 일본은 유엔군의 군수기지로 탈바꿈하여 일본은 경제적으로 재기의 발판을 굳히게 되었습니다. 바로 이 때문에 독일이 나치를 철저히 뿌리 채 뽑아버리듯 일본의 군국주의자들을 발본색원할 수 없었습니다.

미국은 그들을 제거하는 대신에 적당히 이용하여 일본을 미소 냉전의 방파제로 이용한 것입니다. 마치 100년 전에 영국과 미국이 동아시아에서 일본을 청국과 제정 러시아를 제어하는 데 이용했던 것처럼, 미국은 지금도 일본을 신생 중국과 러시아의 세력 확장을 저지하는 데 이용하고 있는 것입니다.

"그러나 요즘 월스트리트 저널이나 파이낸셜 타임스 같은 미국의 언론들은 일본 극우파의 군군주의 부활을 경계하고 있지 않습니까?"

"물론 그렇기도 하지만 미국의 본심은 일본을 동아시아의 방파제로 이용함으로써 미국의 증가하는 방위 예산 적자를 메우려는 전략이 숨어 있습니다.

국제사회에는 영원한 적도 있을 수 없지만 영원한 우방도 있을 수 없습니다. 있는 것이란 오로지 국익國益 뿐입니다.

국익이 일치할 때는 태프트-가즈라 밀약 같은 것을 체결하여 미국은 필리핀을 일본은 한국을 사이좋게 갈라먹을 수도 있지만 국익이 서로 충돌할 때는 2차 세계대전 때처럼 미국과 일본은 사생결단의 전쟁을 치루기도 했던 것입니다."

"그럼 일본의 군국주의가 부활하는 세 번째 이유는 무엇입니까?"

"일본의 천황제입니다."

"일본의 천황제의 특징은 영국의 군왕제도와 어떻게 다릅니까?"

"지금의 영국을 비롯한 서구의 군왕은 국가의 상징적 존재로서 국민을 단합시키고 국민의 존경을 받고 있지만 일본의 천황제도는 다릅니다. 어떻게 다른가 하면 일본의 천황은 서구의 군왕들처럼 국민을 단합시키는 국가의 상징적 존재일 뿐만 아니라 일본인에게는 천황 그 자체가 살아 숨쉬는 절대적인 최고의 신神입니다.

그래서 일본의 가톨릭 역사는 500년이 되었지만 신자들 중에는 아직도 단 한명의 추기경도 나오지 못했습니다.

그 이유는 일본의 가톨릭 신자는 천주天主님보다는 천황을 더 높은 존재로 보기 때문입니다. 그리고 일본 천황은 서구의 군왕들처럼 국사國事에 직접 간여하지 않은 것이 아니라 외국에 전쟁을 선포할 때는 천황이 전쟁 선언문에 친필 서명을 합니다. 그런데 맥아더 사령관은 바로 그런 그 친필 서명까지 한 전쟁 최고 책임자인 일본 천황을 처벌하지 않음으로써 지금의 우경화 사태의 씨앗을 키운 것입니다.

천황에 대한 얘기는 이 정도로 하고 그 다음으로 원인으로 완고한 일본의 관료제도에 대해서 말하겠습니다. 일본은 1868년에 명치유신을 단행함으로써 서구화의 길을 걸었습니다. 그로부터 145년이 흐른 지금까지 이들 일본 관료들의 모태이기도 한 일본 여당을 반대하는 야당이 정권교체를 한 일이 단 한 번도 없습니다.

그래서 일본인들은 우리가 1998년에 민주당 정부가 들어섬으로써 평화적인 여야 정권교체를 하자 서구화의 역사가 더 긴 자기네도 하지 못한 일을 단행한 것을 무척 부러워했습니다."

"도대체 어떻게 그런 일이 가능하죠?"

"그것이 바로 일본인의 특성입니다. 역사상 일본인들에게는 정부에 대한 복종심은 있었을망정 대의명분을 따져 정부의 잘못을 규탄하여 혁명이나 민란을 일으키는 일이 없었습니다. 예컨대 우리나라처럼 동학혁명, 3.1독립 운동, 4.19, 5.18 같은 민주화 운동 같은 것이 일어난 일이 없었다는 얘기입니다.

독일에는 나치를 반대하는 반 나치 정당이나 단체들이 있어서 전후에 그들 스스로 나치분자들을 철저하고 끈질기게 색출하여 지금도 자발적으로 처벌하고 피해자에게는 보상을 하고 있지만 일본에서는 그런 일을 주도할 만한 야당이 존재하지 않습니다.

그래서 아베나 아소다로 같은 정치인들도 조상 대대로 정부 고위직에 취임하게 됩니다. 일본 국민들은 정부 시책에 복종하는 데만 길들여져 있지 그에 반항하는 데는 전연 소질이 없다고 보면 됩니다. 이러한 국민성이 일본의 군국주의를 길러주는 온상 역할을 한 것입니다.

그러나 만약에 맥아더가 전승국의 주일 사령관으로 있을 때 독일에서 나치를 제거하듯 천황제도를 폐지하고 천황을 전범으로 처벌해버렸다면 어떻게 되었을까요?

일본인들은 어떠한 대의명분보다도 자기보다 힘이 강하고 능력 있는 실력자에는 무조건 복종하는 성향이 있으므로 천황제 없이도 잘 길들여졌을 것입니다. 일본에 천황제가 없었을 때도 일본인들은 얼마든지 잘 살아왔으니까요."

"일본인들이 대의명분보다도 강자 앞에 무릎을 꿇는다면 미국은 대의명분보다는 자국의 이익 추구를 최우선으로 삼는다고 말할 수 있지 않을까요?"

국수주의國粹主義를 극복하는 길

"물론입니다. 미국은 아무리 심한 독재국가라고 해도 미국의 이익에 합치되면 그 나라를 지지하고 이용합니다. 그것이 또한 지금까지 세계열강들의 행태였습니다. 개인이나 국가나 국가군이나 자기네 이익만 추구할 경우 진정한 평화는 영원히 오지 않습니다."

"그럼 어떻게 해야 진정한 평화는 올 수 있을까요?"

"어떤 나라가 자국의 이익만을 추구할 때는 반드시 그로 인해 피해를 당하는 국가나 집단이 생기게 마련입니다. 이 때문에 갈등과 불만과 복수의 악순환은 끊임없이 계속하게 되어 있습니다.

이것을 중단시키는 길은 어느 쪽도 피해를 입지 않는 윈윈 (win-win)정책이 구사되어야 합니다. 그러자면 아득한 그 옛날 우리의 건국 조상들이 추구했던 홍익인간弘益人間에서 진일보한 홍익만생弘益萬生과 이화세계理化世界의 구현만이 살길이 될 것입니다.

따라서 반드시 상부상조하는 대조화의 세계를 추구하는 나라가 최강자로 등장할 때 지구촌에서 영원하고 전정한 평화는 구현될 것입니다."

"선생님, 홍익인간弘益人間이란 뜻은 인간을 널리 유익하게 한다는 뜻으로 알고 있는데 홍익만생이란 무슨 뜻입니까?"

"홍익인간弘益人間은 글자 그대로 인간을 널리 유익하게 한다는 뜻입니다. 이것은 그 후 서양에서 일어난 인본주의人本主義 사상 즉 인간을 위해서라면 지구상의 동식물을 아무리 살상해도 무관하다는 인간 본위에서 한걸음 더 나아가야 합니다.

인간을 위하여 지구상의 동식물을 무조건 포획 살상 파괴한다면 그들은 점차 멸종되어 먹이사슬이 끊어져 마침내 지구적인 대재앙을 가져올 수 있습니다.

이를 사전에 예방하기 위해서는 온갖 동식물의 생태 균형을 유지하고 보존할 필요가 있는데 그를 위해서는 모든 생물을 유익하게 해야 합니다. 그래서 홍익만생弘益萬生을 주장하게 된 것입니다."

"그럼 이화세계理化世界란 무슨 뜻입니까?"

"여기서 이理란 진리를 말합니다. 세계를 우주의 진리로 교화하여 민물이 상부상조하는 이상세계를 만드는 것을 말합니다."

"그건 아무래도 꿈 같은 미래의 얘기 같습니다. 북한이 불량 국가가 되어 핵을 가지고 미리 치밀하게 계산된 협박공갈로 미쳐서 날뛰는 바람에 골치를 썩이는 것도 벅찬 판인데 일본까지도 군주주의로 회귀하여 이웃나라의 수백만 국민을 학살하던 과거의 침략국으로 회귀한다면 동아시아에 또 다른 불량 국가가 나타날 우려가 있습니다.

일본의 아베 총리가 지금 그 위험한 칼춤을 또 추고 있으니 이것을 막을 수 있는 돌파구는 없을까요?"

"첫째는 일본인들 중에서 좌익 정치 세력이 조직화되어 우익을 견제하는 것이 가장 효과적입니다. 마치 독일에 나치라는 극우파를 반대하는 진보적인 좌익 또는 온건파들이 세력화하여 전후에 균형을 잡을 수 있듯이 말입니다.

우리나라에서는 야당하면 으레 친북 또는 종북 좌파를 생각하지만 좌익은 지나치게 보수적인 우익의 독주를 견제하기 위해서 공산주의가 생겨나기 훨씬 이전부터 서구에서는 활약하고 있었습니다."

"그러나 그건 어디까지나 일본인들 자신이 해결해야 할 일본 국내의 얘기니 우리가 관여할 수 없는 일이고, 과거 일본 군국주의로부터 막심한 피해를 당해 온 한국이나 중국을 비롯한 피해국가들은 이런 때 어떻게 하면 될까요?"

"가해국과 피해국 사이의 복수전의 무력 경쟁을 통한 악순환은 무조건 막아야 합니다. 따라서 군비 경쟁만으로는 일시방편은 될 수 있을지언정 궁극적인 해결책은 될 수 없습니다. 다행히도 일본은 민주주의와 시장경제를 우리와 공유하고 있습니다.

더구나 EU 즉 유럽연방은 그러한 군비 경쟁과 복수전의 악순환을 근본적으로 끊어버린, 우리보다 확실히 한 단계 발전한 제도입니다. 우리도 유럽연방처럼 되기 위해서는 지금 한·중·일 사이에 진행 중인 FTA협정 체결을 가속화해야 합니다."

동아시아연방

"그러나 그것은 일본이 지금처럼 극우로 치닫는 한 불가능한 일이 아니겠습니까?"

"그럴 때는 우선 일본 군국주의로부터 가장 심한 타격을 입은 한국과 중국 두 나라 사이에서만이라도 FTA협정을 가속화하여 우선 발효시켜야 합니다.

미국은 한·중 간의 FTA협정 체결을 별로 달가워하지 않을지도 모르지만 우리가 중심을 잡고 미국을 설득하여 동북아에서 한국과 중국만이라도 우선 FTA협정을 성사시켜 유럽연방처럼 국가이기주의에서 벗어나 동아시아연방을 형성하는 데 앞장을 서야 합니다."

"그럼 북한은 어떻게 하죠?"

"북한을 변화시킬 수 있는 나라는 지구촌에 중국밖에 없습니다. 우리가 자유무역협정으로 중국과 하나의 경제권을 형성하면 한국과 중국의 관계는 지금보다 한층 더 긴밀해질 수 있을 것입니다.

한국과 중국의 관계가 북한과 중국의 관계보다 더 중요해질 때가 반드시 찾아올 것입니다. 그때를 기회로 삼아 한국은 북한 문제를 놓고 중국과 협상을 해야 합니다.

그 거래가 성사되고 중국이 결심만 한다면 북한은 한 달 안에 비핵화 안 할 수 없게 되어 있습니다. 지금 세계 10대 강국 안에 들어 있는 한국은 능히 그럴 만한 능력과 자격이 있는 나라입니다."

"중국은 어떻게 북한을 그렇게 만들 수 있을까요?"

"중국이 북한에 무상원조하는 송유관 밸브를 한 달만 잠궈도 북한은 모든 운송과 공장 운영이 마비되어 꼼짝 없이 핵을 포기하고 새로운 살길을 찾지 않을 수 없게 되어 있습니다. 그런데도 불구하고 중국 정부는 겉으로는 지금도 유엔 안보리 제재 20094를 이행하라고 예하 기관들에 특별지시를 내리고 있다고 하지만 지난 20년 동안 북한에 곡물과 원유를 무상지원 해 줌으로써 간접적으로 북한의 핵보유와 불량 국가화를 도와주었습니다.

작년만 해도 10만 8,000톤의 원유를 보내주었는데 전년도보다 8.2%가 증가되었습니다. 좌우간 북한 문제의 해결 여부는, 통독 시기에 서독의 콜 수상이 미국, 소련, 영국, 프랑스 당사국들 사이에서 지혜롭게 처신했던 것처럼, 한국은 미국의 협조를 얻어 중국과 협상을 벌여 북한을 변화시켜야 합니다.

유럽연방의 기초를 마련한 것이 프랑스와 독일 사이의 유럽석탄철강공동체(ECSC)였던 것처럼 한국과 중국은 동북아 전체의 자유무역협정의 초석이 되어야 합니다.

한국과 중국이 손을 잡으면 일본은 동북아에서 경제적 외톨이가 되지 않기 위해서라도 한중 자유무역 동맹에 가입하지 않을 수 없게 될 것입니다. 일본과 중국의 국가 이기주의 즉 국수주의國粹主義를 극복하는 길은 이 방법밖에는 없습니다.

그리고 유럽연방의 주역이 프랑스와 독일이었던 것처럼, 동아시아연방의 주역은 일본 군국주의로부터 가장 큰 침략의 피해를 당한 한국과 중국이 주축이 될 수밖에 없습니다. 또한 동아시아연방의 성사는 북핵 문제 해결의 시발점이기도 합니다."

"만약에 동아시아연방 즉 EAU(East Asian Union)가 설립되면 어떠한 나라들이 가입하게 될까요?"

"우선 한국, 중국, 일본, 몽골, 대만, 홍콩, 싱가포르, 필리핀, 베트남, 캄보디아, 라오스, 말레이시아, 인도네시아 등이 가입하게 될 것입니다."

"러시아는 어떻게 될까요?"

"유럽과 아시아에 걸쳐 세계에서 가장 넓은 영토를 가진 러시아 전체가 가입하기보다는 극동의 시베리아 자치 공화국만이라도 자기네의 천연자원을 개발하여 팔아먹기 위해서라도 동아시아연방에 가입할 가능성은 충분히 있습니다."

"그럼 북한은 어떻게 될까요?"

"동아시아연방이 점차 발전하여 유럽연방처럼 유러달러 같은 공동 화폐를 발행할 단계에 도달하면 북한에서는 이미 김씨왕조가 무너지고 주민들에 의한 공정한 민주적 선거에 의해 정상적인 국가가 되어 개혁개방을 정력적으로 추진하게 될 것입니다.

한국의 자본과 기술이 대량으로 투입되어 상업화가 급진적으로 진척되어 불과 몇 년 안에 개인소득이 지금의 1,000달러 미만에서 중국의 5,000달러 수준에 육박하게 되면 그때부터 남북한 사이에 주민들의 자유왕래도 가능해지고 남북 교류도 본격화될 것입니다.

때가 되어 남북한 주민들 사이에서 통일 기운이 자연스럽게 조성되어 여론조사나 국민투표의 결과로 통일 방식이 결정되면 통일은 쉽게 평화적으로 이루어지게 될 것입니다."

남침용 땅굴

우창석 씨가 말했다.

"선생님, 요즘 TV조선과 채널A에서 방영되는 북한의 남침용 땅굴에 대한 대담을 시청하노라면 그때마다 그야말로 모골이 송연합니다. 북핵도 버거운 판인데 엎친 데 덮친 격으로 대한민국의 안보가 어떻게 하다가 이렇게까지 뻥 뚫려버렸을까 하고 개탄을 하지 않을 수 없습니다. 선생님께서는 이 프로그램을 혹시 보시지 않으십니까?"

"몇 번 스쳐가면서 본 일은 있지만 처음부터 체계적으로는 보지 못했습니다. 나는 1970년대 말경 신문사에서 근무할 때 차출되어 비무장 지대의 북한 땅굴을 견학한 일이 있어서 관심이 많습니다. 가능하면 그 전후 관계를 일관성 있게 설명 좀 해 주시겠습니까?"

"북한은 60년대부터 김일성의 지시에 따라 지금까지 끊임없이 남침용 땅굴을 파내려 왔습니다. 요즘은 땅굴 장비가 발달되어 하루에 80m씩 뚫고 나갈 수 있습니다. 1년이면 29.2km, 10년이면 292km, 20년이면 584km를 뚫을 수 있다는 계산이 나옵니다.

이 계산에 다르면 지금 남한 전역은 남침용 땅굴이 뚫리지 않은 곳이 없다는 얘기가 됩니다.

바로 얼마 전에 언론에도 보도되었는데 서울 근교 지하철 공사장이 아무 이유도 없이 푹 꺼져 들어갔습니다. 이것 역시 지하철 공사가 남침용 땅굴 위에서 시행되다가 일어난 붕괴 사고였습니다. 서울역과 수원 화성 바로 밑에도 남침용 땅굴이 지나가고 있다고 합니다.

이밖에도 전국 곳곳에서 겉보기에는 아무 이유도 없이 멀쩡하던 땅이 갑자기 푹 꺼져 내리는 일은 부지기수입니다. 이 모두가 남침용 땅굴일 가능성이 있다는 겁니다.

더욱 놀라운 것은 지금 남한에 와서 살고 있는 탈북자들 중 상당수가 땅굴 파기 공사에 직접 동원되었던 군인들인데 이들이 직접 땅굴을 판 사실을 증언하고 있고, 일부 탈북자들은 땅굴 파는 영상자료까지 제시하고 있습니다.

이것뿐이 아닙니다. 더 놀라운 것은 개성공단이 바로 남침용 땅굴의 시발점이라는 겁니다."

"왜 하필이면 남침용 땅굴의 출발점이 개성공단이어야 하는지 그 이유가 무엇입니까?"

"그 이유는 만약에 남침용 땅굴의 출발점이 한국군이나 미군에 의해 발각되더라도 아군과 미군이 개성공단을 폭격하거나 포격할 수는 없게 하기 위해서라는 겁니다. 이 사실은 외국의 몇몇 정보기관에 의해서도 확인이 되었습니다."

"그렇다면 개성공단은 처음부터 북측의 치밀한 계산 하에 시작되었다는 얘깁니까?"

"그럴 수도 있습니다."

"그럼 국방부에서는 이에 대하여 어떠한 대응을 하고 있습니까?"

"남침용 땅굴을 발견한 주민과 북한군에 근무할 때 땅굴 작업에 동원되었던 탈북자들이 아무리 국방부에 신고를 해도 도대체 귀를 기울이려 하지 않는다는 겁니다."

"그 이유가 무엇이죠?"

"국방부에서 일관되게 주장하는 세 가지 철칙이 있습니다. 즉 땅굴을 파려면 땅굴 작업에서 해결해야 할 문제가 공기, 물, 버력인데 바로 이 세 가지 장애 때문에 땅굴은 4km 이상은 파들어 갈 수가 없다는 것입니다.

그러나 땅굴 공사에 동원되었던 탈북자들에 의하면 이 세 가지 문제는 이미 완전히 해결되어 아무 문제도 안 된다고 합니다.

첫 번째 공기 문제는 잠수함이 물속 깊이 가라앉았을 때 이용하는 산소발생 장치를 북한군은 이미 땅굴 공사에 이용하여 공기 문제를 해결하고 있다는 것입니다. 두 번째로 물 문제는 땅굴의 경사각도 조절로 배수가 되어 물 문제는 이미 해결되었다는 겁니다. 세 번째로 땅굴 공사로 발생하는 돌덩이인 버력을 북한에서는 만포항 대형 제방 공사와 평양 원산 간 고속도로 공사에 지금까지 충당하여 왔다고 탈북자들은 말합니다. 그러나 대한민국 국방부는 이 말을 믿지 않는다고 탈북자들은 울분을 터트리고 있습니다."

"국방부의 반응은 그렇다 치고 그럼 그동안 역대 대통령들은 어떤 반응을 보여 왔습니까?"

"남침용 땅굴 문제가 탈북자들에 의해 제기된 것이 김대중 대통령 시절부터인데 그때부터 역대 대통령들은 국방부의 보고만을 믿고 그저 덮어두기에만 급급해 왔다고 합니다."

"아니 그렇게 중요한 안보 문제를 덮어두기만 하다니 말이 됩니까?"

"말이 되지 않으면 어떻게 합니까? 안보 문제에 책임을 져야 할 책임자들이 그런 반응이니 말입니다. 그래서 TV조선 땅굴 문제

대담자들도 이번에 새로 취임한 박근혜 대통령의 현명한 판단만을 기다려 보는 수밖에 별 뾰족한 수가 없다고 입을 모으고 있습니다.

그런데 불행 중 다행이라고 할까 땅굴은 제아무리 길게 파들어 왔다고 해도 일단 노출되거나 발각만 되어 아군에 의해 막혀버리기만 하면 무용지물이 된다고 합니다. 그래서 전면 남침 명령이 떨어질 때까지 땅속에 숨어서 대기 상태에 있다고 합니다."

"내가 우려하는 것은 그런 것이 아닙니다. 국가의 제일 첫 번째 임무가 무엇입니까? 국민의 생명과 재산을 보호하는 것인데 탈북자들이 땅굴 문제를 폭로하여 온 지 지금까지 약 20여 년 동안 실제로 아무 대책도 없이 방치되어 왔다는 것은 이해를 할 수 없습니다.

국가뿐만 아니라 언론기관들 전체가 우선 들고 일어나 핵 문제 못지 않게 남침용 땅굴의 위협을 온 국민들에게 알렸어야 합니다. 그런데 내가 알기로는 지금까지 TV조선과 채널A 외에는 이 문제에 대하여 보도하는 것을 별로 보지 못했습니다.

당국자인 국방부와 대통령의 반응이 시원치 않을 때는 무엇보다도 언론기관들이 들고 일어나야 합니다."

"어떻게요?"

"미국 언론이 워터게이트 문제를 어떻게 다루었습니까. 그야말로 끈질기고도 집요하게 보도함으로써 결국은 닉슨 대통령을 물러나게 했듯이, 국민 여론을 환기시켜 남침용 땅굴의 심각성을 깨닫게 함으로써 당국자들이 가장 효과적이고 실질적인 대책을 세우게 했어야 합니다.

대부분의 나라들이 평화시에 당장 적이 쳐들어오는 것도 아닌데

막대한 국방비를 책정하여 상비군을 유지하는 것은 만약에 있을지도 모르는 적의 침략에 대응하기 위해서입니다. 그 가능성이 비록 0.01 프로라고 해도 우리는 그 가능성에 충분히 대비해야 합니다.

임진왜란 때에는 왜군이 쳐들어온다는 소문이 떠돌아서 그 가능성 알아보기 위해서 임금은 정사正使 황윤길黃允吉 부사副使 김성일金誠一을 왜국에 파견했지만, 직접 가서 왜국을 살펴보고 돌아온 황윤길 정사는 왜가 쳐들어올 것이라고 보고하고 김성일 부사는 쳐들어오지 않을 것이라고 정반대의 의견을 왕에게 주청했습니다.

이때 제대로 된 군주라면 당연히 왜군이 쳐들어올 가능성에 무게를 두고 전쟁 준비를 했어야 하는데도 쳐들어오지 않을 것이라는 말만을 믿고 아무 준비도 안 했다가 온 국민과 국토가 무려 7년 동안이나 왜군에게 짓밟혀 완전히 묵사발이 되었습니다.

만약 그때 이순신 장군과 의병義兵들의 눈부신 활약이 없었더라면 우리나라는 1910년의 국치사건이 있기 3백 년 전에 이미 일본의 식민지가 되고 말았을 것입니다.

우리의 역사적 교훈으로는 암우暗愚한 선조宣祖임금 한 사람으로 충분하건만 이제 또 다시 위정자들이 그러한 전철을 계속 밟으려 한다면 대통령의 결단이 있기 전에 국민의 여론이 용납할 수 없는 일입니다.

항차 북한의 김씨왕조는 핵으로 남한을 불바다로 만들겠다고 연일 협박공갈을 일삼는 판인데 남침용 땅굴에 대하여 당국자들이 추호라도 소홀히 하는 일이 있다면 지하에 잠들어 있는 애국선열들과 현충원에 누어있는, 공산군과 싸우다가 산화한 전몰장병들이 벌떡 일어나 눈 부릅뜨고 호통을 칠 일이 아닐 수 없습니다."

윤창중 파동

2013년 5월 14일 화요일

우창석 씨가 말했다.

"선생님, 지난 10일부터 갑자기 윤창중 전 대통령대변인이 박근혜 대통령의 첫 번째 방미 외교활동 중에 술을 마시고 성추행을 했다고 담당 인턴(재미교포 여자 대학생으로서 자원봉사자)이 현지 경찰에 고발을 하는 바람에 전국의 미디어가 발칵 뒤집혔습니다.

그 요지는 윤창중 씨가 공무수행 중에 술을 마시고 인턴의 엉덩이를 만졌는가 하면 호텔 룸에서 인턴에게 술 심부름을 시켜다는 겁니다.

박근혜 대통령은 사건 발생 26시간 만에 이 보고를 접하자마자 윤 대변인을 경질 조치했고 그의 직속상관인 이남기 홍보수석은 그를 귀국 조치했다고 합니다.

그런데 11일 오전 10시 30분에 있은, 귀국한 윤창중 씨의 기자회견에 따르면 자기는 인턴의 잘못을 심하게 질책한 것이 미안하여 운전기사를 비롯한 여러 수행원들과 함께 화해의 술을 들고 격려해주는 뜻에서 그녀의 허리를 툭 친 것이 전부이고 호텔 룸에서 그녀를 만났다는 것은 전부 다 사실무근이고 자기는 그런 짓을 할 사람이 아니라고 극구 부인했습니다. 선생님께서는 이 사건을 어떻게 생각하십니까?"

"대통령 대변인이라는 중책을 맡은 고위 공직자로서 항상 대통령 측근에서 긴장하여 대기 상태에 있어야 할 처지인 그가 비록 화해를 위해서라고는 해도 술을 마시고 성추행 혐의까지 받았다는 것은 있을 수 없는 일입니다.

그러나 인턴의 몸에 비록 화해와 격려를 위해서라고 해도 허리를 툭 쳤다는 것은 한국에서라면 혹 용납될 수 있을 수 있을지 모르지만 미국은 문화가 우리와 생판 다르다는 것을 미처 생각지 못한 것 같습니다.

인턴은 비록 교포 대학생이라고는 하지만 태어나면서부터 미국 문화에 젖은 미국인입니다. 초기 한국인 이민자들 중에는 이웃에 사는 미국인 소녀가 하도 귀여워서 한국에서처럼 무심코 '예쁘기도 해라' 하고 머리를 쓰다듬어 주다가 성추행으로 경찰에 신고당하는 바람에 혼이 난 일이 있었습니다.

이런 것을 일컬어 문화적 충격(cultural shock)이라고 합니다. 그런 민감한 문제이기 때문에 기자들의 거듭되는 질문에 미국 국무성은 그것은 자기네와는 전연 관계가 없는 문제이니 해당 경찰에 알아보라고 말한 것 같습니다."

"그런데도 민주당은 박근혜 대통령의 고집 인사가 빚어낸 국격을 실추시킨 참사라면서 대통령 사과와 함께 청문회와 국정조사를 강력하게 요구하고 있습니다. 그런가 하면 인터넷에는 윤창중 씨에 대한 각종 비난이 계속 폭주하고 있고 새누리당에서도 불만을 터드리고 있습니다. 이 해프닝은 어떻게 수습하는 것이 정도일까요?"

"미국 경찰에 의한 수사로 진실이 밝혀지면 박근혜 대통령의 대국민 사과에서 말한 대로 법에 따라 추호의 의혹도 없이 엄격히 처리되어야 할 것입니다."

"그것이 만약에 단순한 문화적 차이에서 온 단순한 해프닝으로 결론이 난다면 윤찬중 씨는 어떻게 될까요?"

"당연히 원상회복되어야겠지요. 잘못을 저지른 것이 나쁜 것이 아니라 잘못을 저지르고도 고치지 못하는 것이 나쁘다고 공자는 일찍이 논어에서 말했습니다. 박 대통령은 그가 성추행을 했다는 보고를 접하자 그런 상태로는 그가 대변인 임무를 수행할 수 없을 것으로 보고 즉각 경질 조치를 취했지만 무죄가 밝혀지면 주저 말고 원상회복을 해주어야 할 것입니다.

그렇게 함으로써 까딱하면 때 아닌 성추행범으로 패가망신敗家亡身을 당할 수도 있었을 부하를 구해주어야 할 것입니다."

"대통령으로서의 권위도 있는데 어떻게 한번 내린 결단을 그렇게 손바닥 뒤집듯이 할 수 있겠습니까?"

"그러나 잘못된 조치를 내린 것을 알고도 고치지 않는 것보다는 훨씬 낫지 않겠습니까? 국민들은 어떠한 경우에라도 잘못을 바로잡지 않고 지연시키기보다는 한시바삐 바로잡은 대통령에게 오히려 큰 찬사를 보낼 것입니다.

그러나 조사 결과 그가 진정 술을 마시고 성추행을 했다는 것이 밝혀지면 대통령은 말할 것도 없고 국민 누구도 용납할 수 없는 망나니짓을 한 것이니 일벌백계주의로 본인 자신은 물론이고 그의 직속상사까지도 지휘 책임을 물어 당연히 엄벌에 처해져야 할 것입니다.

그뿐만 아니라 세간에 불통 고집으로 소문 난 인사로 이와 비슷한 인물이 잘못 발탁된 사례는 또 없는지 철저한 조사가 진행되어야 할 것이며 다시는 이런 일이 재발되는 일이 없도록 인사 기용 시스템 전반에 걸친 보완 작업에 만전을 기해야 할 것입니다.

이러한 일련의 대응책은 신속정확하게 진행되면 될수록 이번 박근혜 대통령의 방미로 얻은 훌륭한 외교 성과들을 계속 잘 살려나가는 데 도움이 될 것입니다."

"그렇다면 어떻게 하든지 이번 사태의 진상을 한시바삐 밝히는 것이 선결문제이겠군요."

"그렇고말고요."

"그럼, 윤창중 전 대변인은 한국에 머물러 있을 것이 아니라 미국에 가서 미국 경찰의 수사에 자진하여 협조해야 되는 것이 아닐까요?"

"당연히 그래야 합니다. 더구나 윤창중 씨가 기자회견 시에 밝힌 말들이 사실과 다르다는 것이 그 후 속속 밝혀지는 것을 보면 그가 미국에 가서 미국 경찰의 수사에 적극 협조하는 것은 빠르면 빠를수록 이 파문을 신속히 수습하는 데 보탬이 될 것입니다.

그렇게 함으로써 박근혜 대통령의 미국 방문만큼 중요한 행사인 6월 말의 중국 방문 준비에도 차질 없도록 해야 할 것입니다. 물러날 사람은 물러나더라도 국정 공백은 잠시라도 공백이 있을 수 없으니까요."

"이번 파동을 보고 구도자들은 무엇을 교훈으로 삼아야 할까요?"

"이번 4박 6일 동안에 박근혜 대통령은 48개 행사를 차질 없이 소화하느라고 하루에 서너 시간밖에 수면을 취하지 못하고 눈코뜰 새없이 바쁘게 돌아가는 동안 설상가상 감기까지 걸려서 약을 복용하면서 강행군을 했다고 합니다.

그런데 대통령의 입 역할을 해야 하는 대변으로서의 막중한 임

무를 망각하고 오랜 감금에서 풀려난 무명 중생처럼 술에 취해서
성추행까지 자행한 것을 보고 대다수 국민들은 심하게 분통을 터
뜨리고 있습니다. 그러나 실수를 저지르고 안 저지르는 것은 내가
보기에는 구도자를 포함하여 누구나 종이 한 장 차이라고 봅니
다."

"그게 무슨 뜻입니까?"

"사람은 누구에게나 똑 같은 마음과 사지와 오장육부가 있습니
다. 그러나 마음을 어떻게 먹느냐에 따라 언동은 천태만상입니다.
그 마음을 바른 일을 위해 어떻게 관리하느냐에 따라 성인군자도
되고 천하의 망종도 되는 것입니다. 이처럼 마음은 평소에 어떻게
먹느냐에 따라 하늘과 땅의 차이가 나게 되어 있습니다.

구도자는 늘 마음을 바르고 착하고 슬기롭게 갖는 것이 무명중
생과 다릅니다. 평생을 성인聖人으로 살아온 사람도 단 한순간 마
음이 해이해지면 누구나 다 망나니도 되고 폭력배도 될 수 있습니
다.

살얼음판 걸어가는 심정

그래서 구도자는 살얼음판 위를 걸어가는 심정으로 매사에 정신 번쩍 차리고 살아가야 합니다. 생활을 그렇게 하다보면 어느덧 그 것이 습관이 되어 그가 평소에 무심코 무슨 일을 해도 예의도덕에 어그러지지 않을 정도로 내공을 쌓게 됩니다. 이런 사람을 일컬어 부동심을 얻은 사람이라고 말합니다. 또 깨달음의 정상에 올랐다 고 말합니다.

그러나 비록 정상에 올랐다고 해도 순전히 뜻하지 않는 실수로 한발만 자칫 잘못 딛는다면 천길 낭떠러지로 추락할 수도 있는 것 이 사람입니다. 그러니까 사람은 숨이 멎어버리는 그 순간까지 항 상 정신 똑바로 차리고 자기의 일거일동을 늘 관찰하고 단속해야 합니다."

"결론적으로 말해서 이번 파문은 박근혜 대통령이 사람을 잘못 보고 발탁한 데서 발생한 일이 아닙니까?"

"그렇게 볼 수 있습니다. 조갑제 씨가 쓴 '박정희 전기'를 보면 박정희 전 대통령은 장교 시절부터 늘 수첩에 그가 접촉하는 수많 은 사람들의 일거일동을 기록해놓고 평소에 술좌석에서도 그들을 유심히 면밀하게 관찰하면서 그들에 대한 주변의 평판을 점검했다 고 합니다.

그래서 인사를 할 때는 이 자료를 이용하여 전광석화같이 적재적소에 배치했다고 합니다. 그래서 그가 하는 인사는 귀재鬼才 소리를 들을 정도로 정확했다고 합니다.

그러한 박정희 대통령도 10.26사건이 일어나기 직전에 있었던 차지철 경호실장과 김재규 중앙정보원장이 수시로 부딪치는 위치에 있게 한 인사만은 틀림없는 실패였습니다. 도둑을 맞으려면 개도 안 짖는다는 말 그대로 그것이 그분의 숙명적인 한계였던 것 같습니다.

그런데 이번 윤창중 씨를 기용한 인사는 그녀의 아버지인 박근혜 전 대통령의 인사 비법을 제대로 계승하지 못한 것 같아서 안타깝기 짝이 없습니다."

"그럼 아버지 박정희 대통령의 인사 비법을 전수하지 못한 박근혜 대통령은 앞으로 어떻게 인사를 해야 할까요?"

"삼성의 이병철 회장은 신입사원을 채용할 때 입사시험 성적과 면접만으로는 잘 알 수가 없어서 유명한 관상가와 역술인을 면접생이 못 보는 곳에서 관찰하게 하여 자문을 얻었다고 합니다.

그리고 전투를 앞두고 용의주도하고 철두철미한 사전 준비로 유명한 충무공 이순신 장군도 출전 전에 승패를 장담할 수 없을 때는 점을 쳤다고 난중일기에도 나와 있습니다. 그렇게 사람이 할 수 있는 모든 일을 다 했기 때문이었는지 그는 왜 수군과의 23전戰에서 23승勝의 전승 기록을 세울 수 있었습니다.

그렇게까지 하기가 어려우면 최소한 기용할 사람과 일상생활을 함께 한 주변 동료들의 평판은 반드시 참고로 해야 할 것입니다.

보도에 따르면 윤청중 씨는 기자 출신 논객이라고 합니다. 그래서 그가 대통령 대변인으로 기용된다는 소식이 들리자 기자들 사이에서는 아무래도 그가 큰일을 저지를 것 같다는 말이 떠돌았다고 합니다.

　그가 종북 친북 좌파를 통쾌하게 공격하는 것에 감동을 받은 박 대통령은 야당의 맹렬한 반대는 예상했다 해도, 당사자 주변의 반대여론도 들어보지 않고 기용한 것이 아닌가 합니다. 만약에 그랬다면 이번 기회야말로 박근혜 대통령의 '고집인사'라는 항간의 오명을 씻어버릴 수 있는 전화위복의 계기로 삼아야 할 것입니다."

다가오는 변화의 전조

"그것도 그렇지만 이번 사건이 레임덕 현상이 일어날 수도 있는 집권 중반이나 후반에 일어나지 않고 집권 초기에 일어난 것이 도리어 천만다행이고 하늘에 감사해야 할 일이라는 생각이 듭니다. 윤창중 파동이 그러한 비리를 아예 초기부터 액땜하듯 철저하게 단속할 수 있었기 때문입니다."

"전적으로 동감입니다."

"선생님께서도 그렇게 생각하십니까?"

"그렇습니다."

"왜 그렇게 생각하십니까?"

"박근혜 대통령의 집권 기간인 2013년부터 2018년 사이 5년 동안에는 아무래도 남북 관계에 획기적인 변화가 일어날 수도 있는 중요한 시기라는 느낌이 듭니다. 한반도를 중심으로 동북아에는 지금 서서히 큰 변화가 일어날 전조를 보이고 있습니다."

"그 전조가 무엇입니까?"

"지금까지 내내 북한을 자기네의 전략적 자산으로만 보고 북한이 어떤 도발을 자행해도 사사건건 감싸주기만 하던 중국 조야가 지금은 어떻게 변했습니까?

그들은 한결같이 북한의 3차 핵 실험을 계기로 마침내 북한의 현 정권을 전략적 걸림돌로 보고 제거의 대상으로 보기 시작했기 때문입니다.

지구상에서 북한을 변하게 할 수 있는 나라는 오직 중국이 있을 뿐입니다. 실례로 북한 원유 수요의 80%를 무상 공급해 주는 중국이 송유관 밸브를 한달만 잠궈도 북한의 김씨왕조 지배체재는 완전히 마비상태에 빠져버리게 되어 있습니다.

그러한 중국의 시진핑 주석이 그의 전임자 후진타오와는 달리 중국을 방문한 김정은의 특사 최룡해를 홀대했고 김정은과의 정상회담 요구를 묵살했습니다. 뿐만 아니라 6월 8일 오바마 대통령과의 회동에서 시진핑은 세 번이나 북핵을 용인할 수 없다고 다짐했습니다.

이 중요한 시기를 택하여 중국어를 제대로 구사하여 중국 지도부의 호감을 사고 있는 박근혜 대통령이 6월 27일 중국을 방문하게 된 것은 결코 심상한 일이 아닙니다. 반드시 보이지 않는 하늘의 섭리가 작용하고 있다고 봅니다."

"보이지 않는 섭리란 무엇을 뜻합니까?"

"그 보이지 않는 섭리란 그녀가 괴한의 카터 칼 기습으로 생명이 경각에 달했을 때 그날이 마침 토요일이었음에도 불구하고 연세대 병원 해당 분야 전문 의료진이 절묘한 시차로 그녀를 구조해 주었듯이, 이번 중국 방문에도 반드시 섭리의 큰 가호가 있을 것으로 보이기 때문입니다."

"정치인 이인재 씨는 '이승만 대통령은 망국의 한을 풀어주고, 박정희 대통령은 배고픔의 한을 풀어주고, 김대중 대통령은 전라도의 한을 풀어주고, 노무현 대통령은 좌익의 한을 풀어주고, 이명박 대통령은 산업화의 한을 풀어주고, 박근혜 대통령은 여성의 한을 풀어주었다'고 말했습니다.

그런데 저는 박근혜 대통령이 여성의 한뿐만 아니라 한민족의 분단의 한을 풀어줄 대통령이 되어야 한다고 봅니다. 왜냐하면 바로 그러한 징후가 지금 서서히 동북아시아 하늘에 서광처럼 다가오고 있기 때문입니다."

"정확한 지적입니다."

수술을 해야 될까요, 말아야 될까요?

2013년 6월 9일 일요일

삼공재에서 한때 대주천 직전 단계인 전신주천全身周天까지 공부가 진행된 일이 있는 박철순이라는 60대의 수련자가 잔뜩 쉰 목소리로 전화 문의를 해 왔다.

"선생님, 제가 요즘 기관지가 악화되어 병원에 다니고 있는데요, 담당의사가 빨리 수술을 하지 않으면 온몸에 마비가 올 수도 있다고 합니다. 수술을 할 생각을 하니 선생님께서 수련자는 될 수 있는 한 수술을 하지 않는 것이 좋다고 하시던 말씀이 떠올라서 선생님께 직접 조언을 얻고 싶어서 실례를 무릅쓰고 이렇게 전화를 걸었습니다. 선생님 제가 수술을 해야 될까요? 하지 말아야 될까요?"

"내가 수련자는 수술을 하지 않는 것이 좋다고 말할 것은 기공부를 하는 사람의 입장에서 내가 가르치는 수련자에게 하는 일반적인 견해를 말한 것이지, 수련자는 어떠한 일이 있어도 무조건 수술은 절대로 하지 말아야 한다는 것을 강조한 것은 아닙니다.

어떠한 경우에도 수술을 결심하는 것은 수술을 받을 당사자 자신이 그때그때의 자신의 특수한 사정에 따라 결정할 일이지 선도를 가르치는 스승의 보편적이고 일반적인 충고에 꼭 따라야만 하는 것은 아닙니다. 선택은 어디까지나 환자 자신이 하는 것이지

스승이 하는 것은 아니기 때문입니다.”

“무슨 뜻인지 잘 알아들었습니다. 그럼 한 가지만 더 묻겠습니다. 만약에 선생님이 저와 똑 같은 입장이시라면 어떤 결정을 내리시겠습니까?”

“박순철 씨와 나는 엄연히 다른 사람이고 더구나 박순철 씨는 삼공재 수련을 그만두신 지도 1년이 넘었는데 나 자신의 경우를 상정해 보았자 무슨 소용이 있겠습니까?”

“그래도 저는 선생님이 저와 같은 경우에 처해셨다면 어떤 결정을 내리실지 꼭 알고 싶습니까?”

“나는 원래 자연의 순환 원리를 존중하는 사람입니다. 죽을 때가 되면 자연히 죽을 일이지 구태여 현대의학의 힘을 빌어 생명연장을 하는 것은 자연의 순환 원리에 어긋나는 일이라고 확신하는 사람입니다.

그래서 나는 남은 식구들에게도 때가 되어 내가 숨을 거둘 경우에도 절대로 병원에 데리고 가서 인공 생명연장장치를 하지 말라고 유언까지 해 두었습니다. 인간은 원래가 자연의 한 부분입니다.

그 자연의 한 부분에 지나지 않는 인간이 자연의 순환법칙에 저항하여 인공적인 장치로 억지로 생명을 연장해보겠다는 의도 자체가 잘못되었다고 생각합니다.”

“선생님 저는 선생님보다 아직 20년이나 연하인 60대입니다. 수술만 하면 그동안 수련도 해 오고 했으니까 아직도 한 20년 내지 30년 더 살 수 있을 것 같은데요.”

“요컨대 박철순 씨는 수련으로 단련된 몸보다는 현대의학을 더 신뢰한다는 말씀이군요?”

"저는 양쪽을 다 믿는 사람입니다."

"욕심이 과하시군요. 진정한 수련자라면 그런 때 양자택일을 합니다."

"구체적으로 어느 쪽을 말하십니까?"

"수련으로 단련된 자신의 몸이 발휘하는 자연치유력입니다."

"자연치유력이란 무엇을 말합니까?"

"자연치유력이란 우리가 숨 쉬고 사는 이 우주를 움직이는 우주의식, 즉 하나님의 능력을 말합니다. 사람은 원래부터 이 이 우주 자연의 한 부분이므로 때가 되면 자연으로 돌아가게 되어 있습니다. 우리가 하는 마음공부, 몸공부, 기공부는 그러한 자연의 순환에 순응하는 공부이기도 합니다.

자연은 우주의식이고 하나님이고 하나님은 시간과 공간을 초월한 존재입니다. 그러한 자연의 한 부분에 지나지 않는 인간 역시 자연과 같이 시공을 초월한 존재가 아닐 수 없습니다.

이러한 원리에 따라 꾸준히 단련된 수련자는 소주천, 대주천, 피부호흡, 연정화기, 연기화신, 양신養神, 출신出神 등으로 수련이 진척되면서 보통 사람의 몇 배의 자연치유력을 발휘하게 됩니다. 실례로 가벼운 접촉사고로 몸에 상처를 입어도 치료하는 데 보통 사람은 10일 걸린다면 수련자는 2, 3일이면 충분히 자연치유가 됩니다.

이러한 실례를 일상생활에서 체험하고 있는 수행자는 병에 걸려도 자신의 자연치유력을 확신하고 있으므로 웬만하면 현대의학의 도움 같은 것을 받으려고 하지 않습니다. 박철순 씨도 수련자로 그러한 자신감이 서 있다면 그러한 질문 같은 것을 구태여 나에게 하려고 하지도 않았을 것입니다.

과거 삼공재에 오랫동안 다니면서 수련을 하여 현묘지도까지 이수한 장국자라는 50대의 독신 여성 수련자는 한때 하루도 도봉산 등산을 거른 일이 없었습니다. 그날도 추운 겨울날이었는데, 평소대로 도봉산 난코스를 타다가 실족을 하여 비탈에 굴러 떨어지면서 팔과 다리에 골절상을 입고 의식을 잃었습니다. 뒤따라오던 등산객들이 구조대를 불러 그녀를 병원에 입원시켰습니다.

그런지 사흘만에 의식을 회복한 그녀는 자신이 엉뚱하게도 병원에 입원하여 수액주사를 맞으면서 누워있는 것을 발견하고 벌떡 일어났습니다. 마침 병실에는 간호사도 보호자도 없었습니다. 그녀는 그 길로 수액 주사바늘을 빼어버리고 석고 처리가 되어 골절된 부분이 겨우 붙기 시작한 팔다리 그대로 병상에서 일어나 병실을 빠져나왔습니다.

다행히도 그녀는 그 이후 병원 신세지지 않고도 완쾌되었습니다. 다소 과격한 수련인의 자신감을 보인 장국자 씨처럼은 되지 못한다 해도 적어도 수련자라면 그 정도의 기개만은 있어야 되는 것이 아닌가 생각됩니다.”

“선생님 말씀 감사합니다. 선생님 얘기 듣는 가운데 저 자신도 모르는 확신감이 섰습니다. 고맙습니다.”

“다행이군요.”

“그런데 선생님, 인명재천人命在天이라고 할 때의 재천在天이란 무슨 뜻입니까?”

“사람의 목숨은 하늘의 뜻에 달려있다는 뜻입니다.”

“그럼 그 하늘은 무슨 뜻입니까?”

“하늘은 자연이고 우주의식이고 하나님 또는 하느님입니다.”

“선생님께서는 인간은 하느님의 한 작은 부분이라고 말씀하시는

데 그게 사실입니까?"

"그럼요. 그래서 인간은 하늘과 같이 우주와 같이 영원불멸의 존재입니다."

"그럼 육체를 가진 인간이 죽어가는 것은 무엇 때문입니까?"

"그건 생존의 형태가 변하는 것이지 생명이 소멸되는 것이 아닙니다."

"그럼 사람은 결국 무엇입니까?"

"사람은 자연이고 우주의식이고 하느님 자신이고 그 한 부분입니다. 이러한 실상이 직감으로 오지 않으면 아직 공부가 덜 되었구나 자책하고 수련에 더욱 박차를 가해야 합니다."

"선생님, 좋은 말씀 들려 주셔서 정말 감사합니다."

남북 당국자 회담

2013년 6월 11일 화요일

우창석 씨가 말했다.

"선생님, 내일 북측 대표단이 6년 만에 열리는 남북회담 참석차 평양에서 육로로 판문점을 거쳐 회담 장소인 서울 홍은동 그랜드 힐튼 호텔로 오게 됩니다. 바로 며칠 전까지만 해도 입에 담지 못 할 온갖 욕설과 험담과 말 폭탄으로 한국 정부를 비난하고 전쟁 분위기 조성에 열을 올리던 그들이 이처럼 갑자기 태도를 바꾸어 회담을 서두르는데, 이런 때 우리 측 대표단은 어떻게 처신하는 것이 온당하다고 하겠습니까?"

"핵을 포기하지 않으면 북한과는 어떠한 회담에도 응하지 않겠 다는 미국의 강경한 태도에 겹쳐, 지금까지 혈맹으로 알고 기대하 여오던 중국의 시진핑 주석까지 김정은의 심복인 최룡해 특사를 통해 요청한 북·중 정상회담까지 묵살당하자, 일본에 빌붙어서 돌 파구를 찾으려했지만 처음에는 제법 무엇이 될듯하다가 이것마저 여의치 않게 돌아갔습니다. 그러자 마지막으로 동족인 한국에서 살길을 찾아보자는 궁여지책입니다.

이런 때 한국이 잘못 처신하면 미국과 중국이 쳐놓은 덫에 걸 려 꼼짝없이 핵을 포기하든가 자멸해야할 북한을 한국이 살길을 터주는 꼴밖에는 되지 못할 것입니다."

"그러나 한국 내에는 우선 개성공단 폐쇄로 직간접으로 연관된 2십만의 국민을 불행에서 건져주어야 할 책무가 우리 정부에게 있지 않습니까? 어디 그것뿐이겠습니까?

금강산 사업 중단으로 인한 기업들의 피해와 고령의 이산가족의 고통, 이명박 정부에 의한 5.24 초치로 인한 남북 교역 중단으로 인한 상공인들의 피해도 있지 않습니까. 그 외에도 지금도 퍼주기를 원하는 친북 또는 종북 좌파들의 주장도 만만치 않습니다."

"그러한 고통들을 감안하여 북한의 요구를 다 들어주면 우리는 어쩔 수 없이 굶어죽게 된 쥐에게 먹이를 던져 주는 꼴밖에는 되지 않을 것입니다. 북핵을 용인함으로써 우리가 머리 위에 늘 핵을 이고 사는 것보다는 이러한 기회에 우리도 미국과 중국처럼 북핵을 단호히 용납할 수 없다는 전제를 내세우고 나서 개성공단, 금강산 사업, 이산사족 상봉 같은 문제들을 하나하나 꼼꼼하게 풀어나가야 할 것입니다."

"개성공단, 금강산 사업, 이산가족 상봉 이 세 가지 사업 중에서도 가장 문제가 되는 것은 금강산 사업입니다. 금강산 사업은 남북이 상호이익이 되는 윈윈 사업이 아닙니다. '호리병 관광'이라고 하여 북한 당국이 줄을 쳐놓은 금강산 관광 루트를 북한 주민은 단 한 사람도 만나보지 못하고 자연 경치만 쳐다보다가 돌아 나오는 것만으로 국제 시세보다도 월등 비싼 관광료를 지불합니다. 이 관광요금은 순전히 외화로 매년 근 1억 달러씩 북한 당국의 손안에 들어갑니다.

이 돈은 북한에서 핵 개발에 사용되고 있다는 것이 미국 CIA를 비롯한 유수한 세계의 정보기관들에 의해 확인되어 왔습니다. 만약에 북한이 박왕자 씨의 피격사망 사건을 사과하고 금강산 사업이 재개된다면 한국은 꼼짝 없이 미국과 중국이 파놓은 함정 속에 빠져있는 북한을 살려주는 외화공급처가 되는 것이 되는 것이 아닐까요?"

"그런 일이 있어서는 절대로 안 됩니다. 과거 동독과 서독에서는 서로 전쟁을 벌인 일이 없었는데도 서독에서 동독으로 물질적인 원조를 해줄 때는 반드시 국제공용 화폐를 이용하지 않고 동서독 사이에서만 통용되는 화폐를 사용하게 하여 그 화폐로는 반드시 서독제 상품만을 구입할 수 있게 했습니다. 우리도 그러한 화폐를 이용하도록 하면 될 것입니다. 만약에 그것이 번잡하다면 달러 대신에 한국산 화학 비료를 제공하면 될 것입니다."

"만약에 북한이 그것을 거부하고 회담장을 박차고 나간다면 어떻게 할 것입니까?"

"할 수 없는 일이죠. 박차고 나가고 싶으면 나가는 것이지 별수 없지 않겠습니까? 그러나 그들은 그렇게 회담장을 뛰쳐나갈 만큼 여유가 없을 것입니다. 북한은 지금 일선 군인들도 하루에 고구마 세 개로 연명해야 할 정도로 식량 사정이 급박하니까요."

이런 이야기들이 오가는 사이에 판문점에서 북한측은 대표단의 급級을 글로벌 기준에 맞추어야 한다는 우리 요구에 불만을 품고 6월 12일에 예정된 당국자 회담을 보류시켰고 남측은 동 회담이 무산되었음을 6월 11일 오후 1시에 공표했다.

격格과 급級

2013년 6월 14일 금요일

우창석 씨가 말했다.

"6년 만에 모처럼 지난 6월 12일로 예정되었던 남북 당국자 회담이 대표단장의 격과 급 문제를 따지다가 무산되고 난 뒤에 실시된 여론 조사에 따르면 조사 대상자 70%는 박근혜 정부의 처사가 옳다고 했지만 나머지 30%는 내실만 거두면 됐지 형식에 불과한 격이나 급 같은 것은 우리가 좀 쳐진들 어떻겠느냐면서 당국자 회담이 무산된 것을 현 정부의 잘못으로 돌렸다고 합니다. 선생님께서는 이것을 어떻게 생각하십니까?"

"격과 급이란 음식을 담는 그릇과 같습니다. 협상 상대자들이 도령급을 대표로 내보내기로 해 놓고 다른 한쪽이 방자급을 내보냈다면 그 협상이 원만하게 이루어지겠습니까? 이렇게 되면 내용도 형식도 다 엉망진창이 되어버릴 것입니다.

1970년대 중반까지만 해도 북한은 남한에 비해 모든 면에서 압도적으로 우세했습니다. 북한은 탱크를 자체 생산했는데 남한은 소총 한 자루 제대로 만들지 못했습니다. 그러나 1970년대 중반인 1976년을 넘어서면서부터 남한은 북한을 앞지르기 시작했습니다.

박정희 정부의 조국 근대화 작업이 착착 진행되어 경부고속도로

가 뚫리고 포항제철과 울산 공업단지가 일어서는 중화학공업 우선 정책이 성과를 거두면서 한국은 서유럽이 200년, 일본이 150년 걸린 공업화를 불과 30년 안에서 성취할 수 있었습니다.

세계가 놀란 기적과도 같은 일이 남한 땅에서 일어났습니다. 1962년 개인당 국민소득 76달러 수준에서 1988년 올림픽 때는 5,000달러에 이르러 650배로 신장했고, 2010년에는 20,000달러로 무려 263배로 늘어났습니다. 그 사이에 북한의 개인당 국민 소득은 계속 뒤쳐져 지금은 겨우 1,000달러 수준에 머물러 있을 뿐입니다.

그런데도 북한은 1970년대 중반까지 북한이 남한을 압도했을 때의 기억만을 신주단지 모시듯 해 온 것입니다. 게다가 친북좌파 정권이 들어선 1998년부터 2008녀까지 10년 사이에 김대중, 노무현 정부는 북한이 말상대를 해 주는 것만으로도 감지덕지한 나머지 퍼주기를 계속하면서도 격이나 급은 어찌되었든 상관 않고 10년 동안 21차례의 장관급 회담을 하는 동안 한국은 회담 대표로 장관급을 내보냈는데 북한은 내각 참사라는, 한국으로 말하면 국장급에도 못 미치는 하급 관리를 대표로 내보냈습니다. 그래도 친북 좌파 정부들은 좋다고 유유낙낙이었습니다.

그러면 북한은 서구나 일본이나 동남아 국가나 미국 같은 나라들과도 그따위 격에 맞지 않는 짓을 했느냐? 그것은 절대 아니었습니다. 이들 나라들과는 격과 급과 글로벌 수준에 맞는 관리를 내보내면서 유독 한국에만은 자기네가 무슨 대국이라도 되고 한국은 자기네 속국이나 번국藩國 또는 위성국이라도 되는 듯이 행세해 온 것입니다.

그래서 한국 대통령이 김정일을 만나는 것을 마치 속국이나 지방자치정부 수장이라도 만나주는 것 같은 형식을 취해 온 것입니다."

"그럼 좌파 정부 10년 동안 북한을 잘못 길들여온 아주 고약한 관행을 이번에 박근혜 정부가 확 뜯어고쳐 바로 잡으려는 것이 아닙니까?"

"그렇습니다. 세계의 모든 나라들이 공통으로 인정하는 국제 수준에 알맞은 보편타당한 기준을 북한과 남한 사이에 새로 확립하자는 것이군요."

"그렇습니다. 그러한 기준을 무시하자는 것은 아무 이유도 없이 북한 주민은 한국보다 40배나 못 살고, 20대 젊은이들의 평균 키가 남한 천년들보다 19cm나 작은 아프리카의 난쟁이족으로 변해가는, 세계에서 가장 가난한 나라에 속하는 북한 정치 집단에 이유 없는 굴종과 굴복을 강요당하는 얼간이나 바보가 되자는 것과 무엇이 다릅니까?"

"동감입니다."

북핵이 통일의 촉진제인가

2013년 6월 26일 수요일

우창석 씨가 말했다.

"선생님, 요즘 한·중·북 사이에 전개되는 동북아 정세를 면밀하게 살펴보면 서기 655년 경, 신라, 당, 백제, 고구려의 네 나라의 정세를 생각하게 하는 점이 있습니다. 삼국사기에 따르면 신라 선덕여왕 때 백제와 고구려가 동맹을 맺고 계속 침공하는 통에 신라는 수많은 성채를 차례로 빼앗기기만 하다가 궁여지책窮餘之策으로 살아남기 위해서 화랑도를 장려하고 군사력을 키우는 한편 당과 동맹을 맺는 등 삼한일통三韓一統의 기초를 다졌는데, 공교롭게도 박근혜 대통령은 선덕여왕처럼 대한민국 최초의 여성 국가수반으로 중국의 시진핑 주석과 오는 6월 27일부터 30일까지 정상 회담을 갖게 되었습니다.

결국 선덕여왕 다음다음 대인 무열왕 때인 660년에 나당 연합군은 백제 의자왕의 항복을 받아냈습니다. 뒤이어 668년에 나당 연합군은 드디어 연개소문의 사망으로 그의 세 아들 남건, 남산, 남생이 서로 싸우는 바람에 약해진 고구려를 쓰러뜨렸습니다.

백제가 망한 지 불과 8년 만에 신라의 도움을 얻어 군사강국인 고구려까지 쓰러뜨린 당은 신라와의 애초의 약속을 깨고 백제와 고구려의 옛 땅을 기미주 즉 식민지로 차지하려는 야심을 드러냈습니다.

그러나 이미 이런 때를 예상하고 대비했던 신라는 당황하지 않고 침착하게 당군과 실력으로 당당하게 겨루어 두 번에 걸쳐 대승을 얻은 끝에 당의 야욕을 꺾어버리고 말았습니다.

이로써 신라는 삼국 통일의 숙원을 이룰 수 있었습니다. 여기서 주요한 것은 당과 신라를 동시에 공격하는 공동의 적인 고구려를 신라가 당과 연합하여 효과적으로 제압할 수 있었다는 사실입니다.

북한이 제3차 핵 실험을 하기 전까지는 북한을 혈맹으로 간주했었지만, 중국이 극력 말리는 3차 핵 실험까지 강행함으로써 북한은 중국의 혈맹이 아니라 중국의 이익에 반하는 걸림돌로 변해버린 것을 깨닫게 되었습니다.

시진핑이 말한 바와 같이 북한은 중국이 극력 반대하는 3차 핵 실험을 강행함으로써 결국은 한국, 일본, 대만도 핵을 갖도록 자극할 뿐 아니라 그 여파로 미국의 최첨단 장비를 앞세운 군사력까지도 동아시아에 대대적으로 진출케 함으로써 중국을 압박하는 위기를 맞게 되었습니다. 결국 북한은 중국의 이익을 크게 해치게 된 것입니다.

이 때문에 시진핑은 캘리포니아에서의 오바마와의 회동에서 북한을 굴복시키는 한이 있어도 북핵을 절대로 용납하지 않겠다고 다짐한 것입니다. 이런 것을 생각하면 차라리 6월 12일에 예정되었던 남북 당국자 회담이 무산된 것은 차라리 잘된 일인지도 모릅니다.“

“왜 그렇게 생각하십니까?”

“남북 사이의 그런 회담은 차라리 6월 27일에서 30일까지 예정된 한·중 정상회담이 끝난 뒤 한국의 위상이 한층 더 높아진 뒤에 하는 것이 낫기 때문입니다. 중국 군부는 북한 대신에 한국과 국경을 마주 대하는 것이 차라리 낫다는 견해를 피력했다고 외신은 보도하고 있습니다.

지금까지 중국은 군사와 정치는 북한과 가깝고 경제와 문화는 한국과 가까웠었는데 이번 한·중 정상회담 결과 한국과 중국은 경제와 문화 뿐만 아니라 군사와 정치면서도서 북한보다는 한국과 더 밀접해질 가능성이 농후합니다. 그렇게 되면 한국과 중국은 서로 국익을 위해 한 발 더 가까워지게 될 것입니다."

"우창석 씨의 그런 생각은 내 머리 속에서도 오래 전부터 익어 오던 열매와 같습니다. 그러나 과연 한국이 원하는 대로 중국이 그런 방향으로 나아가게 될까요?"

"핵을 포기하지 않는 한 북한은 한국뿐만 아니라 중국의 이익까지도 크게 해치게 되므로 결국은 중국과 한국의 공동의 적이 되지 않을 수 없게 되었습니다. 서기 668년의 고구려가 신라와 당의 공동의 적이었던 것처럼 북한은 지금 중국과 한국의 공동의 적으로 이미 부상하고 있기 때문입니다."

"통일은 한밤중에 도둑처럼 소리 없이 온다고 하더니 1345년 전의 신라와 당의 동맹처럼 한국과 중국도 그때와 비슷한 동맹의 형태를 띠게 될 가능성 있습니다. 국제사회에는 영원한 우방도 영원한 적국도 있을 수 없고 있는 것이란 오직 영원한 국익이 있을 뿐입니다. 두 나라의 국익이 일치하는 한 얼마든지 있을 수 있는 일입니다. 미국과 중국이 최근에 급격히 가까워진 것도 북핵 불용에서 두 나라의 국익이 일치되었기 때문입니다."

"그리고 역사는 나선형으로 반복된다고 합니다."

"그렇다면 북한이 지난 20년 동안 온 세계의 반대를 무릅쓰고 끈질기게 추구해 온 핵 개발이 결과적으로 남북통일의 촉매제가 될 수도 있겠군요."

"참으로 절묘하게 돌아가는 아이러니가 아닐 수 없습니다."

"현실이 소설보다 더 절묘하다는 말 역시 맞는 것 같습니다."

"그런데 선생님, 박근혜 대통령이 시진핑과의 정상회담을 끝내고 섬서(산시)성 시안을 한국 대통령으로서는 처음으로 방문한다고 하여 화제가 되고 있고, 담당 기자들과 시사평론가들은 다투어 시안을 소개하고 있지만 그들 중 시안의 역사를 제대로 보도한 기자는 단 한 사람도 보이지 않습니다.

시안은 원래 한겨레가 지금으로부터 근 1만 년 전 제일 처음 동북아 대륙에 진출할 때 자리를 잡은 도성으로서 환국, 배달국, 단군조선, 고구려, 당, 고려, 이조의 수도였습니다. 따라서 시안은 원래 평양, 호경, 장안, 한양漢陽 등으로 불려온 오래된 도읍입니다. 당의 장안이었던 때는 고구려가 망하고 나서 잠시였을 뿐입니다.

그래서 시안에 가 보면 서울에 있는 광화문, 종각, 숭례문, 동대문, 5대 궁전과 한국식 성곽들과 흡사하면서도 보다 더 웅장한 구조물들을 접할 수 있습니다.

중국에 손문孫文 정권이 들어서기 전까지 시안은 이조 5백년의 도읍인 한양이었고 유네스코 지정 세계 유산인 조선왕조실록은 이곳에서 우리 선조들에 의해 씌어졌습니다. 그럼 지금 한반도 서울에 있는 5대궁과 4대문, 종각, 성곽들은 어떻게 된 것일까요? 그것들은 서세동점기西勢東漸期에 조선민족이 한반도로 옮겨지면서 영국의 지휘와 자금으로 조선의 사학자와 기술자들과 일본인들의 의해 서둘러 만들어진 영화 세트 비슷한 모조품에 지나지 않습니다.

그런데 순전히 반도식민사관으로만 교육을 받아온 기자들과 반도식민사학자들은 그 누구도 이 사실을 모르고 시안이 단지 당과 그 밖의 중국 왕조들의 3천년 수도라고 엉터리 소개를 하고 있습니다. 시대착오적인 중화사상에 사로잡힌 중국의 국수주의자들이 쓴 잘못된 역사책으로 교육을 받았기 때문에 일어나는 한심한 작태입니다.

역사에서 배우지 못하는 민족에겐 희망이 없다고 합니다. 그러나 그 역사는 그 당시의 사관史官의 기록에 바탕을 둔 진실이어야 합니다. 그래야만이 그 역사는 그 민족정신의 핵심이 될 수 있습니다. 그러한 역사를 제대로 아는 사람이 극소수에 지나지 않는다는 것은 실로 안타깝기 짝이 없는 일입니다.”

“너무 속상해할 필요는 없습니다. 지금부터 100년쯤 뒤 우리 후손들은 제대로 된 역사를 공부하게 될 것이고 지금과는 전연 다른 면모를 보여줄 수 있을 것입니다. 그때를 상상하면 지금의 불쾌감을 삭일 수 있을 것입니다.”

“그건 그렇구요. 신경 쓰이는 일이 또 하나 있습니다. 만약에 이번 한·중 회담이 좋은 성과를 얻어 중국이 압록강에서 북한으로 넘어가는 송유관이라도 한 달쯤 잠궈, 김씨왕조를 혼란에 빠뜨리게 한 뒤 정권교체를 해 버린 뒤 친중 정권을 세운 후에는 욕심을 내어, 당나라처럼 영토적 야심을 드러내어 동북공정대로 북한 땅을 동북 3성省 대신에 동북 4성으로 만들어버리려고 하면 어떻게 하죠?”

“그럴 때를 대비해서 우리는 중국과 제아무리 가까워진다고 해도 절대로 미국 이상으로 중국에 접근해서는 안 됩니다. 다시 말해서 중국과의 접근 정책은 한국전쟁에서 54,000의 인명 손실을 당한 미국과의 원교근공遠交近攻 정책에서 단 한시도 떠나서는 안 됩니다. 미국 역시 중국의 팽창을 막는 데 한국만한 동맹국은 없다고 여기고 있으니까요.

그러한 미국이 우리 뒤에 버티고 있는 한 중국은 감히 북한 땅을 자국의 영토로 만들 수는 없을 것입니다. 지금 비록 중국이 G2라고 하여 미국과 함께 세계를 경영한다고 하지만 중국의 국력이 여러 방면에서 미국을 능가하려면 아직도 50년 내지 백년 이상이 더 걸려도 알 수 없는 일입니다. 게다가 그 안에 중국 내부에서 어떤 변수가 터져 나올지 아무도 모르는 일입니다."

"왜 그럴까요?

"중국은 단지 국민총생산이 미국 다음으로 제계 제2위일 뿐 아직도 공산당 일당독재인 후진국가이고 신장 위그르자치구와 티베트자치구에서는 주민들의 치열한 독립운동이 지금도 진행되고 있고 한족漢族 내부에서도 천안문 사건과 같은 민주화운동이 벌어지고 있는 인권 사각지대입니다.

미국이 한국의 혈맹으로 남아있는 한 중국은 국익을 위해서라도 북한을 감히 자국 영토에 편입하려는 무모한 시도는 하지 못할 것입니다."

"그래도 당나라 때처럼 백제와 고구려 고토故土를 자기네 영토로 만들려 하듯 북한 땅을 동북 4성으로 만들려 하면 어떻게 하죠?"

"그럴 경우 우리는 신라군이 당군과 두 번이나 싸워서 크게 이겼던 것처럼 중국군과 일전을 벌일 각오를 해야 할 것입니다. 그러나 전쟁이 일어나기 전에 미국·일본·러시아·영국·프랑스·캐나다·호주·네덜란드와 같은 G8국들과 G20국들, 그리고 유엔이 중국에 강한 압력을 가하여 전쟁을 사전에 막으려할 것입니다. 외국들의 간섭으로 독일이 중국으로부터 영토를 할양받았다가 되돌려준 역사가 실제로 있었습니다."

"한·중 양국이 평화적인 방법으로 양국 관계를 지금보다 더 공고히 할 수 있는 실제적인 방법은 없을까요?"

"왜 없겠습니까? 한미 FTA가 지금 예상보다 잘되어 나가고 있는 것을 감한할 때 지금 협상이 지지부진한 한중 FTA 협상도 가속화하여 조속히 발효시키는 것이 양국에 다 같이 이익이 될 수 있을 것입니다.

그와 함께 중국이 탈북자들을 북한에 송환시키는 글로벌 기준에 훨씬 못 미치는 인권 후진국들이나 하는 짓을 중국이 다시 되풀이하는 일이 없도록 확실한 다짐을 얻어내야 할 것입니다."

"그와 동시에 우리의 영해에 침입하여 불법 어로 작업을 하는 중국 선원들이 이를 단속하는 한국 해양경찰대원들을 각종 흉기를 총동원하여 찔러 죽이는 야만적 행위가 다시는 재발하지 않도록 시진핑 주석으로부터 약속을 받아내야 할 것입니다."

4차 핵 실험 전에 결판내야

"그밖에도 최근 보도에 따르면 북한은 함경북도 풍계리 핵 실험
장에서 4차 핵 실험을 할 징후가 보이고 있다고 합니다. 중국은
1990년 전후에 동유럽과 아시아에서 공산경제권이 소멸된 후 지
난 20년 동안 자국의 이익을 위하여 북한이 경제적으로 개혁개방
을 하지 않고도 살아나갈 수 있도록 식량과 원유를 무상 공급해주
었습니다.

결론적으로 말해서 북한이 지금과 같은 불량 깡패 국가로 남아
있게 된 것은 중국이 북한을 자국의 방패로 이용하기 위해서 식량
과 원유를 무상지원을 해 주었기 때문입니다. 따라서 북한이 지금
과 같은 불량 국가가 된 것은 전적으로 중국에 그 책임이 있습니
다.

왜냐하면 지난 20년 동안 중국이 북한에 그러한 무상지원을 해
주지 않았더라면 북한은 어떻게 하든지 죽지 않고 살기 위해서라
도 과거의 다른 공산국들처럼 개혁개방을 서두르지 않을 없었을
것입니다.

북한이 개혁개방을 했다면 북한과 남한은 지금의 대만과 중국
본토처럼 양쪽 주민과 물화物貨가 자유롭게 왕래하고 있었을 것입
니다. 따라서 중국은 자국의 이익을 위해 북한이 김씨왕조라는 현
체제 유지를 위해 핵을 개발하고 개혁개방을 못하게 만든 책임이

있다는 것을 통감해야 할 것입니다.

중국이 최근에 미국을 비롯한 세계 각국에 공언해 온 대로 과연 북핵을 더 이상 용납하지 않겠다는 것이 진심이라면 북한이 4차 핵 실험을 하기 전에 이번에야 말로 무슨 일이 있어도 의미있는 조치를 취해야 할 것입니다."

"의미있는 조치라면 어떤 것을 말합니까?"

"북한에 제공하여 온 식량과 원유의 무상원조를 중국이 단연코 끊어버리는 것을 말합니다. 과연 북한이 4차 핵 실험을 감행하기 전에 중국이 어떤 조치를 취할지 우리는 눈을 부릅뜨고 지켜보아야 할 것입니다."

"중국이 북한에 보내는 식량과 원유의 무상원조를 끊어버림으로써 정상국가로 돌아오게 하느냐에 온 세계의 시선이 집중되지 않을 수 없겠군요."

"물론입니다."

"중국이 공약대로 북한에 보내는 무상원조를 끊어버릴 경우, 북한의 김씨왕조는 어떻게 나올까요?"

"핵을 포기하고 주민을 먹여 살리기 위해 실용주의적 경제 개혁을 택하든지 핵을 안고 그대로 폭삭 망해버리든지 둘 중의 하나를 선택하지 않을 수 없게 될 것입니다."

탈북자들은 어떻게 될까?

"4차 핵 실험 외에 중국의 진심을 알 수 있는 또 다른 방법은 없을까요?"

"왜 없겠습니까? 있습니다."

"그것이 무엇입니까?"

"이번 한중 정상회담 후에 중국이 탈북자들을 어떻게 다루는가를 살펴보면 알 수 있습니다. 탈북자들은 배로 동해나 서해를 거치지 않는 한 북한을 벗어나려면 반드시 두만강과 압록강을 통과하여 중국을 거치지 않을 수 없게 되어 있습니다.

지금까지 중국은 혈맹인 북한의 요구대로 탈북자들을 잡는 대로 거의 다 북한에 넘겨줌으로써 그들을 죽음의 길로 내몰았습니다. 이렇게 함으로써 중국은 피난민에 관한 글로벌 기준을 위반하는 인권을 무시하는 후진국이라는 오명을 감수하여 왔습니다.

그러나 과거 동독에서 대량의 피난민이 발생했을 때는 동독과 국경을 접하고 있는 폴란드, 체코, 유고와 같은 나라들은 동독을 빠져나온 피난민들을 아무런 제제도 없이 통과케 함으로써 인재고갈로 동독이 멸망하게 했습니다.

그러나 중국은 지금까지 탈북자들로 인하여 북한의 김씨왕조가 망하지 않도록 도와주었습니다. 그러나 한·중 정상회담에서 북핵을 용납하지 않기로 약속해 놓고도 중국은 북한의 현체제가 무너질까봐 탈북자들을 그전처럼 북한으로 넘겨줄 것인지 지켜보아야 할 것입니다.

만약에 중국의 현 시진핑 주석이 그의 전임자인 후진타오처럼 계속 탈북자들을 잡는 대로 북한으로 넘겨준다면 북핵을 고집하는 김씨왕조를 계속 도와주고 있는 것을 만천하에 공표하는 것이 될 것입니다."

"그러나 탈북자들이 수십만, 수백만 단위로 늘어날 경우 중국 정부가 그들을 당장 어떻게 처리할 수 있을지 우리 정부는 생각해 두어야 할 것입니다. 과거 김대중 정부는 대량 탈북자들이 발생할 경우 한국이 수용할 의사가 있는가를 중국이 타진했을 때 몇 주일이 지나도록 묵묵부답이었습니다.

이것은 중국이 탈북자들을 북한에 넘겨주는 원인들 중의 하나가 되었습니다. 아나나 다를까, 그 후 중국 정부는 탈북자들을 잡히는 대로 북한으로 송환했습니다.

이를 감안할 때 박근혜 정부는 김대중 정부의 과오를 되풀이하는 일이 없도록 사전에 만전을 기해야 할 것입니다. 과거의 서독 정부가 독일인라면 누구를 막론하고 무조건 다 받아들였듯이 남한 정부는 한국인라라면 누구나 다 받아들이는 큰 아량을 베풀어야 할 것입니다.

그렇게 함으로써 북한 동포들의 진정한 조국은 바로 대한민국임을 피부로 느끼게 해주어야 할 것입니다."

NLL 난타전과 그 결말

2013년 6월 28일 금요일

우창석 씨가 말했다.

"지금 국회에서는 2007년 남북정상회담 대화록 발표의 정당성 여부와 그 내용을 둘러싼 난타전이 극단으로 치닫고 있습니다. 선생님께서는 이러한 현상을 어떻게 생각하십니까?"

"사필귀정事必歸正이요, 파사현정破邪顯正이라고 했습니다. 비밀은 감추려하면 할수록 세상에 더욱더 드러나게 되어 있습니다. 그 비밀이란 것이 나라의 운명을 좌우하는 중요한 것일수록 더욱 다 치열하게 앞다투어 어느 경로를 통해서든 세상에 빠져나오지 않을 수 없게 되어 있습니다.

더구나 그 비밀이 한 국가의 영토에 관한 것이라면 더욱더 법망 따위는 초월하여 세상에 나돌게 되어 있습니다. 법이란 원래 국가가 선 다음에 만들어진 것이기 때문입니다.

자기 아버지의 후광으로 순전히 세습으로 왕조 국가에서처럼 우두머리 자리에 오른 김정일 앞에 대한민국 유권자들에 의한 투표로 당당하게 선출된 대통령이라는 사람이 NLL에 대한 김정일의 뜻에 따르겠다고 말함으로써 사실상 NLL을 포기하는 발언을 했습니다.

이보다 더 놀라운 것은 노무현 전 대통령은 국가 정상들과 회의장에서 김정일 체제를 대변하고 변호하기 위해서 때로는 한 시간씩 연설을 했고 때로는 화를 내기도 했다고 말했습니다. 그리고 김정일의 마음을 편하게 해 주기 위해서 한미군의 5029작계를 폐기했고 각종 한미 훈련을 중단시켰으며 전시 작전권을 회수했다고도 말했습니다.

이 대화록의 흐름을 살펴보면 마치 김정일이 남파한 고정 간첩이 어쩌다가 대통령이 되어 김정일에게 그동안의 자신의 실적을 보고하는 장면을 보는 것 같은 착각을 일으키게 합니다."

"그 소식을 접하는 순간 저 역시 선생님과 비슷한 경악과 대한민국의 국민의 한 사람으로서의 참을 수 없는 수치심과 굴욕감을 느끼지 않을 수 없었습니다. 그의 언행은 대한민국의 헌법을 수호하고 그 국토와 국민의 생명과 재산을 보호해야 할 대통령의 사명과 의무에서는 완전히 이탈된 것 같은 느낌을 받았습니다.

그가 만약 고인이 아니고 지금도 살아있는 사람이라면 국가와 헌법과 국민을 배신한 대역죄로 탄핵을 받았어야 할 대상이 아닐 수 없습니다. 도대체 무엇이 그로 하여금 그러한 발언을 적장인 김정일 앞에서 감히 토로하게 만들었을까요?"

"노무현 전 대통령의 수많은 발언들 중에서도 내 기억에 지금도 생생하게 남아 있는 것이 있습니다.

'북한하고만 잘되면 다른 것은 다 깽판쳐도 좋다.'

'북한에는 아무리 퍼주어도 다 남는 장사다.'

'반미 좀 하면 어때?'

이 세 마디였습니다. 나는 그가 대통령이 되기 전에도 이런 말을 하는 것을 듣고 그가 만약 대통령이 되면 대한민국이 통째로 북한으로 넘어가는 것은 아닐까 하는 위기의식을 느꼈습니다. 막상 그가 대통령으로 당선되자 그의 거침없는 조폭 왕초식 발언들은 더욱더 기승을 떨었습니다.

나에게는 그의 5년 동안의 집권 기간은 정말 참기 어려운 악몽과도 같은 세월이었습니다. 북한하고만 잘되면 다른 것은 다 깽판쳐도 좋다는 것은 극단적으로 말해서 대한민국이 적화되더라도 북한하고만 잘되면 다른 일은 다 망쳐버려도 상관없다는 뜻입니다.

이것이 정치인으로서의 그의 인생철학이었습니다. 그는 바로 이러한 철학을 그대로 실천에 옮겼을 뿐입니다."

자기정화능력 自己淨化能力

"그런데 왜 그의 임기 5년 동안에 그 철학을 완전히 실천하여 대만민국을 북한에 깡그리 넘겨주지 못했을까요?"

"우리나라의 야당, 언론, 군부, 경찰과 시스템화된 공무원 사회 그리고 일반 국민들의 반공 의식이 그에게는 의외로 암벽처럼 단단하였습니다. 그래서 종북파의 우상이요 스승이었던, 북한 노동당 비밀 정치국원이고 북한에 대한 내재적 접근법으로 유명한 송두율 씨가 독일에서 제주도에 들어와 아예 그곳에 자리를 잡고 제자들을 본격적으로 가르치려 했지만 국정원이 고위층의 지시를 어기고 끈질기게 그가 북한 노동당 비밀 정치국원임을 폭로함으로써 한국 땅에서는 더 이상을 견디지 못하고 떠나지 않을 수 없게 만들었습니다.

한국은 1975년에 멸망한 월남공화국과는 달리 일반국민들의 반공 의식이 투철합니다. 한국의 친북, 종북, 주체파 운동권을 통틀어 뭉뚱그려놓은 것에 해당되는 월남의 베트콩은 농촌을 거의 다 장악하여 해방구로 만들었지만 한국은 전연 그렇지 않았습니다.

하긴 그렇게 극성스럽던 베트콩도 월맹에 의해 월남이 적화되자 휴전 성립 후 북한에서의 남로당처럼 모조리 숙청되어 버렸는데, 그 이유는 한번 이용해먹은 자유세계 출신의 협력자는 적화 후에는 무자비하게 제거해버리는 것이 공산당의 변함없는 원칙이요 생리요 전통이기 때문입니다."

"그런데도 불구하고 지금도 한국 내의 친북, 종북, 주사파들이 그렇게도 열심히 북한의 지령대로 일사불란하게 움직이는 것이 신기할 정도가 아닙니까?"

"공산주의 사상이란 한번 오염되면 이성을 마비시키는 마약과 같기 때문입니다."

"그래도 노무현 전 대통령은 임기 동안 미국과의 FTA 협상을 꾸준히 추진했고 이라크 파병을 성사시켰고 제주 해군기지 사업 등을 성사시키지 않았습니까?"

"만약에 그것까지도 안 했더라면 그는 대만민국의 대통령직을 끝까지 유지하기조차 어려웠을 겁니다. 노무현 집권 5년을 겪는 동안 유권자들은 그의 집권 초기의 탄핵 역풍의 회오리에서 벗어난 그를 속속들이 파악했고 그 결과 그의 인기도는 역대 대통령 중 최하위인 9.9%까지 폭락했습니다.

그리고 17대 대선에서 한나라당의 이명박 후보는 민주당의 정동영 후보를 531만 표의 전대미문의 압도적 표차로 패배시켰습니다. 그렇게 함으로써 유권자들은 누가 이 나라의 주인인가를 제대로 보여주었습니다. 그 결과 민주당의 친노파는 마침내 자발적으로 폐족廢族 선언을 하지 않을 수 없었습니다."

"그럼, 지금 국회에서 한창 벌어지고 있는 NLL 난타전은 어떻게 되는 겁니까?"

"대화록 발표 경위의 합법성 여부를 아무리 따져보았자 출구는 보이지 않습니다. 왜냐하면 발표 경위의 합법성보다는 대화록 내용이 너무나 엄청난 것이기 때문입니다. 대화록 발표의 불법성이 절도죄라면 NLL 포기는 대역죄에 해당되기 때문입니다.

　따라서 그때 노무현 전 대통령을 수행하여 평양에 갔던, 지금도 살아 있는 친노파 실세들은 어구 해석에만 집착할 것이 아니라 국민들이 무엇을 걱정하는가를 제대로 알아내어 민의에 알맞은 쇄신을 단행하는 것이 급선무입니다."

　"그럼 국민들이 걱정하는 것이 무엇입니까?"

　"친노파에게는 뒤늦은 깨달음이지만 국민들은 북방한계선을 북에 양보할 생각이 전연 없다는 것입니다. 이것만 확실히 깨달았다면 지금부터 그들이 할 일은 대화록 발표 경위의 합법성 여부에는 국민들이 별 관심이 없고 오직 영토의 포기로 대한민국이 공산화되는 것을 가장 싫어한다는 것을 알아차리고 그에 맞게 당 체제를 완전히 뜯어고치는 것입니다.

　만약에 우리 국민들이 무엇 때문에 '그 좋은 공산주의'를 싫어하는가를 이해할 수 없다는 시대착오적인 정치인이 있다면 제 2의 폐족廢族 선언을 하고 다시는 정계에 발을 들여놓지 말아야 할 것입니다.

　왜 그러냐 하면 그렇게 하지 않으면 그들 역시 노무현 전 대통령의 전철을 밟을 수밖에 없는 돌대가리들임을 만천하에 선언하는 것이 되기 때문입니다. 공산주의는 1990년 전후에 그 종주국인 소련을 위시하여 전 세계에서 모조리 용도 폐기되었기 때문입니다.

　대한민국 유권자들은 1998~2008년 10년 동안의 친북좌파 정권을 경험하는 동안에 공산주의자의 냄새를 알아내는 데는 진돗개 이상으로 예민하게 후각이 발달되었습니다.

　50년 전통의 127석의 민주당이 지금 등장한 지 겨우 1년도 채안 되는 안철수 신당에게도 훨씬 못 미치는 인기도를 기록하고 있는 것이 바로 그것을 입증하고 있습니다."

"도대체 50년 전통의 민주당이 정치인 초짜이고 미래 비전도 불분명한 안철수 미래신당보다 못한 인기도를 유지하는 이유가 무엇입니까?"

"안철수 미래신당에게는 친북, 종북 또는 주체파로부터 풍겨오는 공산당 냄새가 전연 나지 않기 때문입니다. 지금 우리 국민들은 북핵을 가장 혐오하는데 안철수 신당에게서는 북핵을 용인하는 친북, 종북, 주체파의 냄새가 전연 나지 않는다는 얘기입니다.

말을 바꾸어 좀 더 알아듣기 쉽게 말한다면 민주당은 북한의 김씨왕조를 사모하던 잘못을 회개하고 새 사람으로 거듭나야 한다는 것입니다.

민주당이 거듭나기 위해서는 주사파, 종북파, 친북파 냄새를 말끔히 털어내고 중국의 등소평이니 브라질의 루울라처럼 공산주의를 용도 폐기하고 실용주의자로 거듭나야 합니다. 그러자면 뼈아픈 회개와 반성이 있어야 합니다.

그런데 민주당은 지금 그 뼈아픈 회개와 반성을 거부하고 있습니다. 자기 잘못을 회개하고 반성할 줄 모르는 집단이나 개인은 반드시 생존경쟁에서 도태당하는 파멸을 면하지 못하게 되어 있다는 것이 역사의 진실입니다.

자기 잘못을 고쳐나갈 줄 모르는 개인이나 사이비 종교 집단이나 사교 집단은 말할 것도 없고 나치 독재나 일본의 국수주의 침략국이나 북한의 김씨왕조 같은 것은 이미 망해버렸거나 조만간 반드시 망하게 되어 있습니다.

왜냐하면 인간은 원래 잘못을 저지르고 나서 회개하고 반성을 하여 새 사람으로 거듭나면서 그 다음 단계로 향상 발전하게 되어 있기 때문입니다. 민주당이라고 해서 무슨 통뼈라고 여기서 예외일 수는 없습니다.

종북파 정치인 이정희 씨는 말끝마다 '박정희는 일본 천황폐하에게 충성맹세를 하고 일본군 장교가 되었고 국군 장교가 되어서는 남로당 군사부장이 되었던 사람'이라고 염불하듯 떠 외고 있었습니다. 박정희 전 대통령의 딸인 박근혜 후보가 대통령이 되기 못하게 하기 위해서였습니다. 그러나 결과는 어떻게 되었습니까?

박근혜 후보는 버젓이 대통령으로 당선이 되었습니다. 왜 그렇게 되었을까요? 박정희 전 대통령은 비록 일본의 천황에게 충성맹세를 하고 일본군 장교가 되었지만 그것이 잘못임을 깨닫고 나서 반성 회개하고 한국군 장교가 되었고, 친형과의 관계로 어쩔 수 없이 남로당의 군사부장이 되었다가 그것이 발각되자 장교의 자격을 박탈당하고 군속으로 강등되었지만 군을 떠나지 않았습니다.

남로당에 협조한 자신을 반성하고 자책했기 때문입니다. 그러던 중에 백선엽 장군 등 동료 장교들의 진정서로 국군 장교로 복귀되었습니다.

박정희 전 대통령이 만약에 반성과 회개를 모르는 사람이었다면 인생 초기에 살아남지 못했을 것입니다. 석가모니의 제자 앙굴라마라와 예수의 제자 바울이 만약에 회개를 할 줄 모르는 사람이었다면 성인聖人의 반열에 오르지 못했을 것이고 일찌감치 청년 시절에 생을 마감하지 않을 수 없었을 것입니다.

인간에게 있어서 자기정화능력自己淨化能力이야말로 인생의 성패를 결정하는 결정적 요인입니다. 우리 유권자들은 선거 때마다 정치인들의 자기정화능력을 점검할 수 있는 능력을 체득하게 되었다는 것을 알아야 합니다.

그래서 유권자들을 옛날처럼 깔보다가는 큰 코 다치게 되어 있습니다. 그런 의미에서 민주당은 자신들의 처지를 반성하고 회개하는 지혜를 발휘하지 않는 한 새로 태어날 기회를 영영 상실하게될 것입니다.”

“그래도 18대 대선에서 민주당의 문재인 후보는 48%의 득표율을 과시하지 않았습니까?”

“그건 사실이지만 그 48% 속에는 안철수 표가 반을 훨씬 넘을 것으로 보는 사람이 많습니다. 주체파와 종북 좌파는 싫어하지만 한나라당도 싫다는 사람 중에서 상당수가 안철수를 선호했었는데 그가 대통령 후보를 사퇴하자 그 표의 상당수가 문재인 후보에게로 옮겨갔다고 보아야 합니다.

아무리 미국의 쇠고기를 싫어하는 종북 좌파들이 촛불 시위로 시청 앞 광장과 청계천 밤하늘을 수놓았다 해도 한국에서 그들의 표가 대통령을 뽑을 만한 기적을 창출하기에는 역부족입니다. 더구나 온 세계가 공산주의를 용도 폐기처분하고, 중국까지도 핵을 고집하는 북한에 등을 돌리고 있다는 사실을 한국의 종북 좌파들도 깨달아야 할 것입니다.”

통일의 토대 쌓기

2013년 7월 3일 수요일

우창석 씨가 말했다.

"선생님, 저는 이번 박근혜 대통령과 시진핑 주석의 6월 27~30일의 정상회담으로 북핵 불용에 대한 구체적이고 뚜렷한 합의가 있을 것이라고 기대했었는데, 김빠진 6자회담 추진 언급 외에 결국 이렇다 할 성과는 아무것도 없었습니다.

심지어 탈북자 문제도 관심을 기울이겠다는 뜨뜻미지근한 말뿐이었습니다. 결국 소문난 잔치집처럼 요란하기만 했지 알맹이는 아무것도 없지 않습니까?"

"그렇게만 볼 것이 아닙니다. 이번 정상회담을 기하여 양국이 경제, 무역, 금융, 과학기술, 에너지, 해양과학, FTA 협상의 가속화로 2015년까지 양국 무역액을 3,000억 달러로 높이기로 합의한 것 등 여러 문건에 양측이 서명한 것은 의미가 있다고 봅니다.

그리고 주목되는 것은 박근혜 대통령이 안중근 의사의 기념비를 세워줄 것을 제안한 것입니다. 1909년 한국침략의 원흉 이토오히로부미를 즉결처분한 안중근 장군의 의거는 중국에서 296년 지속된 만주족의 나라인 청국을 쓰러뜨린 손문의 신해혁명의 도화선이 되기도 한 의미심장한 사건이었습니다.

그런데도 불구하고 사건 현장에는 이렇다 할 기념물 하나 없었습니다. 중국과의 수교 이래 4명의 한국 대통령들이 중국을 방문했건만 아무도 이런 제안을 중국에 한 일이 없었습니다. 시진핑 주석은 관계 기관에 그 문제를 연구하라고 지시했다고 합니다.

그리고 북핵 불용과 탈북자 문제는 공동성명에도 일단 언급되었으니까 앞으로 그 추이를 지켜보아야 할 것입니다. 비록 중국이 북핵 불용을 위하여 6자회담 외에 어떤 중대 조치를 취한다 해도 구체적으로 어떻게 한다는 행동 지침을 밝힌다는 것은 적절치도 않을 뿐 아니라 현명한 일도 아니라고 봅니다. 상대가 엄연히 있는데 이쪽 전략전술을 섣부르게 밝힐 수는 없는 일이기 때문입니다.“

“첫술에 배부른 일은 없으니 계속 지켜보아야 한다는 말씀이십니까?”

“정확합니다. 내가 보기에 신라의 선덕여왕이 삼한일통三韓一統의 기초를 닦아놓은 것처럼 박근혜 대통령은 중국과의 우의를 돈독히 함으로써 한반도 통일의 기초를 닦는 작업을 착실히 다질 것으로 봅니다.”

“그럼 막상 삼국통일은 무열왕(김춘추)과 무열왕의 아들인 문무왕 대에 이룩된 것처럼 남북통일은 다른 대통령의 몫이라는 뜻인가요?”

“그 정도로 느긋하게 생각하는 것인 정신위생 상 좋을 것입니다.”

한중 FTA 작업의 가속화

"그럼 앞으로 실질적으로 또 확실하게 한국과 중국이 실천해 나가야 할 가장 중요한 과제가 무엇이라고 보십니까?"

"현재 진행 중인 한중 FTA 작업을 가속화시켜 한미 FTA와 한EU FTA처럼 발효시켜야 합니다. 이들 미국과 유럽과의 두 자유무역협정은 우리나라와 인접해 있지 않아서 지리적인 접근성이 없는 것이 흠입니다.

그러나 한중 FTA가 발효되면 EU의 전신인 유럽경제공동체와 유사한 동북아경제공동체의 출발점이 될 것입니다. 유럽경제공동체의 주역은 과거 수백 년 동안, 알사스 로렌과 같은 영토권 분쟁 등으로 편한 날이 없던 프랑스와 독일 두 나라였습니다.

한국과 중국은 프랑스와 독일처럼 명실공이 동북아경제공통체의 주역이 되지 않을 수 없게 될 것입니다. 한국과 중국이 자유무역협정을 발효하면 다음 단계로 일본이 질세라 득달같이 가담하려고 할 것입니다."

"그 다음 단계에는 어느 나라가 가담하게 될까요?"

"홍콩, 대만, 싱가포르, 필리핀, 몽골, 러시아 연방의 시베리아 공화국, 베트남, 라오스, 캄보디아 등이 될 것입니다."

"그럼 북한은 어떻게 될까요?"

"북한은 한국, 중국, 러시아, 일본과 같은 인접국들이 모조리 다 동북아경제공동체에 가입하여 경제적 혜택을 누리고 있는 것을 지켜보면서, 마냥 핵과 미사일만을 움켜쥐고 세계와의 끊임없는 마찰과 경제 제재를 무릅쓰고 그때까지 살아남을 수 있을지 의문입니다.

그때까지 생존해 있다면 북한도 죽지 않고 먹고 살기 위해서 결국은 이 동북아경제공동체에 가입하지 않을 수 없게 될 것입니다."

"과연 그때까지 북핵 문제가 해결되지 않는 채 북한의 현 체제가 생존할 수 있을까요?"

"글쎄요. 어떻게 되나 지켜보도록 합시다. 만약에 가입한다면 시장경제제도를 받아들이는 것이 될 것이고 이것은 개혁개방을 수용하는 것을 의미합니다."

"그 다음 단계는 어떻게 될까요?"

"우리도 지금의 유로연방처럼 통일된 화폐를 채용하여 정치 통합을 꾀하다가 거기서 한걸음 더 나아가 미합중국처럼 정치, 군사적으로도 통합된 동북아연방을 만들어나가게 될 것입니다."

"그것은 동북아 역사 이래 완전히 판을 새롭게 짜는 획기적이고 역사적인 괄목할 만한 사건이 아닙니까?"

"그렇습니다. 지구가 속한 태양계 자체가 우주 궤도상 우리 인류가 지금까지 전연 경험해 보지 못한 새로운 경지에 접어들었습니다."

"그렇게 된다면 굳이 선생님께서 늘 강조하여 오신 강대국이 되려고 애쓸 필요가 있겠습니까?"

"물론입니다. 그런 경제공동체가 형성되면 독도와 센카쿠(중국어로 댜오위댜오, 한국어로 조어도) 영유권 분쟁도 동북공정도 티베트와 신장위그르 자치구의 독립운동도 사라지게 될 것입니다.

왜냐하면 주민의 자유와 민주주의와 시장경제가 최대한 존중될 것이기 때문입니다. 게다가 미합중국, 유로연방보다 더 거대한 세계 최대 규모의 지역공동체인 동북아연방국을 우리는 새로운 조국으로 갖게 될 것입니다. 그렇게 된다면 새삼스럽게 별도의 강대국을 소망할 필요성이 있겠습니까? 강대국은 이러한 공동체가 없을 때의 어쩔 수 없는 대안일 뿐입니다."

"그 다음에는 지구촌은 어떻게 변하게 될까요?"

"지금 존재하는 미합중국, 유럽연맹, 아세안, 북미경제공동체 외에 동북아경제공동체, 중미 또는 남미경제공동체, 아프리카경제공동체, 중앙아시아경제공동체, 유라시아경제공동체 같은 것이 출현하였다가 점차 발전을 거듭하여 연방체로 발전될 것입니다. 그 후 계속 진화되어 결국엔 경제, 정치, 군사 등을 하나로 아우르는 지구촌 단일 정부 체제로 진화되어 지금의 유엔의 업무를 인계받게 될 것입니다."

"그렇게 되면 지구촌에는 인류 역사 이래 국가와 인종과 민족과 지역 간에 분쟁과 마찰과 전쟁이 없는 이웃이 그야말로 공생공존하고 상부상조하는 영구적인 평화가 찾아오게 되겠군요."

"그럴 수밖에 없게 될 것입니다. 세계는 이미 그런 방향으로 진행되어 가고 있습니다."

"그렇다는 확실한 징후라도 있습니까?"

"북한이 되어가는 모습을 보면 구체적으로 인류가 무엇을 지향하는지 알 수 있습니다. 북한 주민이 아니라 김씨왕조의 생존을 위하여 핵무기를 고집하여 온 북한이 유엔, 미국, 중국, 한국은 말할 것도 없고 ARF 26개국으로부터도 26대 1로 북한의 핵 보유를 거부당했습니다.

그러자 혈맹인 중국 다음으로 러시아에 매달려 보았지만 역시 싸늘한 냉대를 당한 북한은 고아처럼 졸지에 고립무원 상태에 빠지고 말았습니다.

미국·러시아·중국·영국·프랑스·인도·파키스탄·이스라엘 같은 기존 8개 핵보유국들도 인류를 공멸시킬 핵무기를 지구촌에서 점차 없애가기로 작정하고 그 방향으로 나아가고 있습니다.

인류의 염원은 핵무기에 오염되지 않은, 이웃 사람들끼리 서로 도우면서, 온갖 동식물들과 더불어 평화롭게 살아가야 할, 환경이 파괴되지 않은, 용화세계를 만드는 겁니다.”

“그렇게 되려면 지금껏 인류가 경험해 보지 못한 완전히 새로운 판을 짜야하는 것 아닙니까?”

“그렇습니다.”

“그렇게 되려면 일본의 극우 민족주의와 중국의 중화 국수주의 세력이 현실적인 실세로 존재하는 한 불가능한 일이 아닐까요?”

“물론입니다. 그러나 국수주의 또는 국가 이기주의가 아무리 날뛴다고 해도 우주 기운의 거대한 흐름을 막아낼 힘을 발휘하지는 못하게 되어있습니다. 어떤 형태의 개인 이기주의나 국가 이기주의를 고집하는 한 조만간 누구든지 살아남을 수 없는 환경과 조건들이 조성되어 결국은 온갖 이기주의를 포기하지 않을 수 없게 되어 있습니다.

우리 인류가 지금 맞고 있는 새로운 우주의 기운이 그러한 이기주의를 강력히 거부하고 있기 때문에 생존을 위해서라도 그것을 포기하지 않을 수 없게 되어 있습니다. 아니 인류의 의식 자체가 근본적으로 바뀌어가고 있다는 것을 알아야 합니다.”

"어떻게 말입니까?"

"지구상에서 사람들은 근 1만년에 가까운 세월을 살아오는 동안 제 욕심만 차리다가는 다같이 공멸해버린다는 소중한 교훈을 얻게 되었습니다. 그 대신 이웃끼리 서로 도와나가면 다 같이 평화롭게 잘 살 수 있다는 것을 실체험으로 깨닫게 된 것입니다. 이러한 의식이 바로 우주의식과 만나게 되어 하나로 합쳐져 이 시대의 큰 기운이 된 것입니다."

야당의 인기 하락 원인

2013년 7월 13일 금요일

우창석 씨가 말했다.

"선생님, 요즘 언론기관들에서 발표하는 인기도 조사를 보면, 박근혜 대통령이 63%, 야당인 민주당은 13%, 안철수신당은 25%를 가리키고 있습니다. 인기도를 조사한 언론기관들 중에는 야당을 지지하는 한겨레신문도 끼어 있는데 결과는 다른 조사기관들과 대동소이합니다.

도대체 어떻게 돼서 이런 결과가 나왔을까요? 127석에 50년 전통을 자랑하는 민주당의 인기도가 아직 태어나지도 않은 안철수신당의 반 정도밖에 안 된다는 것을 지켜보는 유권자들의 심정은 실로 참담하기 짝이 없습니다. 그 이유가 무엇일까요?"

"내가 보기에는 민주당의 자업자득입니다."

"자업자득이라뇨?"

"분명히 자업자득이요 인과응보입니다. 민주당은 17대 대선에 이어 18대 대선에서까지 연패한 지 7개월이나 지난 지금까지도 자기네가 왜 대선에서 계속 실패했는지 도통 모르고 있을 뿐 아니라 알려고도 하지 않습니다.

수많은 국민들이 공개석상에서 충고를 했건만 민주당 자신은 오불관언입니다. 다시 말해서 그들은 유권자들의 진의가 무엇인지 전연 알려고 하지 않고, 어떻게 하든지 꼼수나 부려서 18대 대선을 부정선거로 몰아 제2의 광우병 촛불 시위로 몰아가 현정부에 흠집 낼 궁리를 하고 있는가 하면 계속 골탕 먹여 다음 대선에서 어떻게 하든지 이겨볼까 하는 권모술수에만 몰두하고 있는 것 같습니다."

"그럼 유권자들이 야당에 바라는 것은 도대체 무엇입니까?"

"민주당 정권 10년 동안에 국민들이 느낀 가장 큰 불만은 안보 불안이었고, 17차 및 18차 대선에서 민주당 후보들이 잇달아 낙선한 것 역시 안보 불안으로 표를 주지 않았기 때문입니다. 새누리당이 특별히 잘하는 데가 있어서가 아니라 민주당이 정권을 잡으면 나라를 거덜 낼 것 같은 국민들의 위기의식 때문에 정동영, 문재인 두 후보가 연이어 대선에서 패배한 것입니다. 그런데도 그 원인을 알려고도 하지 않고 있습니다.

문재인 후보가 박근혜 후보보다 3.4% 차이인 48% 득표로 지난 대선에서 낙선한 원인도 그가 대통령이 되면 안보가 불안하다고 생각한, 6.25를 직접 겪은 60세 이상 고령자들이 투표 막판에 박근혜 후보에게 표를 몰아주었기 때문입니다.

친북 좌파 정부 10년 동안 햇볕, 퍼주기 정책과 북한이 만나주기만 하면 허겁지겁, 감지덕지 달려가고 계속 양보만 해 온 결과 우리가 얻은 것은 고작 제2 연평해전, 천안함 폭침, 연평도 포격과 북한 핵 개발과 같은 것들이었습니다.

어떤 사람은 천안함 폭침과 연평도 포격은 이명박 정부하에서 벌어진 일이므로 좌파 정부 10년과는 관계가 없다고 말합니다. 그러나 친북 정부 10년 동안에 그들이 북한을 잘못 길들여놓았기 때문에 벌어진 사건입니다."

"과연 그럴까요?"

"그렇고 말고요. 지나친 퍼주기와 양보에 분노한 유권자들의 표가 이명박 정부를 출범시켰건만 북한은 그것도 모르고 좌파 정부들처럼 북한에 퍼주기를 하지 않는 이명박 정부에 압력을 가한 것이 천안함, 연평도 도발이었던 것입니다. 이러한 북한에게 짝사랑에 빠져버린 몽유병 환자와 같은 짓만을 해 온 민주당을 국민들이 좋아할 리가 없습니다.

"그럼 민주당이 국민들의 인기를 얻으려면 어떻게 해야 합니까?"

"이번 기회에 심기일전하여 획기적인 개혁을 단행하여 민주당이야말로 북한의 적화전략을 능히 꺾을 수 있는 든든한 안보의 보루라는 인식을 국민들이게 확고하게 심어주어야 합니다. 그래야 다음 대선에서 대권을 잡을 수 있습니다.

귀태鬼胎 파동

그러나 실제로는 그 반대의 길로만 계속 치닫고 있으니 인기는 계속 떨어질 수밖에 없습니다. 특히 NLL 논쟁으로 친노강경파가 새로 등장하는가 하면 난데없는 귀태鬼胎 파동으로 박근혜 대통령을 흠집내려 하는 짓은 자칫 역풍을 몰고 올 수도 있는 위험천만한 행태로서 민주당을 위해서는 백해무익한 짓이 아닐 수 없습니다."

"귀태鬼胎라는 낱말은 생전 처음 들어보는 말인데 도대체 무슨 뜻입니까?"

"나도 처음 듣는 단어여서 이희승 국어대사전을 찾아보니 다음과 같이 나와 있습니다. '귀태鬼胎: 이상임신異常姙娠의 하나. 자궁 속에 태아를 감싸고 있는 맥락막脈絡膜이 비정상적으로 발육함으로써 일어나는 병. 자궁 속은 차차로 작은 주머니 같은 덩어리가 되며 가는 줄기로 연결되어 마치 포도송이처럼 되어 태아는 전연 그 형체가 없어짐. 유산이 되며 심한 출혈로 사망하는 위험이 있음. 포상기태胞狀奇胎, 포도상 기태.'"

"그러나 발언자인 민주당의 홍익표 원내 대변인이 말하고자 하는 내용은 그러한 의학적인 의미가 아니라 '태어나지 말았어야 할 사람'이란 뜻으로 쓴 것 같던데요. 박정희 대통령은 태어나지 말

앉어야 할 사람이고 따라서 그의 딸도 마찬가지라는 뜻으로 박근혜 대통령에게 흠집을 내려는 것이 목적인 것 같습니다."

"그렇다면 박정희 대통령은 과연 귀태 소리를 들어야 할 만큼 태어나지 말았어야 할 사람일까요?"

"지금까지 수많은 여론기관들이 조사한, 국민들이 선호하는 가장 인기있는 지도자는 항상 박정희 대통령이 1위이고 세종대왕이 2위입니다. 특히 박정희 대통령의 공과功過는 7대 3입니다. 잘한 일이 7이라면 못한 일은 3이라는 뜻입니다. 이런 걸 생각하면 홍익표 민주당 원내 대변인은 국민의 생각과는 전연 동떨어진 엉뚱한 헛소리를 하고 있는 게 아닐까요?"

"맞습니다. 결과적으로는 박근혜 대통령을 뽑아준 국민을 모욕한 치졸한 망언입니다. 하긴 종북파와 주체파들은 '대한민국은 태어나지 말았어야 할 나라'라고 지금도 공언하고 있는데, 그렇다면 태어나지 말았어야 할 대한민국의 국회의원이 된 그들의 정체성은 무엇입니까?

그들 역시 태어나지 말았어야 할 존재들이 아닌가요. 그들은 스스로 자신들의 존재를 부정하는 것이 아닌가요? 그리고 그러한 괴상한 사람들을 국회의원으로 공천한 당 간부들이나 뽑아준 유권자들은 완전히 눈이 멀었다고 말할 수밖에 없지 않겠습니까?"

"그렇습니다. 그나마 다행인 것은 김한길 민주당 대표가 유감 표명을 했고 발언자인 홍익표 원내 대변인은 그 지위를 사퇴하는 신속함을 보여준 것입니다."

"그러나 민주당이 이처럼 제 정신을 못 차리다가는 아무래도 안철수 신당에게 흡수 침몰당하는 큰 수치를 면하지 못할 것 같습니다. 그렇게 되면 양당 정치 구조 속에서 믿음직한 야당을 갖지 못한 국민들만 날개 하나가 떨어진 듯 허탈해질 뿐입니다.

그래도 나라는 어떻게 하든 꾸려나가야 합니다. 그러자니 국민들은 안보 불안 때문에 야당인 민주당을 기피하지 않을 수 없게 됩니다. 50년 전통의 민주당의 인기가 자꾸만 곤두박질치는 이유가 너무나도 명백하게 백일하에 드러나지 않았습니까?"

"그런데도 불구하고 눈앞에 훤히 열려있는 개혁의 길을 굳이 마다하고 저속하고 야비하기 짝이 없는, 북한 지배층과 조폭 왕초들이나 쓰는 막말과 권모술수와 꼼수에만 정신이 팔려있는 그들이 참으로 한심할 뿐입니다. 민주당이 제대로 되려면 개혁을 해야 되는데 그게 안 되는 이유가 어디에 있을까요?"

"민주당 친노파 국회의원 대다수가 80년대 운동권 386주체파 출신들이기 때문입니다. 이들을 가르친 한 대학 교수가 종편에 나와서 한 말을 들어보면 그들의 머리속에는 오직 주체사상밖에는 들어있는 것이 아무것도 없다고 합니다.

그들은 주체사상보다 더 고급에 속하는 마르크스나 레닌의 이론이 무엇인지도 모르고 알려고도 하지 않는다는 겁니다. 이들에게는 국민은 안중에 없고, 있는 것이란 오직 친노파 핵심 간부에게 충성 경쟁을 하는 것뿐이라는 것입니다. 그러니까 바로 충성 경쟁 때문에 귀태라는 천박한 막말이 그렇게도 쉽게 그들의 입에서 튀어나온다는 겁니다.

허물을 벗지 못하는 애벌레는 나비가 되지 못하고 죽어버리는 것과 같이 반성과 참회를 모르는 사람이나 집단은 조만간에 반드시 망하게 되어 있습니다. 나는 민주당이 반성을 모르는 사이비종교집단, 나치즘, 세습 독재정권, 북한의 김씨왕조 또는 그 조직원처럼 타락하지 말았으면 좋겠습니다."

"그럼 그 주체사상이란 도대체 어떤 것입니까?"

"탈북자인 황장엽 선생이 주체사상을 철학화하고 이론화했다고 하지만 그 사상은 7백만의 인명을 앗아간 6.25를 도발한 김일성의 머리에서 나온 것입니다. 그런데 1980년대에 군부 독재에 대항하기 위해서 김일성의 주체사상을 채용한 대학생 운동권의 주류였던 주체파는 노무현 정권의 핵심 세력인 친노파가 되었습니다."

"그렇다면 그들은 그 후 대한민국 국회의원이 되어서도, 한때 주체파로 활약했던 새누리당의 하태경 의원이 했던 것과 같은 반성과 참회와 전향도 없었다는 말씀입니까?"

"그렇습니다. 그러니까 그들은 대한민국 국회의원이면서도 '대한민국은 태어나지 말았어야 할 나라'라고 김일성이가 하고 싶어한 말을 지금도 공공연하게 떠벌이고 있는 것입니다. 하긴 대한민국 대신에 박헌영이 주도한 남노당의 '남조선인민공화국'이 섰더라면 김일성이 원하는 적화통일이 쉽게 되었을지도 모르는 일입니다."

"주체파란 결국 김일성식으로 변형시킨 공산주의 사상이 아닙니까?"

"그렇죠."

"그럼 공산주의는 이미 1990년대 전후에 전 세계적으로 용도 폐기되어 쓰레기 통 속으로 들어간 낡은 사상이 된 것을 주체파들은 지금도 인정하지 않는다는 말인가요?"

"그렇습니다."

빈대 죽는 맛에 초가삼간 다 태운다

"그럼 지난 20년 동안에 북한 청소년들의 키가 남한 청소년보다 평균 19cm나 줄어들었고 세계에서 가장 가난한 나라가 되었다는 것도 그들은 인정하지 않는다는 말인가요?"

"그렇습니다."

"그런데도 주사파가 바라는 것은 대한민국 청소년이 북한 청소년처럼 키가 19cm나 작아지고 세계에서 가장 가난한 나라가 되는 것인가요?"

"이치로 따지면 그렇다고 할 수 있죠."

"그럼 빈대 죽는 맛에 초가삼간 다 태운다는 격언과 무엇이 다릅니까?"

"빈대는 군부 독재고 초가삼간은 대한민국이 되는가요?"

"그렇습니다. 그런데 그 군부 독재는 사라진 지 이미 30년이 넘었고 지금은 국민이 직접 투표로 당선된 박근혜 대통령이 귀태라는 막말을 들어야 할 대상이 되었는가요?"

"그렇습니다."

"그래서 '북한하고만 잘되면 다른 것은 다 깽판 쳐도 좋다'느니 '북한에는 아무리 퍼주어도 남는 장사'라느니 하는 말도 그런 주사파 주장의 배경에서 나온거군요."

"그렇습니다."

"북한하고만 잘되면 우리는 지금보다 20배 이상 가난해져서 북한의 수준에 맞추고, 우리 청소년의 키는 19cm나 작아져도 괜찮다는 얘기가 아닙니까? '북한하고 잘되는 것만이 최고의 선'이니까요. 그것이 바로 주사파의 주장이 아닙니까?"

"정곡을 찔렀습니다. 어차피 우리 세대가 해결하지 않을 수 없는 실로 어처구니 없는 난제 중에 난제입니다."

"그럼 이런 때 저와 같은 평범한 국민들은 무엇을 어떻게 해야 합니까?"

"그저 평범한 국민의 의무를 다하면 됩니다."

"어떻게요?"

"대한민국의 주권은 국민으로부터 나온다고 헌법에 엄연히 규정되어 있지 않습니까? 다음 대선이나 국회의원 선거 때, 주사파들이 비록 충성 경쟁 끝에 유력 간부의 공천을 받았다고 해도, 우리 유권자들은 어떻게 해야 나라가 제대로 될 것인지 신중하게 판단하여 소중한 한 표를 양심에 따라 바르게 행사해야 할 것입니다. 그렇게 함으로써 유권자들이 한 표가 얼마나 추상처럼 무서운 것인지를 그들로 하여금 피부로 느끼게 해 주어야 할 것입니다."

"그러나 그 유권자들의 의식이 문제입니다."

"무엇이 문제입니까?"

"바로 그 주사파의 지지를 업고 출마한 후보의 감언이설에 속아서 그를 당선시킨 유권자의 어리석음이 다시금 되풀이되지 말라는 법이 없지 않겠습니까?"

"16대 대선 때는 비록 그런 일이 벌어졌고 후보자의 그럴듯한 감언이설에 깜짝 속고 나서 뒤에야 많은 유권자들이 자기 손가락을 잘라버리고 싶어 할 정도로 후회를 했으니 그것을 좋은 교훈으

로 삼아 다시는 그런 실수를 되풀이하지 않도록 조심해야 할 것입
니다."

"그래도 저는 안심이 안 됩니다."

"왜요?"

"뛰는 놈 위에 나는 놈 있다고 말 잘하는 주사파 후보에게 또
속으면 어떻게 합니까? 지난 대선에서는 박근혜 후보가 51.4%,
문재인 후보가 48%의 득표였습니다. 문 후보의 48% 속에는 야권
단일화가 아니라면 안철수에게 갔어야 표가 반 이상은 되므로 문
후보의 진짜 득표는 24%밖에 안 된다고 해도 결과적으로 겨우
3.4%의 표차는 너무 아슬아슬하지 않습니까?"

"그렇긴 하지만 우리 유권자들의 수준이 그것밖에 안 된다면 어
쩔 수 없는 일이 아니겠습니까? 그렇다고 우리 역사를 군부독재나
전제왕국 시대로 되돌릴 수는 없는 일이니까요. 그러나 나는 우리
국민들이 첫 번도 아니고 두 번이나 똑같은 실수를 저지를 정도로
어리석거나 미련하지는 않다고 봅니다."

"하긴 자유민주주의 국가에 살면서 그 이상의 것을 바라는 것도
과욕인 것 같군요."

"그럴 때는 진인사대천명盡人事待天命의 자세로 사람으로서 할 수
있는 일을 다 해놓고 나서 하늘의 명을 기다리는 수밖에 없습니
다."

왜 나만 가지고 그래?

2013년 7월 19일 금요일

우창석 씨가 말해다.

"선생님, 요즘은 NLL과 귀태 논란은 쑥 들어가고 전두환 전 대통령의 비자금 추징금 1,672억 원 회수를 위한 검찰의 전격적인 전씨 일가의 가택 압수수색으로 떠들썩합니다. 전두환 일가에서 나온 미술품들 중에는 비싼 것도 있다고 합니다.

전두한 씨는 일찍이 자신의 재산은 29만 원밖에 안 된다고 호언했는데 이렇게 엄청난 고가의 미술품들이 쏟아져 나오는 것을 본 국민들의 심정은 참담하기 그지없습니다.

우리 국민들은 어떻게 하다가 저런 사람이 대통령이 되는 불운을 뒤집어 써야 했는지 개탄하지 않을 수 없습니다. 세 아들과 딸하나로 구성된 전씨 일가의 재산만 해도 1조원이 넘는다는 얘기가 나돌고 있습니다. 3남 1녀가 조금씩만 거두면 1,672억 원을 만들기는 식은 죽 먹기일 터인데도 자녀들 중에는 아무도 그런 생각을 하지 않는 것 같습니다. 전씨는 앞으로 어떻게 할 것 같습니까?"

"지금이라도 잘못을 반성하고 작심만 한다면 추징금 1,672억 원 정도는 충분히 납부할 수 있을 것 같건만 전씨는 현재 상태로는 전연 그럴 생각이 없고, 끝까지 버티어 나갈 것 같습니다."

"그럼 검찰이 끝까지 추적하여 지금 압수한 미술품들이 전씨의 비자금에서 나온 것임을 입증하는 도리밖에 없겠군요."

"그렇습니다."

"추징금 문제가 부상한 것은 16년 전인 김영삼 대통령 때인데, 그 후 김대중, 노무현, 이명박 도합 네 명의 대통령들은 도대체 무엇 때문에 미수금 문제를 해결하지 못하고 전씨로 하여금 계속 추징금을 안 내고도 계속 버틸 수 있게 했을까요?"

"김영삼, 김대중, 노무현, 이명박 네 전직 대통령들에게는 전씨 자신이 계속 버티어도 어쩔 수 없을 것이라는 확신을 하지 않았나 생각됩니다."

"그렇다면 그들 네 전직 대통령들은 추징금을 집행할 수 없을 만한 무슨 약점이나 말 못할 사정을 안고 있었고 전씨는 바로 그 점을 꿰뚫고 있었다는 얘기군요. 그렇다면 전씨는 박근혜 대통령 도 자기를 감히 어떻게 할 수 없는 약점을 가지고 있는 것으로 보았다는 얘기가 되는 건가요?"

"약점이라기보다는 이미 네 전직 대통령들이 자기를 어쩌지 못했는데 박근혜 대통령인들 이제 새삼스레 어떻게 할 것인가 하는 막연한 자기 배짱을 믿었는지 모릅니다. 그러나 그것이 잘못이 아니었나 생각됩니다."

"왜요?"

"박근혜 대통령에게는 우선 말썽을 일으킬 만한 자녀도 친척도 없다는 것을 전씨는 미처 생각지 못했는지도 모릅니다."

"그럼 앞으로 이 문제는 어떻게 되어 갈 것 같습니까?"

"그거야 하늘과 전씨 자신 외에는 누가 알겠습니까?"

"전씨 자신과 그 일가와 국민과 대한민국의 국격을 생각해서라도 스스로 그 문제의 추징금을 깨끗이 청산하는 것이 최선이 아닐까 합니다."

"그거야 공수래공수거空手來空手去를 깨달은 보통 사람들의 생각이고 남달리 재욕이 강한 사람의 생각은 그렇지 않을 수도 있을 것입니다. 그래서 상식적인 예단은 금물입니다. 현실은 소설보다 더 흥미로우니까요. 그는 과거에도 추징금 문제가 발생할 때마다 늘 '왜 나만 가지고 그래?' 하고 불만을 토로했는데 바로 이 말 속에 그의 인생철학과 속셈이 숨겨져 있지 않나 생각됩니다."

"과연 그 말 속에는 그의 인생철학이 들어 있는 것이 확실한 것 같습니다."

"정확합니다. 그러나 전씨는 하나만 알고 둘은 모르고 있습니다."

"그게 뭔데요?"

"'왜 나만 가지고 그래?' 하는 말 속에는 이 세상에 잘못이 없는 사람은 없다는 뜻이 들어 있습니다. 그 말은 맞습니다. 호주머니 털어서 먼지 안 나는 사람은 없으니까요. 그러나 사람에게는 누구나 잘못도 있지만 그 잘못을 반성하고 고쳐나감으로써 좀 더 나은 단계로 자신을 향상 발전시키는 능력도 있다는 것에는 전씨 자신이 애써 눈을 감고 있습니다.

그가 대한민국이라는 땅에 존재하게 된 것은 그를 둘러싼 국민들에게 이러한 교훈을 일깨워주기 위한 하늘의 배려임이 틀림없습니다."

"잘못을 저지르는 것이 나쁜 것이 아니고 잘못을 저지르고도 고칠 줄 모르는 것이 진정 나쁘다는 이치가 새삼 생각납니다."

"자기 잘못을 뉘우치고 고쳐나가는 사람은 무한이 뻗어나갈 수 있지만 잘못을 저지르고도 고쳐나갈 줄 모르는 사람은 누구를 막론하고 무자비하게 도태당할 수밖에 없다 것도 우리가 태어난 우주와 자연의 움직일 수 없는 법칙입니다."

"그런데 선생님, 그렇게도 재욕이 출중한 사람이 어떻게 관운官運은 또 그렇게 좋아서 대통령까지 해 먹을 수 있었을까요?"

"원인 없는 결과는 없으니까 면밀하게 관찰해보면 반드시 그 원인을 알아낼 수 있을 것입니다. 그에게 관심 있는 국민들을 위해서라도 연구를 해보는 것이 좋을 것입니다."

"숙제로 알고 열심히 노력해 보겠습니다."

여자 검침원

한 달에 한 번 꼴로 삼공재에 찾아오는 전라남도 고성군의 한 농촌에서 농사를 짓고 있는 박재훈이라는 50대 수련생이 들어와 앉자마자 미처 숨을 고르기도 전에 입을 열었다.

"선생님, 저는 지난 한 달 동안 내내 정신없이 부산하게 지냈습니다."

"무슨 일이 있었습니까?"

"이웃에 사는 제 친 여동생이 전기 검침원으로 일하다가 강간살인을 당했습니다."

"네엣? 아니 어쩌다가. 좀 차근차근 자초지종을 얘기해보세요."

"그날도 근무하려 나갔는데 날이 어두워도 집에 돌아오지 않는 겁니다."

"여동생의 나이는 어떻게 됩니까?"

"52셉니다. 대기업에 취직한 장성한 두 딸과 대학원 다니는 아들을 둔 주부이고 농협에서 일하는 남편도 있습니다. 경찰과 함께 조그마한 동네가 발칵 뒤집혀서 범인을 찾아보았지만 열흘이 지나도록 오리무중이었습니다.

그런데 사고가 난 지 열흘 만에 동내 근처 한적한 산비탈을 자나던 마을 사람이 길가에서 약간 떨어진 숲속에 나뭇잎이 소복하게 쌓여 있는 것을 발견했습니다. 이상하게 생각되어 다가가서 나뭇가지로 헤쳐보니, 문제의 여자 검침원으로 동내가 발칵 뒤집혀 찾아헤매고 있는, 인근에서는 누구다 다 아는 제 여동생이었습니다.”

“요즘처럼 무더운 날씨에 사망한 지 열흘이 되었으면 이미 부패가 시작되었을 텐데.”

“그런데 소식을 듣고 부리나케 제가 누구보다 먼저 달려가 보니 얼굴도 몸도 복장도 꼭 살아있는 것처럼 그렇게 말짱할 수가 없었습니다.”

“갑자기 당한 횡액에 황당하고 치욕과 원한이 사무쳐서 그랬을 겁니다.”

“원한이 사무치면 그럴 수도 있습니까?”

“일부함원오월비상―婦含怨五月飛霜 즉 한 여자가 한을 품으면 오유월에도 서리가 날린다는 말도 있지 않습니까.”

“그럴 수도 있군요.”

“그럼 범인은 어떻게 되었습니까?”

“결국 찾아냈습니다.”

“어떻게요?”

이렇게 박재훈 씨와 나 사이에 긴박한 대화가 오고가는 사이에 내 영안에는 검침원 복장을 한 여자가 남자와 드잡이를 하다가 결사적으로 격투를 벌이는 화면이 떠올랐다. 박재훈 씨에게 빙의되었던 그의 여동생의 영가가 나에게 옮겨온 것을 알 수 있었다.

“부검 결과 강간 살인임을 알아낸 경찰에서는 유력한 용의자로서 혐의가 가는 인근에 사는 세 남자를 지목하고 DNA 검사를 한 결과 범인으로 그 중 33세의 독신 남자를 잡아냈습니다.”

“그럼 범인은 한 동내에 사는 서로 아는 얼굴입니까?”

"그럼요."

"여동생이 겁침하려 들어갔을 때는 마침 그 집에 남자 혼자 있었던 모양이죠?"

"원래 혼자 사는 총각이었습니다. 자기 어머니와 함께 살았는데 최근에 어머니가 새 집을 얻어 이사를 했답니다. 그건 그렇구요. 선생님, 잘 알고 지내는, 아들 같은 동내 총각한테 그런 욕을 당했으니 얼마나 치가 떨렸겠습니까? 그래서 죽은 지 열흘이 지나도록 이 더운 날씨에 시신이 생시처럼 말짱했던 것 같습니다.

그렇지만 이왕 일은 벌어진 거고 사후에나마 이 세상에서의 원한을 버리고 좋은 곳에 태어나야 할 텐데. 그 나이까지 바르고 착하게만 살아온 동생이 도대체 무슨 업연으로 그런 끔찍한 일을 당했을까요?"

"전생에는 틀림없이 그 범인과는 금생과는 정반대의 관계에 있었을 겁니다."

"아니 그렇다면 전생에는 동생이 남자였고 범인은 여자로서 강간 살인을 자행했었다는 말씀인가요?"

"그렇습니다. 그러한 원수끼리의 악순환의 윤회의 고리가 여러 번 반복되었을 겁니다."

"그럼 이런 때 제 동생은 어떻게 처신을 했어야 합니까?"

"이 원수 갚기의 윤회의 고리를 먼저 알게 된 쪽이 그 원수의 고리를 끊어야겠다고 결심하고 상대를 저주하고 미워하는 감정에서 먼저 벗어나야 합니다. 그럼 그 순간부터 여러 생을 통하여 지속되어 온 원수 갚기의 고리는 풀어지게 되어 있습니다.

박재훈 씨는 구도자고 오빠니까 여동생의 영가가 빙의되어 있습니다. 빙의된 영혼은 빙의당한 사람의 심정과 의식을 닮게 되어 있고, 무슨 인연인지 몰라도 나까지도 지금 이 일에 끼어들었으므로, 범인에 대한 복수심을 포기하는 쪽을 택하였을 것입니다."

"선생님 제발 제 동생이 선생님 말씀대로 그 원수 갚기의 고리에서 벗어나 마음의 평안을 얻었으면 좋겠습니다."

"당연히 그래야죠. 이승에 사는 사람이든 중음신中陰神이든 마음을 어떻게 먹느냐에 따라 그의 운명은 그 순간에 바뀌게 되어 있습니다.

백만 원의 돈을 지하철 안에서 소매치기 당한 사람이 있다고 칩시다. 어떤 사람은 돈을 소매치기 당한 것을 알자마자 발을 동동 구르면서 그 소매치기의 손모가지가 톡 부러져라 하고 저주하는가 하면 어떤 사람은 내가 전생에 빚진 돈을 빚쟁이가 찾아갔다고 생각하고 아예 깨끗이 모든 것을 잊어버립니다. 그렇게 하면 인과응보의 고리에서도 해방이 됩니다. 어느 쪽의 마음이 편안하고 하늘의 도움을 받을 것 같습니까?"

"전생에 빚진 돈을 빚장이가 찾아갔다고 생각하는 사람입니다."

"동생의 영가도 그런 심정으로 원수 갚기의 고리를 끊어버리고 범인을 용서해주면 다시는 그러한 윤회의 고리에 말려들지 않게 될 것입니다."

"선생님께서는 그러한 이치를 어떻게 아시게 되었습니까?"

"내가 윤회니 인과응보니 하는 용어를 쓰니까 불경에서 그러한 원리를 배운 것으로 알지 모르지만 그렇지 않습니다."

"그럼 어떻게 그런 이치를 아시게 되셨습니까?"

"순전히 관찰을 통해서 알게 되었습니다."

헛구역질하는 누나

40대 초반에 아직 미혼인 황연호라는 수련생이 삼공재에서 수련 중 선정에 들었다가 눈을 뜨고 말했다.

"선생님, 의문이 하나 있는데 좀 여쭈어 봐도 되겠습니까?"

"어서 말씀해 보세요."

"제 누님이 벌써 6개월째 시도 때도 없이 자꾸만 헛구역질을 합니다. 병원에 가서 아무리 각종 첨단 장비로 검사를 해보아도 아무 이상이 없다는 소견만 나옵니다. 물론 한의원에도 가 보았지만 원인을 밝혀내지 못했습니다.

그러자 누님은 혹시 귀신의 장난이 아닌가 하고 무속인한테라도 가봐야겠다고 말합니다. 도대체 중년 가정부인이 뜬금없이 헛구역질을 자꾸만 하는 이유가 무엇일까요?"

"혹시 임신 초기의 입덧이 아닌지 알아보았습니까?"

"아이를 셋씩이나 낳아본 경험이 있는 누님은 입덧은 절대 아니라고 합니다."

"그럼 입덧하다가 사망한 여자의 중음신에게 빙의가 되었을 겁니다."

"그럼 선생님, 어떻게 해야 합니까?"

"황연호씨는 혹시 누님한테 선도체험기를 읽어보라고 권한 일은 없습니까?"

"있습니다. 선도체험기를 50권까지 구입하여 읽어보라고 권해보
았지만 전연 읽으려고 하지 않습니다. 왜 그런 질문을 하십니까?"

"누님이 빙의가 되어 지금 그런 고생을 하는 것은 선도 수련을
하라는 선계의 신호입니다. 만약에 누님께서 황연호 씨가 구해준
선도체험기 50권을 다 읽었더라면 스스로 알아서 그 헛구역질 문
제를 진즉 해결했을 것입니다."

"혹시 절에 가서 천도재를 올리면 효과가 있을까요?"

"천도재를 주관하는 스님이 정말 영능력이 출중하여 빙의령이나
접신령을 천도할 능력이 있다면 효력이 있을 것입니다. 그러나 내
가 알기에는 그런 고승이 있다는 말을 아직 들어본 일이 없습니
다. 대부분의 경우 천도재 올리느라고 돈만 몇백 또는 몇천만원씩
날릴 뿐입니다."

"무속인은 어떻습니까?"

"무속인은 심하게 접신이 되어 접신령의 지시대로 움직이므로
영능력이 제한되어 있습니다. 결국은 원하는 효력은 얻기 어려울
것입니다."

"그럼 선생님한테 와서 좀 도움을 받을 수는 없을까요?"

"누님에게 선도체험기를 50권까지 구입해 드렸다고 하지 않았
습니까?"

"그럼요."

"그 책을 읽었다면 해결책은 그 안에 고스라니 다 들어 있습니
다. 누님께서 그것을 읽으셨다면 어떻게 해서든지 나를 찾아왔을
것입니다. 그럼 벌써 해결되었을 것입니다. 그 책을 읽고 나서 구
도자가 되기로 결심을 했다면 말입니다. 선도체험기를 읽는다고
해서 누구나 다 그런 결심을 하는 것은 아니니까 이런 말을 하는

겁니다."

"그럼 어떻게 해야 합니까?"

"그것을 읽고 감동을 받은 나머지 나도 수련을 해야겠다고 결심을 해야 합니다. 그것도 다 인연이 있어야 됩니다. 이 일은 돈이 몇백 몇천만원씩 드는 일도 아닙니다. 오직 수련을 하겠다는 정성과 의지와 노력만 있으면 누구나 다 할 수 있는 일입니다."

"아무래도 누님은 수련을 할 의사는 없는 것 같은데 앞으로 어떻게 하면 좋겠습니까?"

"때가 되어 자연치유가 될 때까지 기다리는 수밖에 더 있겠습니까?"

"그 외에는 다른 방법은 없을까요?"

"내가 아는 한 수련 외에는 권해볼 만한 방법이 따로 없습니다."

"교회의 용한 목사나 퇴마사退魔師를 찾아가는 것은 어떻습니까?"

"자기의 정성과 노력 없이 남의 힘에 무조건 의지하려는 방법을 나는 권하고 싶지 않습니다. 그런 방법은 적지 않는 돈만 날리고도 실패한 사례가 더 많은 것이 현실이니까요."

개성공단의 운명

2013년 8월 3일 토요일

우창석 씨가 말했다.

"선생님, 6차 개성공단 실무회담이 결국은 결렬되고 말았습니다. 북은 무조건 개성공단의 재가동을 주장했고 우리는 국제 기준에 맞는 확실한 재발방지 보장을 요구했지만 북은 엉뚱하게도 개성공단 가동 중단의 책임을 '존엄 훼손'과 한미연합군의 '북침 전쟁 연습'을 구실로 남쪽에 뒤집어씌우면서 회담은 결렬되고 말았습니다.

다만 한 가지 다행인 것은 남북 통신선은 그대로 유지하고 필요한 때 서로 연락하기로 했습니다. 북측도 개성공단의 완전 폐쇄만은 원하지 않는 것 같습니다. 앞으로 개성공단은 어떻게 될 것 같습니까?"

"지금 돌아가는 국제 정세를 살펴보면 어느 것 하나 북한에게 유리한 것이 없습니다. 전통적 혈맹이라는 중국은 물론이고 러시아도 북한에 등을 돌렸고, 지금 북한 편을 드는 나라는 쿠바, 이란 정도입니다.

게다가 유엔 제재는 날이 갈수록 강화되고 외화는 고갈되고, 식량난도 그 어느 때보다 가중되고 있습니다. 지금 상태로는 그대로 가만히 놔두기만 해도 북한은 무슨 변수가 없는 한 멀지 않아 자멸해버리지 않을 수 없게 되어 있습니다.

7월 28일 류길재 통일부 장관이 개성공단에 관한 실무회담 제안으로 공은 북쪽으로 넘어갔습니다. 북한이 확실한 재발방지 약속을 하면 개성공단은 다시 가동될 것이고 안 하면 폐쇄의 수순을 밟을 수밖에 없게 되어 있습니다."

"그래도 우리나라 야당 일부와 종북 단체들은 개성공단을 북한의 주장대로 우선 가동부터 시켜놓고 보자고 하는데 어떻게 생각하십니까?"

"그들의 주장은 설득력이 없습니다. 과거 10년 동안 친북좌파 정부들이 북한을 아주 고약하게 잘못 길들여 놓았고 그로 인해 북한이 갖게 된, 국제 기준에 맞지 않는 관행들을 뜯어고칠 수 있는 절호의 기회가 지금 찾아왔는데도 그것을 놓쳐버리자는 것과 같습니다. 여당과 청와대가 돌대가리들이 아닌 이상 그러한 기회를 놓칠 리가 없습니다."

"국제 기준에 맞는 재발방지책이란 구체적으로 무엇을 말합니까?"

"남북 합의로 만들어진 개성공단을 북한이 일방적으로 가동을 중단시킬 수 없게 쐐기를 박는 것을 말합니다. 그러자면 비록 가동 중단 사유가 발생하더라도 남북 쌍방이 합의를 거쳐야 합니다. 다시 말해서 어느 한쪽이 일방적으로 가동을 중단시키는 황당한 일은 영원히 종식시키는 것을 말합니다."

"그러나 개성공단이 북한의 경내에 있는 한 어떻게 북한의 일방적 폭거를 중단시킬 수 있겠습니까?"

"그것을 방지하기 위해서 개성공단을 국제화하는 방법이 있지만 지금까지 북한의 터무니없는 행태를 지켜본 세계의 어느 나라가 개성공단에 투자를 하려고 하겠습니까? 이번에 북한이 재발방지 약속을 하지 않으면 우리는 개성공단은 폐쇄할 수밖에 없게 되어 있습니다.

1990년 말에 소련이 공중분해된 후 공산경제권이 무너져버리자 기존 공산국가들은 각기 생존하기 위해서 사회주의제도를 스스로 용도 폐기하고 민주주의와 시장경제제도를 채택했습니다. 그러나 이보다 앞서 1978년에 이미 시장경제제도를 채택한 중국은 북한을 자국의 전략적 자산으로 보고, 공산경제권이 붕괴된 이후 고립무원 상태에 빠져 90년대 중반에 300만의 북한 주민이 굶어죽었을 무렵부터 북한에 원유와 식량을 무상 지원해주었습니다.

그런 지원이 없었더라면 김씨왕조는 자멸하지 않기 위해서라도 중국이나 다른 기존 공산국들처럼 시장경제제도를 채택하지 않을 수 없었을 것입니다. 그렇게 되었더라면 북한은 핵과 미사일에 매달리는 불량 국가 대신 정상 국가가 되었을 것입니다. 요컨대 중국의 북한에 대한 무상원조가 북한을 깡패 국가로 만든 것입니다.

그러나 북한이 3차 핵 실험을 한 뒤에야 뒤늦게 중국은 스스로 자기들의 잘못을 깨닫고 북한을 다시 보기 시작했습니다. 시진핑 주석은 김정은의 특사인 최룡해를 노골적으로 냉대했습니다.

이제 살기 위해서라도 북한은 핵을 포기하고 개혁개방을 하느냐 아니면 이대로 앉아서 죽어버리느냐 양자택일을 하지 않을 수 없게 되어 있습니다. 개성공단 재가동은 북한을 개혁개방으로 이끄는 촉매제의 구실을 다하게 될 것입니다. 국제 기준에 맞는 재발 방지책이 바로 그 변화의 시발점이 될 것입니다."

"북한이 변화한다는 것은 핵과 미사일로 남한을 적화하겠다는 기존 정책을 바꾼다는 것인데 북한이 지난 67년 동안 지속해 온 그 철석 같은 '남조선' 적화 노선을 과연 바꿀 수 있겠습니까?"

"한미 동맹과 한국의 자주 국방력 강화와 중국의 외면으로 북한의 남침 적화 야욕 달성이 불가능해진 지금 북한이 선택할 수 있는 유일한 길은 중국처럼 시장경제제도를 채택하는 길밖에 없습니다. 시장경제제도만 채택하면 남북은 대만과 중국처럼 공생공존하지 않을 수 없게 되어 있습니다. 개성공단의 재가동 여부가 그 분수령이 될 것입니다."

"통일부 장관의 실무회담 제안은 일종의 최후통첩으로 북한이 거부하면 공단폐쇄까지를 시사했는데 선생님께서는 북한이 어떻게 나올 것 같습니까?"

자기네 체제가 죽고 사는 문제

"북한은 자기네 체제가 죽고 사는 문제를 스스로 결정해야 할 것입니다. 생물학 역사를 보면 지구 환경 변화에 제때에 적응하지 못한 공룡, 비룡, 매머드 같은 거대 동물들을 비롯한 각종 생물은 생존경쟁에서 도태되어 멸종되었습니다. 동물인 인류도 이 생존경쟁에서 예외일 수 없습니다.

그러니까 북한이 취할 수 있는 가장 현명한 방법은 국제 기준에 맞는 다시 말해서 지구 환경에 맞는 개성공단 가동 중단 재발 방지책을 내놓는 겁니다. 그러나 당장 그렇게 하기 싫다고 해도 북한이 과거처럼 천안함 폭침, 연평도 포격 같은 국지 도발 자행은 보복이 두려워 감히 못할 것입니다.

그렇다고 최근에 이미 써먹어 봤지만 아무런 효과도 보지 못한 벼랑끝 전술, 전쟁 협박, 말 폭탄 따위도 더 이상 효험이 없게 되었습니다. 그렇다고 가만히 있을 수는 없으니까 우선 한국의 회담 제의에 역제의를 하거나 엉뚱한 조건을 내세워 회담을 계속 미룰 가능성이 있습니다. 그리고 울며 겨자 먹기로 6자회담에 복귀하는 척할 것입니다."

"그런데 북한이 우리의 실무회담 제의에 대해 의외로 장기간 침묵을 지키고 있는 이유가 무엇 때문일까요?"

"지금 어쩌면 북한의 통일전선부장인 김양곤이 남한의 종북 및

친북 단체들을 원격조종하느라고 눈코뜰새없이 바쁘게 돌아갈 가
능성이 농후합니다. 친북좌파 정부 10년 집권 후부터 한국에는 북
한의 지시로 움직이는 수많은 종북 단체들이 우후죽순처럼 생겨나
맹활약을 하고 있습니다.

평택 미군기지 철수 운동, 맥아더 장군 동상 철거 운동, 제주도
해군기지 반대 운동, 한미 FTA 반대 운동, 광우병 쇠고기 반대
촛불 시위 등등을 그들은 주도했습니다.

특히 이명박 정부 출범 초기에 있었던 미국산 광우병 쇠고기
반대 촛불 시위는 집권 5년 동안 내내 이명박 대통령을 겁먹게
만들었습니다. 그 때문에 민주화운동가로 둔갑되어 버젓이 정부
보조금을 타먹는 남파 간첩들과 대한민국을 반대하는 종북 단체들
을 못 본 척 내버려두는 우를 범했습니다."

"그렇지 않아도 요즘 시청 앞 광장에서 벌어지고 있는 촛불 집
회 시위자들 중에는 '박근혜 OUT' 및 '대선 불복' 등의 구호가 나
왔습니다. 아무리 생각해도 대한민국에 사는 국민 정서와는 판이
한 북한의 지령을 그대로 복창하는 것 같은 냄새가 납니다."

"그렇게 직접 박근혜 정부에 압박을 가한다고 해서 개성공단 문
제에 북한에 유리한 무슨 영향을 끼칠 수 있을까요?"

"내가 보기에는 박근혜 대통령은 최소한 이명박 전 대통령처럼
촛불 시위 따위에 겁먹기는커녕, 눈 하나 깜짝하지 않을 것입니
다."

"왜 그렇게 생각하십니까?"

"박근혜 대통령은 직업적인 촛불 집회꾼들의 한계를 훤히 꿰뚫
어보고 있을 테니까요. 그리고 국민들이 그들을 어떻게 보고 있다
는 것도 잘 알고 있을 겁니다. 그래서 촛불 시위에 가담한 민주당

도 대선 역풍을 도리어 걱정하고 있습니다. 우리 국민들의 종북 좌파들에 대한 인식이 지난 5년 동안에 엄청나게 변했다는 것을 알아야 할 것입니다."

"과거 서독에서 반국가 친동독 단체들을 일소해버렸듯이 우리나라에서도 이번 기회에 대한민국을 반대하는 종북 단체들을 발본색원해야 한다고 생각합니다."

"당연히 그래야죠. 새누리당과 티격태격하면서도 멀쩡하게 잘 돌아가던 원내에서의 민주당이 갑자기 태도를 바꾸어 원외 투쟁한다고 설치면서 밖으로 뛰쳐나가는 것이 어쩐지 좀 수상하고 미심쩍고 걸맞지 않는다 했더니 북한 통일전선부의 그런 꼼수가 숨어 있었군요."

"어디까지나 내 추측이지만 곧 사실로 드러날 것입니다. 하긴 지난 65년 동안 북한이 남한에 대하여 자행한 온갖 적화통일 시도는 모조리 다 실패했지만 딱 한가지만은 성공한 것이 있는데 그것이 무엇인지 아십니까?"

"글쎄요. 잘 모르겠는데요."

"바로 북한의 통일전선부가 남한에 심어놓고 애지중지 키워온 친북 및 종북 단체들입니다. 이들 단체들은 80년대 군부 독재시대에 운동권을 중심으로 활개를 치더니 좌파정부 10년 동안에 황금기를 맞았습니다. 그러나 이명박 정부에 뒤이어 18대 대선을 거치는 동안 그들의 행태와 정체가 백일하에 폭로되는 통에 국민들의 외면을 받기 시작했습니다.

문재인 후보의 대선 낙마로 그들도 어쩔 수 없이 쇠퇴기로 접어들었습니다. 그 증거가 127표의 의석을 자랑하는 민주당이 아직 태어나지도 않는 안철수 신당에 비해 지지율에서 절반에도 미치지 못한다는 것이 여론 조사에서도 입증되고 있습니다."

"그럼 민주당의 살길은 무엇입니까?"

"친북 및 종북 단체들과 완전히 인연을 끊어버리고 20년 전에 이미 용도 폐기된 사회주의 이념에서 완전히 벗어나 중국의 덩샤오핑이나 브라질의 루울라나 유럽의 진보 및 사회당처럼 보수당 못하지 않게 서민경제를 챙기고 실리주의를 추구하는 겁니다.

그런데 문제는 민주당 당원들 중에서 아무도 이것을 뼈저리게 반성하고 그야말로 환골탈태의 결의를 보이는 사람이 아직은 없다는 사실입니다. 50년 역사를 자랑하는 민주당으로는 실로 슬프고 개탄할 일이 아닐 수 없습니다."

"지구상에서 공산주의 국가는 언제까지 버티어 낼 수 있을까요?"

"시장경제제도를 채택한 공산국가는 이미 공산국가가 아닙니다. 그런 의미에서 북한이야말로 지구상에 남아있는 유일한 공산국가입니다. 따라서 북한이 시장경제제도를 수용하면 공산주의는 지구상에서 명실공이 완전히 사라지는 겁니다.

러시아 공산주의자들이 자국에서 1917년에 소비에트 공산 정권을 수립한 지 73년 만인 1990년에 미국과의 군비 경쟁을 끝내 견디어내지 못하고 하루아침에 폭삭 망해버렸습니다.

그 다음엔 중공이 1948년에 중국 본토를 석권한 지 30년 만인 1978년에 모택동의 농촌 집단화 공산주의 정책으로 3,000만 명이 굶어죽은 뒤 등소평 시대에 와서 시장경제를 채택함으로써 중국인답게 실용주의 노선을 걷기 시작했습니다.

북한에서는 1948년에 소련군의 지원을 받은 김일성이가 정권을 잡은 지 2013년 현재 65년 동안 스탈린 공산 독재식 김씨왕조를 만들어 그의 아들을 거쳐 손자대에 이르기까지 정권을 유지하고 있습니다.

북한은 지구상에서 시장경제를 채택하지 않는 유일한 공산 정치 집단으로서 지금까지는 반대파에 대한 무자비한 학살로 요행 정권을 유지하여 왔지만 앞으로도 얼마나 더 그럴 수 있을지 지켜볼 수밖에 없습니다."

새 판 짜려는 박근혜 정부

"지금 북한의 통일전선부장인 김양건이 한국 내에 심어놓은 종 북파들을 조종을 하고 있다고 해도 현 정세로 보아 그들이 한국의 정치 판세를 바꾸기에는 역부족이라는 것은 그도 잘 알고 있을 것 아닙니까?"

"돌대가리가 아닌 이상 그걸 모를 리가 있겠습니까?"

"그렇다면 이렇게 계속 개성공단에 관한 실무회담을 하자는 우 리의 제의에 대하여 침묵만 지키고 있는 이유가 무엇일까요?"

"설마 개성공단을 처음부터 설계하고 주도해 온 남측이, 북측이 계속 침묵을 지킨다고 해서 설마 폐쇄까지는 가지 못할 것이라고 생각하고 버틸 수 있을 때까지 버티어보려고 할지도 모릅니다. 그 러다가 보면 개성공단은 다시 살아날 수 있을지도 모른다는 희망 을 가지고 있을 것입니다."

"그럼 박근혜 정부는 과연 북측의 희망대로 나올까요?"

"천만에, 박근혜 대통령은 그분의 성격으로 보아 남북 신뢰 프 로세스처럼 한번 뱉은 말은 그렇게 유야무야로 넘겨버리지 않을 것입니다."

"그럼 북측이 계속 침묵만 지키면 끝내 개성공단을 폐쇄할 수도 있다는 말인가요?"

"그렇습니다. 지난번 6차 회담 때 북측 대표는 개성공단 폐쇄의 책임은 '최고 존엄 훼손'과 한미연합군의 '북침 전쟁 연습'을 실시한 남측에 있다고 했습니다. 이것은 비록 개성공단이 재가동된다고 해도 언제 또 폐쇄당할지 모른다는 얘기와 같습니다. 언론의 자유가 보장된 한국에서 김정은의 잘못을 비판할 수 없다는 것은 불가능한 일이고 또 한미연합군의 방어적 성격의 합동 훈련은 통일될 때까지 계속될 것이기 때문입니다.

이처럼 언제 또 폐쇄당할지 모르는 가능성을 감수하면서까지 재가동을 시도하는 것보다 아예 지금 폐쇄하는 것이 백번 낫습니다. 그래서 정부는 지금 입주업체들과 보험금 지급 절차를 밟고 있습니다."

"개성공단을 그렇게 폐쇄한 다음에 앞으로 본격적인 남북 경제 협력 시대가 오면 어떻게 하죠?"

"그때는 그때 가서 글로벌 기준에 맞는 새로운 경제협력의 판을 새로 짤지언정, 처음부터 친북좌파 정부들이 잘못 길들여 놓은 개성공단의 잘못된 관행들은 이번 기회에 아예 말끔히 청산해 버리자는 것이 박근혜 정부의 의도이고 그것이 또한 정답입니다.

변하지 않는 자성自性

그러는 사이에도 시간은 자꾸만 흘러가고 있으니까 눈 똑바로 뜨고 계속 지켜보도록 합시다. 제행무상諸行無常입니다. 아무리 금강석같이 굳은 물질도 현상계에서는 변하지 않는 것은 아무것도 없으니까요. 하물며 눈에 보이지 않는 이념이 얼마나 변하지 않고 오래 버틸 수 있겠습니까?"

"그럼 현상계 이외에서는 변하지 않는 것도 있습니까?"

"현상계를 벗어난 존재는 시간과 공간과 물질의 제한을 받지 않으니까 변하려고 해도 변할 수가 없습니다."

"그 변하지 않는 존재가 무엇입니까?"

"그것이 바로 자성自性입니다."

"그럼 그 자성은 어디에 있습니까?"

"자성은 어떠한 존재든 예외 없이 다 가지고 있습니다."

"그러나 저는 바로 그 자성을 아직도 선생님처럼 감지할 수 없습니다."

"아직은 느낄 수 없어도 정성을 다하여 구도의 길로 계속 나아가다가 보면 자성을 느낄 때가 반드시 오게 되어 있습니다. 그것이 바로 모든 존재의 실상입니다."

"그 실상이 무엇입니까?"

"그것이 바로 우주의식인데 구도자는 그 우주의식이 바로 자기 자신임을 깨달아야 합니다."

"우아일체宇我一體를 말씀하시는군요."

"그렇습니다."

"우아일체가 된 사람은 어떻게 달라집니까?"

"우선 욕심과 이기심에서 벗어나게 됩니다. 우주가 내 것인데 더 이상 무엇을 탐하겠습니까?"

"그 다음에는 요?"

"남과 다툴 일이 없어집니다."

"남에게 이유 없이 매를 맞아 죽게 되어도 억울하지 않다는 말씀인가요?"

"인과응보를 믿는 한 그렇습니다."

"그럼 불행해도 괜찮다는 말씀인가요?"

"불행은 내가 환경에 적응할 수 없을 때 느끼는 감정입니다. 환경과 내가 둘이 아니고 하나인 사람에게는 불행이 있을 수가 없습니다. 불행이 없으면 행복도 있을 수가 없습니다."

"그럼 행복과 불행 대신에 무엇이 있습니까?"

"그저 여여如如할 뿐입니다."

"왜 그렇습니까?"

"내 마음을 언제든지 주위환경과 일치시킬 수 있기 때문입니다."

"주위 환경이란 무엇을 말합니까?"

"바로 우주 그 자체입니다. 우주와 내가 언제나 하나인데 어떻게 불행 따위가 끼어들 여지가 있겠습니까? 어떠한 존재든 우주 환경에 자신을 순응시킬 수 있는 한 불행을 느끼는 일은 있을 수 없습니다."

자성과 만물의 관계

"저는 선생님의 말씀을 아무리 들어도 자성과 만물의 관계를 이해할 수 없습니다. 좀 쉽게 이해할 수 있게 설명해 주실 수 있겠습니까?"

"자성을 자동차의 차축이라면 만물은 그 차축을 중심으로 돌아가는 바퀴라고 말할 수 있습니다. 여기서 만물은 항상 변하는 현상계를 말합니다. 자성은 천부경에서 말하는 하나입니다. 하나가 묘하게 퍼져나가 만물이 되어, 오기도 하고 가기도 합니다. 그렇지만 그 중심에는 여전히 변하지 않는 하나가 있습니다.

쓰임은 바뀌어도 그 본바탕은 전연 변하지 않습니다. 변하는 것은 사물이요 현상계이고 변하지 않는 것은 하나요 자성입니다. 그렇지만 그 하나는 만물이기도 하고 지성이기도 합니다. 다시 말해서 하나는 전체고 전체는 하나입니다."

"그럼 정의와 불의는 어떻게 됩니까?"

"서양의 이분법적 흑백논리에 따르면 정의는 어디까지나 정의고 불의는 어디까지나 불의이므로 정의와 불의는 서로 넘나들 수 없게 되어 있습니다. 그러나 실상은 그와 반대입니다. 정의와 불의는 절대적으로 서로 섞일 수 없는 별개의 것이 아니라 원래는 하나입니다.

하나가 변하여 정의도 되고 불의도 됩니다. 악인은 처음부터 끝

까지 악인이 아니라 얼마든지 마음먹기에 따라 악인도 되고 선인
도 될 수 있는 겁니다."

"그럼 흑인과 백인은 어떻습니까?"

"구도자들의 관찰에 따르면 천부경 사상은 진리입니다. 이 천부
경 사상에 따르면 흑인과 백인은 원래 하나에서 시작되어 지금처
럼 둘로 변했습니다. 금생에 태어난 흑인이 다음 생에는 기필코
백인이 되겠다고 작정하면 백인이 될 수도 있습니다. 마음먹기에
달려 있습니다. 마음이 바뀌면 모든 것이 다 바뀌게 되어 있습니
다. 고정불변한 것은 아무것도 없습니다."

"그럼 마음먹기에 따라 인간은 무엇이든지 다 될 수 있다는 말
씀인가요?"

"그렇고말고요."

"그럼 수련생이 열심히 공부만 하면 누구나 대주천을 하고 깨달
음을 얻을 수 있습니까?"

"물론입니다. 그런 희망도 없이 누가 그 아까운 시간과 노력을
기울여 수행을 하겠습니까? 안 그래요?"

"하긴 그렇긴 합니다만."

"우선 우창석 씨는 대주천을 통과하여 깨달음을 얻겠다는 대원
大願을 품어야 합니다. 대원이란 돈 많이 벌어 잘 먹고 잘 살겠다
는 이기심 따위나 채우려는 것이 아니고 이웃을 위하여 유익한 일
을 해보겠다는 큰 뜻을 말합니다.

이런 큰 뜻을 품은 사람이 나타나면 하늘이 먼저 알고 그에게
큰 기운을 보내주게 되어 있습니다. 우선 큰 기운을 받는 사람은
눈에 광채를 띄게 되어 있습니다. 그런 사람에게는 사람을 끄는
힘이 작용하게 되어 스승을 찾아가도 금방 알아봅니다. 반드시 우

주의 힘이 실리게 되고 수련은 크게 진전될 것입니다. 그러자면 무엇보다도 큰 뜻을 품어야 하는데 그것이 바로 우주와 나 자신의 에너지가 상통하도록 주파수를 맞추는 작업입니다."

우주의식과 나

"큰 뜻만 품으면 됩니까?"

"그렇지 않습니다. 그 큰 뜻을 황금덩어리라고 생각한다면 어떻게 품고만 있을 수 있겠습니까?"

"그럼 어떻게 해야 합니까?"

"황금덩어리를 돈으로 바꾸어 이웃을 위해 활용을 해야죠."

"그것을 활용하는 방법을 구체적으로 좀 가르쳐 주시겠습니까?"

"어떻게 하든지 자성自性을 자기 것으로 만들어야 합니다. 그러자면 관찰력을 계속 가동하여 자기 자신의 주변에서 일어나는 모든 의문을 하나에서 열까지 자기 스스로 해답을 얻는 능력을 길러나가야 합니다. 관찰력과 자기성찰을 최대한으로 가동하면 남들이 보기에는 반미치광이로 보일 수도 있습니다.

색은 공이고 공은 색이다.

색즉시공色卽是空 공즉시색空卽是色.

아침에 도를 깨달았으면 저녁에 죽어도 여한이 없다.

조문도석사가의朝聞道夕死可矣.

일체 현상계는 꿈, 환영, 물거품, 그림자와 같고, 이슬과 같고, 번개와도 같으니, 마땅히 이렇게 관찰해야 된다.

일체유위법一切有爲法, 여몽환포영如夢幻泡影, 여로역여전如露亦如電, 응

작여시관應作如是觀.

의롭지 못한 부귀란 나에게는 뜬 구름과 같다.

불의이차귀不義而且貴, 어아여부운於我如浮雲.

관과 자기성찰 끝에 적어도 위와 같은 경지에 도달했으면 여기에 머물러 있지 말고 한 차원 더 도약하여 다음과 같은 경지에 도달해야 합니다.

가장 작은 것이 사실은 가장 큰 것이고 가장 큰 것이 실상은 가장 작은 것이다. 나는 이 우주만물의 일부이고 동시에 그 전부다. 우주삼라만상宇宙森羅萬象은 우주의식宇宙意識의 발로이고, 그 우주의식이 바로 하느님이고 하나님이다. 따라서 나는 그 하느님의 분신이고 동시에 하느님 자신이다.

만약에 어떤 사람이 자기만이 하느님의 분신이고 하느님 자신이라고 말한다면 그 사람은 영락없는 사이비 교주지만 나 자신뿐만 아니라 이 세상 누구나 다 그렇다고 말한다면 그 사람은 진리를 말한 것이므로 진짜 스승입니다."

"어떻게 하면 선생님께서 도달하신 바로 그런 경지에 저도 도달할 수 있겠습니까?"

"진지하게 관을 하고 자기성찰을 하되, 남이 보기에 미쳤다고 말할 정도로 집중하고 몰입하면 내 장담하건대 누구나 다 그렇게 될 수 있습니다.

모든 것은 나 자신 속에 고스란히 다 구비되어 있습니다. 양신養神하고 출신出神하여 외계外界의 성좌에 찾아갈 시간이 있으면 자기 자신의 마음을 관찰하기 바랍니다. 자기 자신이야 말로 가장 완벽하게 관찰할 수 있는 우주 그 자체이기 때문입니다.

요즘 신문에 '전능하신 하나님 교회'에서 내는 다음과 같은 표제의 전면 광고를 자주 접하게 됩니다.

'무릇 그리스도가 곧 진리, 길, 생명이심을 알지 못하는 사람은 영원히 천국에 들어갈 수 없다.'

여기서 그리스도는 진리, 우주의식 즉 하느님이고 하나님입니다. 크리스찬은 믿음의 힘으로 그리스도가 진리, 길, 생명임을 알지만 구도자는 오직 관과 자기성찰의 힘으로 그것을 깨닫게 되는 겁니다."

믿음과 관의 차이

"믿음과 관은 어떻게 다릅니까?"

"관은 구도자가 직접 자기 자신이 관찰하는 힘으로 진리를 파악해나가는 것이고, 믿음은 중간에 믿음의 대상을 설정하고 그에 대한 믿음을 바탕으로 사물을 인식해 나갑니다. 관은 수행자가 직접 자기 눈으로 하나하나 주변의 사물들을 인식하고 추구해 나가는 것이고 믿음은 중간에 거간을 내세우고 그 거간에 대한 믿음을 바탕으로 사물을 인식하기도 하고 추구하기도 하는 것을 말합니다.

그러니까 관을 하는 사람은 자기 눈으로 직접 사물을 탐구하지만 신앙인은 중매인인 목사나 신부나 스님을 내세웁니다. 바로 그 때문에 중매인을 잘못 만나면 사기를 당하는 일이 비일비재합니다. 마치 부동산 구입하려는 사람이 중개업자에게 속아 재산을 날리는 일이 자주 일어나는 것과 같습니다.

그래서 종교계에는 사이비종교 교주들이 수없이 많습니다. 이러한 사정을 잘 아는 구도자는 절대로 중개인을 믿지 않고 스스로 자기 눈으로 직접 살펴가면서 진리를 추구해 나갑니다.

자가가 직접 부동산 소유자와 직거래를 하는 사람은 힘은 좀 들어도 사기를 당할 우려는 없는 것과 같이 자력 구도자는 남에게 속는 일은 거의 없습니다."

"외롭지만 혼자서 가라는 말씀이시군요."

"그렇습니다. 그래서 석가모니는 법구경에서 다음과 읊었습니다.

소리에 놀라지 않는 사자처럼
그물에 걸리지 않는 바람처럼
진흙에 더렵혀지지 않는 연꽃처럼
무소의 뿔처럼 혼자서 가라.

구도자는 짐승으로 말하면 호랑이나 사자와 같이 무리를 짓지 않습니다. 그렇지만 무리를 짓는 잡다한 짐승들을 지배하고 호령하는 카리스마와 위엄이 있습니다."

"그럼 깨달음을 성취한 도인은 어떤 방법으로 도를 전파합니까?"

"인연으로 합니다. 인연이 있으면 천리를 떨어져 있어도 찾아오고, 인연이 없으면 서로 마주보고 있으면서도 알아보지 못합니다. 유연천리래상회有緣千里來相會, 무연면대불상식無緣面對不相識."

개성공단 살아날까?

2013년 8월 9일 금요일
우창석 씨가 말했다.
"선생님 북한이 우리의 실무회담 제의에 열흘 동안의 침묵을 깨고 다음과 같은 내용의 회답을 보내왔습니다.

1. 개성공단의 잠정 중단조치 해제하고 남측 인력 출입 전면허용하고,
2. 북측 근로자들의 정상출근을 보장하며,
3. 남측인원의 신변을 담보하고 재산을 보호한다.
4. 정세에 영향 없이 정상 운영을 보장한다.

지금까지 어떻게 하든지 미꾸라지처럼 우리의 합당한 요구를 요리조리 피해 나가려고만 갖은 수를 다 쓰던 저들의 행태와는 전연 다른 변화가 아닐 수 없습니다.
어떤 사람은 북한에 1945년 10월 10일이 공산집단을 만들어진 이후 68년 만에 처음으로 있은 진지한 태도라면서 그동안 꽉 막혔던 체증이 한꺼번에 확 뚫려나가는 것 같다고 말합니다. 저들은 왜 이렇게 태도를 180도 바꾸었을까요?"
"미국, 한국, 일본 및 유엔의 제재는 말할 것도 없고 혈맹인 중

국의 냉대까지 받게 된 이 마당에 북한의 김씨왕조도 주민들을 모조리 다 굶어 죽이지 않고 살아나갈 길은 국제정세에 적응해 나가지 않을 수 없다는 것을 뒤늦게나마 조금 깨달은 것 같습니다.

국제적 기준에 상응하지 않고는 도저히 살아나갈 수 없는 현실을 새삼 뼈저리게 느끼게 된 것이 틀림없습니다. 그것이 바로 '정세에 영향 없이 개성공단의 정상 운영을 보장한다'는 토로입니다."

"그러나 지금까지 북한이 우리와 수없이 많은 약속을 하고도 단 한건도 제대로 이행한 일이 없는 것을 감안할 때 너무 좋아하고 흥분할 것만은 아니지 않나 하는 생각도 듭니다."

"그러나 이번에는 약속을 위반하지 못할 것입니다."

"왜요?"

"북한은 지금 신의주, 나진 선봉, 원산 등지에도 외화를 끌어들여 공단을 조성하려고 잔뜩 준비 중인데 만약에 개성공단에서 가동 중단과 같은 횡포를 또 저지르면 이 세상에서 어느 나라가 북한에 투자를 하려고 하겠습니까? 따라서 북한이 바보가 아닌 이상 그런 일은 다시 일어날 수 없을 것입니다.

그러나 돌다리도 두드려보고 건너간다고 앞으로 또 다시 가동중단 사고가 일어날 경우를 예상하고 그때 취할 행동 계획을 미리 세워놓아야 할 것입니다. 그러나 지금 돌아가는 내외 정세를 살펴볼 때 그런 불상사는 다시 일어날 것 같지 않습니다."

"그럼 북한은 어떻게 되는 겁니까?"

"개성공단이 성공하면 그와 유사한 공단이 북한의 주요 도시에 우후죽순雨後竹筍처럼 생겨나게 될 것입니다. 그렇게 되면 북한은 남의 원조에 의존하지 않고도 주민을 굶어죽이지 않고 제 발로 일어서서 걸어가기 위해서라도 시장경제제도를 도입하지 않을 수 없게 될 것입니다."

"북한이 드디어 시장경제를 받아들인다는 말씀인가요?"

"살길은 그 길밖에 없으니까요. 저들이 말하는 소위 사회주의적 시장경제를 받아들이지 않을 수 없는 막다른 골목에 다다른 것입니다."

"그럼 어떻게 되죠?"

"어떻게 되긴요? 이제 북한은 중국이나 베트남처럼 살아나가지 않을 수 없게 될 것입니다. 그러나 북한은 다른 기존 공산국들과는 달리 동족인 한국의 기술과 자본의 집중적인 지원을 받아 어쩌면 중국이나 베트남과는 달리 그들보다 훨씬 짧은 시간 안에 중국의 국민 소득 수준 5,000달러를 따라잡게 될 것입니다."

"어떻게 그런 기적이 일어날 수 있겠습니까?"

"지금 남한에는 현대의 정주영 회장 같은 북한 출신 기업인들이 수없이 많습니다. 북한이 시장경제만 수용한다면, 정주영 회장이 99마리의 소를 끌고 자기 고향인 강원도 통천에 찾아갔듯이, 북한 출신 기업인들이 저저끔 자기 고향에 달려가 공장을 세우는 데 온 갖 정성을 다 쏟을 것이기 때문입니다."

한강의 기적을 능가할 북한의 산업화

"그렇겠는데요. 그건 그렇고 그럼 북한의 핵 문제는 어떻게 될까요?"

"북핵 문제는 미국을 비롯하여 중국, 러시아 등과 협의하여 한국이 주도적으로 적절히 대처해 나가면 될 것입니다."

"그 다음엔 어떻게 될까요?"

"북한이 중국이나 베트남처럼 산업화되지 시작하고 국민소득 수준이 5,000달러를 넘어서면 지금의 중국 주민들처럼 점차 의식이 깨어나 민주화에 대한 열망을 참고만 있을 수 없게 될 것이고 김씨왕조 같은 이미 용도 폐기된 제도는 더 이상 존재할 의미를 상실하고 중국이니 베트남처럼 최소한 공산당 집단지도체제 같은 것이 등장하게 될 것입니다.

북한 주민들 사이에 민주화 요구가 점점 높아지고 그 참혹했던 인권 상황도 개선되어 그 악명 높던 집단수용소 같은 것도 사라지게 될 것입니다. 그쯤 민도가 높아지면 한국과 북한 주민 사이에도 인적 물적 교류가 활발해질 것입니다. 그러는 사이에 남북 주민들 사이에는 통일에 대한 열기가 점점 높아지게 될 것입니다. 결국은 체제 유지를 위해 악착같이 핵과 미사일에 집착하는 일도 없어지게 될 것입니다.

김씨왕조 시절에는 시대착오적인 괴상야릇한 체재를 억지로 유지하기 위해서 핵과 미사일이 필요할 수도 있었겠지만 북한 주민들의 복지를 위해서라면 엄청난 유지비용만 드는 그런 대량살상무기가 무엇 때문에 필요하겠습니까.

그래서 소련이 해체된 후에 각 공화국들이 독립될 당시 우크라이나나 아제르바이잔공화국처럼 핵무기를 포기하는 대가로 받은 돈으로 국민의 복지를 위하여 산업화에 더욱더 박차를 가하게 될 것입니다."

"통일은 어떻게 될 것 같습니까?"

"통일은 북한의 산업화와 민주화 속도에 전적으로 달려 있습니다. 북한의 산업화는 1960년대와 70년대에 전 세계를 놀라게 한 기적적인 한강의 기적보다 더 빠르게 진행될 것입니다. 그 이유는 북한 출신 남한 기업인들을 비롯한 대한민국의 기술과 자본이 헌신적인 집중 투입이 있을 것이기에 때문입니다.

북한이 시장경제를 받아들이기로 작정하면서부터 개성공단과 같은 것이 해주·사리원·남포·순천·안주·정주·평양·강계·만포·신의주·원산·흥남·함흥·신포·성진·단천·길주·명천·경성·나남·청진·무산·회령·나진·선봉에 일제히 설립됨으로써 북한의 산업화는 한강의 기적을 훨씬 능가하는 실적을 올리게 될 것입니다."

"그럼 한국과 중국 그리고 러시아와의 관계는 어떻게 될까요? 개성공단의 기사회생起死回生을 계기로 북한이 시장경제를 본격적으로 도입하면 그동안 숱하게 말만 오갔던 중국과 러시아와의 철도 연결 문제는 어떻게 될까요?"

"중국과는 부산에서 한반도와 만주를 관통하여 시베리아와 연결되는 철도가 개통될 것이고 러시아와는 부산에서 동해선과 경원선을 통해서 하산과 블라디보스톡와 연결되는 철도가 연결됨으로써 시베리아의 천연 가스를 철도로 수입할 수 있게 될 것입니다."

"러시아와 북한을 통한 남한과의 철도 연결은 무엇 때문에 계획만 세우고 지금까지 실행이 안되었습니까?"

"북한의 철도는 대부분이 일제강점기에 만들어진 낡은 것이므로 현대화하려면 많은 돈이 들고 외국인들의 출입이 잦으면 공사 도중에 북한 주민들과의 접촉으로 외부 정보가 새어 들어오는 것을 두려워한 김씨왕조의 거부반응 때문이었습니다. 그러나 개성공단 재가동을 계기로 북한이 시장제도를 채택한 이상 더 이상 북한 철도의 현대화를 미룰 수 없게 될 것입니다."

"그렇긴 한데 요은 지금을 북한주민들의 명줄을 틀어잡고 있는 김씨왕조가 어떻게 되는가가 초미의 관심사입니다. 선생님께서는 어떻게 생각하십니까?"

"김씨왕조가 북한주민들의 명줄을 잡고 있는 것과 마찬가지로 북한 주민이야말로 김씨왕조의 명줄을 잡고 있습니다. 그들과 함께 북한 이탈 주민으로서 남한과 전 세계에 흩어져 있는 탈북자들이야말로 김씨왕조의 명운을 틀어쥐고 있는 주인공들입니다.

그들의 향후 동태야말로 일제감점기의 독립운동자들처럼 김씨왕조의 생멸을 좌우하게 될 것입니다. 그 다음이 그들에게 용기와 지혜와 기량과 자금을 대어줄 대한민국 정부와 국민입니다. 그러나 핵심은 역시 북한 주민들입니다. 북한 주민들이 선출한 대표들과 한국 정부가 손을 잡아야만이 서독 주도의 통독과 같은 후유증을 겪지 않는 고품격의 통일을 가져오게 될 것입니다."

[이메일 문답]

한국에 유독 자살자가 많은 이유

스승님 안녕하셨습니까? 의암 인사 올립니다. 스승님 답 메일 잘 받았습니다. 여태껏 스승님께서 내려주신 선호가 있었는데, 쓰기가 좀 부끄러웠습니다. 그런데 이제부터 쓸려구요. 의암이라는 선호에 걸맞게 마음가짐도 다잡을려 합니다.

엊그제 삼공재를 나올 때는 정말 홀가분하고 마음의 짐이 한결 덜어진 듯하였습니다. 정말 감사드립니다. 스승님께서 제 마음을 들여다보시는 듯 제가 하고 싶었던 얘기들을 동생에게 해주셔서 속이 다 후련하였습니다.

호사다마라고 동생도 마음을 다잡는 듯 보였으나 기차 타고 오면서 또다시 심한 빙의에 한 이틀 잠을 못자며 힘들어 하던 찰나 스승님께서 보내주신 메일을 보여주니 다시 심기일전하는 듯합니다.

문득 드는 생각이 동생 같은 경우는 그나마 수련이라는 인연이 닿아서 다행이지만, 수많은 보통 사람들이 정신적 질환으로 고통받고 그를 지켜보는 가족들까지도 노심초사 힘든 나날들을 보내는 것이 현실정입니다.

자살률 1위라는 불명예에 걸맞게 이제는 남녀노소할 것 없이 국민병이라고 할 정도가 되었습니다. 그런데 궁금한 것이 이런 정신적 질환은 우리나라만 국한된 것이 아니라 전 세계적인 현상인데 유독 우리나라 사람들만 극단적인 선택을 잘하는 이유는 무엇이며, 스승님 말씀대로 접신되어 정신줄을 놓는 사람들은 왜 그런 것입니까?

수련을 해보면 알 수 있지만 빙의는 이제 (제게는) 너무나 자연스러운 현상입니다. 비단 수련자뿐만 아니라 일반인들도 대다수 빙의가 되어 있는 수가 태반입니다. 단지 이것이 과학적으로 물리적으로 증명이 안 되었다 뿐이지 우리가 살고 있는 이 지구별이 인간뿐만 아니라 중음신(빙의령)들과 섞여서 돌아가는 것 같기도 합니다.

그렇다면 이것이 비단 수련자의 숙제만 되어야 하는 것인지요? 일반인들의 경우 마음이 바르고 착한 사람들은 덜 영향을 받고, 바르지 못하고 악한 사람들은 자신들의 파장과 맞는 빙의령을 끌어 들여, 우리가 알고 있는 보편적 진리인 선복악화의 하늘의 벌을 받는 자연스러운 이치입니까?

스승님께 질문을 하면서 아는 답을 여쭙는 것 같아 살짝 민망해 집니다. 그리고 저저번에 삼공재에 갔을 때 스승님께서 하신 말씀을 다시 새기고 있습니다. 구도자는 일종의 공인과 같다고 하신 말씀… 솔직히 제겐 조금 충격이었거든요.

제가 알고 있는 공인이란 높은 자리에 계시는 정치인, 경제인, 기업인, 연예인 등등 엄밀히 말해 유명 연예인은 공인이라는 단어보다는 그냥 유명인이라는 단어가 더 맞는 듯합니다. 일반 무명중생과 공인들이 똑같은 죄를 저질러도 유독 공인들에게 무서운 뭇매를 때리는 이유를 다시금 새기며 늘 바른 마음으로 정진하리라 다짐해 봅니다. 다시 뵈올 날을 기다리며 의암 이만 인사 올립니

다. 부디 평안하십시요. ^ ^

2013년 3월 19일
의암 올림

[회답]

한국에 유달리 자살자가 많은 이유를 알기 전에 자살자는 보통 사람들과 어떻게 다른가를 알아야 합니다. 내가 보기에 자살자는 자살한 사람이 죽은 후에 남은 중음신中陰神에 접신된 사람입니다.

그래서 접신된 사람은 유달리 보통 사람들보다도 쉽사리 자살 유혹에 빠지게 됩니다. 그러나 이때 접신된 사람이 구도자나 수행자이고 관觀을 할 줄 아는 사람이라면 자신이 접신되었다는 것을 알고 자살 유혹을 과감하게 뿌리칠 수 있지만 그런 훈련이 전연 되어 있지 않은 사람은 간단하게 자살 유혹에 넘어가게 됩니다.

한국에 특별히 자살자가 많은 것은 다른 나라 사람들보다도 접신령의 유혹에 넘어가는 사람들이 많기 때문입니다. 구도자는 이 이치를 잘 알기 때문에 자살하는 경우는 없습니다. 그러나 자기만 자살을 하지 않으면 진정한 의미의 공인이라고 말할 수 없을 뿐 아니라 진정한 구도자라고 할 수도 없습니다.

구도자는 자가와 남을 하나로 생각하므로 이웃 사람들 중에 뜻이 통하는 사람이 있으면 자살을 피할 수 있는 원리를 꼭 알려 주어야 합니다. 자리이타自利利他 즉 자기가 깨달은 것을 자기 자신뿐만 아니라 이웃을 위해서도 활용합니다.

국가 공무원은 봉급을 타먹으면서 국민을 위해 봉사하지만 구도자는 누구에게서 아무 보상도 받지 않지만 스스로 알아서 남을 돕습니다. 그런 사람이 진짜 공인이 아니겠습니까.

20가지 궁금증

존경하는 김태영 선생님께 안녕하십니까? 저는 선도체험기를 지금까지 40권, 소설단군 5권, 92권부터 97권까지 읽는 독자입니다. 선도체험기란 책을 읽으면 뭐가 끌려가는 느낌이 있고 머리가 맑고 특히 현묘지도 체험기 부분을 읽으면 상당히 많이 끌립니다.

책을 읽고 궁금해서 문의드립니다.

1. 몸 공부를 위해서 반드시 암벽 등반을 겸하는 등산을 해야 효과가 좋은지 그냥 등산만 꾸준히 해도 괜찮은지요?

2. 살생은 업이 되는데 직업으로 (칼국수, 수제비, 찐빵, 죽은 고기나 생선, 라면)가게, 난재배, 꽃재배, 논농사, 밭농사, 과일농사, 가축 사육, 애완견 기르기는 괜찮을는지요? 애완견 식품이 사람 식사비용보다 비싼데 괜찮은지요?

3. 견성 해탈 안 된 사람은 조상 제사를 지내지 않으면 해를 입는다는데 조상 제사는 몇 대까지 지내야 좋은지요? 시제는 몇 대부터 몇 대까지 지내야 하는지요? 산신제도 꼭 지내야 하는지요?

4. 장남인 종손이 제사를 안 지내겠다고 하는데 차남이나 시집

간 누나가 돌아가면서 지내도 되는건가요?

5. 제사 지낼 때 향을 피우고 촛불 켜고 제관 제복을 입어야 되고 화려한 옷은 안 되고 제물을 올릴 때 제기를 사용하고 진설 할 때 홍동백서紅東白西 어동육서魚東肉西에 준해서 올려야 하고 마늘 고추가루 없는 나물 올리고 제수는 반드시 홀수로 올려야 하고, 감자탕, 김치찌게, 해물탕, 된장국, 제육볶음같이 보통 사람이 먹는 음식은 올리면 안 되는지요? 한번 쓰는 양초는 다시 쓰면 안 되는지요?

6. 문중 선산을 개발로 인하여 옮기게 됐을 때 화장을 해서 뿌리고 묘를 다른 데다 안 써도 괜찮은지요? 개발 이익금을 형제자매나 문중 사람끼리 나누고 문중 돈도 나누어 갖는 것은 어떨런지요?

7. 어린 나이에 어머님이 병환으로 계실 때 어린 동생이 검은 갓 쓰고 눈과 귀가 큰 사람을 봤는데 어린애한테 나쁜 건가요?

8. 하얀 두루마기를 입은 혼령이 보인 것은 조상님인가요? 아버님은 돌아가시기 전에 엄청 많이 봤다고 얘기 하시는데 머리에서 상여 소리도 나고, 하얀 소복을 입고 무섭게 생긴 여자는 나쁜 영인가요?

9. 상체는 호랑이인 것이 나타나고 몇 달 있다가 까만 옷 입은 여자이고 덩치 크고 눈은 멧돼지 눈처럼 빨갛고 눈썹은 길고 저승

사자인가요?

10. 제사 지낼 때 지방 대신에 사진만 올려놓고 지내고 아니면 유교식으로(지방, 축), 한자로만 반드시 쓰고 엎드려 절을 여자 4배 남자는 2배를 하고 아니면 백팔배 하는 식으로 삼배를 해야 하는 건가요? 성주상, 지양상도 차려야 하나요?

11. 추석이나 설날에 지방을 써야 하고 조상님 숫자대로 밥이나 떡국을 올리는지요? 제사나 장례 때 삼대경전·금강경·반야심경·주기도문을 독송해도 되는지요?

12. 부친이 돌아가신 지 한 달 두 달이 안 돼서 갑자기 누나 한 분은 버스에서 숨이 막혀 죽을 뻔했고 한 누나는 학교에서 넘어져 이가 흔들리고 두들겨 맞는 것처럼 얼굴이 시퍼렇게 멍들고 상처 입곤했는데 아버님 영가 때문이라고 누님들은 그러는데 그러는지요?

13. 돌아가신 어머님이 누나한테 꿈에 배가 고프다고 몇 년 전부터 그랬는데 제사를 대충 형식적으로 지내서 그런지 아니면 종교적 이유로 제사를 안 지내기 때문에 그런지요?

14. 부모님이 돌아가시면 49재나 천도재를 꼭 해야 하는지요 안 하면 해를 입는지요? 사람이 죽으면 49일 만에 저승을 가는지요?

15. 부부끼리, 부모 자식 사이, 형제자매끼리 이메일, 일기, 편지, 문자 메시지, 전화번호부, 열람이 가능한지요?

16. 경제적, 시간적, 거리상, 직업상, 이유로 같이 모여 제사를 못 지내는 경우에 한날한시에 똑같이 각자 집에서 조상 제사를 지내거나 아니면 다른 날짜에 조상 제사를 지내는 것은 어떨런지요? 조상님께 양해를 구해야 하나요? 시제를 지낼 때 요즘은 간단하게 과일만 진설하고 헌작하는데 괜찮은지요? 술을 따를 때 초헌 아헌 종헌을 해야 하는지요?

17. 어제 돌아가신 아버님이 주무시고 가셨는데, 저한테 제사상 받으러 왔다고 생생한 목소리로, 대낮에 돌아가신 직전 모습으로 두 사람이 왔는데, 한사람은 누군지 모르겠고 오늘은 신경질적으로 불만이 섞인 말투를 잠속에서 들었습니다. 지금까지 아버님 꿈을 다섯번 정도 꾸고 기분이 이상하고 찜찜하고 가슴도 답답합니다.

18. 올해 저는 명절에 형님 댁에 가서 자는데 검정색 옷 입은 사람이 다리만 보이면서 밟아버린다고 그러고, 누나는 꿈에 남자 둘이 선명한 얼굴로 아버지가 사셨던 집으로 새벽에 오는 꿈을 꾸고 악을 쓰다가 일어났고, 형님한테 선도체험기에 나오는 호랑이 검객의 영 부분하고 신과 기에 대해서, 마리산 천제 지내는 부분, 현묘지도 체험기 한 명분, 단군 2권(천훈, 신훈, 천궁편, 세계훈) 편을 드렸는데 호랑이 검객의 영이라는 글자를 읽지 않고 영이 싫다고 해서 제사는 꼭 지내야 하는가 부분을 읽고 다른 부분은 읽

지 않고 한 시간인가 지나서 밖에 나가 약을 먹고 오더니 토하고 다음날 설에 형은 제사상에 인사도 못했는데, 형님이 부모님이나 조상님께 양해를 구하지 않고 종교를 믿고 제사도 안 지내다가 기가 센 선도체험기를 가지고 가서 읽게 해서 엄청 기가 세서 다른 귀신이 자리 안 빼앗길려고 그런 것이 아닌지요?

19. 제가 과거에 형님 댁에 갔을 때는 아무 이상이 없었습니다. 동생도 형님 댁에 가면 기운의 파장 같은 것이 안 좋다고 합니다. 형님은 제사는 지낸다고 하는데 지내지 않아서 그런 것 아닌지요?

20. 인터넷에서 검색을 해보니 강상원 박사라는 분이 그러는데 옥스퍼드 사전에 석가모니는 단군의 후손이고 팔도 사투리가 산스크리티어의 뿌리라고 하고 한자가 우리글이라고 동국정운(東國正韻)에 나왔다고 동영상 강의가 나오는데 그게 사실인가요? 구도자도 아닌 사람이 귀중한 시간을 빼앗아서 죄송합니다. 선생님 만수무강하십시오. 안녕히 계십시오.

2013년 3월 26일 체험기 독자
임용연 올림

[회답]

질문 1. 몸 공부를 위해서 반드시 암벽 등반을 겸하는 등산을 해야 효과가 좋은지 그냥 등산만 꾸준히 해도 괜찮은지요?

답. 암벽 등반을 꼭 해야만 하는 것은 아닙니다. 수행자 개개인의 취향과 조건에 따라 하면 됩니다.

질문 2. 살생은 업이 되는데 직업으로(칼국수, 수제비, 진빵, 죽은 고기나 생선, 라면) 가게, 난재배, 꽃재배, 논농사, 밭농사, 과일농사, 가축 사육, 애완견 기르기는 괜찮을는지요? 애완견 사료가 사람 식사비용보다 비싼데 괜찮은지요?

답. 취미나 악의를 품고 하는 살생이 아니고 생업을 위하여 어쩔 수 없이 해야 하는 살생은 괜찮습니다. 항차 난 재배, 꽃 재배, 논, 밭, 과일 농사, 애완견 기르기겠습니까? 애완견 사료 값은 시장 원리에 따르면 됩니다.

질문 3. 견성 해탈 안 된 사람은 조상 제사를 지내지 않으면 해를 입는다는데 조상 제사는 몇 대까지 지내야 좋은지요? 시제는 몇 대부터 몇 대까지 지내야 하는지요? 산신제도 꼭 지내야 하는지요?

답. 제사는 할아버지 대까지만 지내도 됩니다. 시제는 문중의 의사에 따라, 산신제는 등산 그룹원들의 의사에 따라 지내면 됩니다.

질문 4. 장남인 종손이 제사를 안 지내겠다고 하는데 차남이나 시집 간 누나가 돌아가면서 지내도 되는건가요?

답. 물론 그렇게 해도 됩니다.

질문 5. 제사 지낼 때 향을 피우고 촛불 켜고 제관 제복을 입어야 되고 화려한 옷은 안 되고 제물을 올릴 때 제기를 사용하고 진설할 때 홍동백서紅東白西 어동육서魚東肉西에 준해서 올려야 하고 마늘 고추가루 없는 나물 올리고 제수는 반드시 홀수로 올려야 하고, 감자탕, 김치찌게, 해물탕, 된장국, 제육볶음같이 보통 사람이 먹는 음식은 올리면 안 되는지요? 한번 쓰는 양초는 다시 쓰면 안 되는지요?

답. 제사는 될 수 있는 대로 우리나라 또는 가문의 전통을 따르는 것이 좋습니다. 따라서 홍동백서, 어동육서를 따르는 것이 좋습니다. 그러나 제사는 형식보다는 정성이 제일입니다. 제사 받는 고인이 특별히 좋아하는 음식이 있으면 진설해도 됩니다. 양초는 형편에 따라 쓰는 것이 좋고요.

질문 6. 문중 선산을 개발로 인하여 옮기게 됐을 때 화장을 해서 뿌리고 묘를 다른 데다 안 써도 괜찮은지요? 개발 이익금을 형제자매나 문중 사람끼리 나누고 문중 돈도 나누어 갖는 것은 어떨런지요?

답. 문중 사람들이 합의 한대로 하면 됩니다.

질문 7. 어린 나이에 어머님이 병환이실 때 어린 동생이 검은 갓 쓰고 눈과 귀가 큰 사람을 봤는데 어린애한테 나쁜 건가요?

답. 사람은 일상생활을 바르고 착하고 슬기롭게 하도록 힘써야지 꿈같은 데 지나치게 민감할 필요는 없습니다. 그래서 대인관계가 언제나 바르고 착실한 사람은 흉몽 같은 거 꾸지 않습니다.

질문 8. 하얀 두루마기를 입은 혼령이 보인 것은 조상님인가요? 아버님은 돌아가시기 전에 엄청 많이 봤다고 얘기 하시는데 머리에서 상여 소리도 나고, 하얀 소복을 입고 무섭게 생긴 여자는 나쁜 영인가요?

답. 조상님, 부모님에게 항상 효도를 다하는 사람은 그런 흉몽을 꾸지 않습니다. 그런 꿈을 꿀수록 효도를 다해야 합니다. 양심에 따라 바르고 착하고 성실하게 살아가는 사람은 흉몽 같은 거 꾸지 않습니다. 꿈자리기 뒤숭숭한 것은 욕구불만 때문입니다. 내가 맡은 일에 항상 최선을 다하고 나서 하늘의 뜻을 구하는 진인사대천명盡人事待天命의 자세로 인생을 살아가는 사람은 흉몽이나 악몽 같은 거 꿀 시간이 없습니다.

질문 9. 상체는 호랑이인 것이 나타나고 몇 달 있다가 까만 옷 입은 여자이고 덩치 크고 눈은 멧돼지 눈처럼 빨갛고 눈썹은 길고 저승사자인가요?

답. 꿈자리기 뒤숭숭한 것은 육구불만이 많기 때문입니다. 욕심을 줄이고 남을 돕는 일을 많이 하시기 바랍니다.

질문 10. 제사 지낼 때 지방 대신에 사진만 올려놓고 지내고 아니면 유교식으로(지방, 축), 한자로만 반드시 쓰고 엎드려 절을 여자 4배 남자는 2배를 하고 아니면 백팔배 하는 식으로 삼배를 해야 하는 건가요? 성주상, 지양상도 차려야 하나요?

답. 제사는 간편하면서도 정성이 담뿍 실려 있어야 합니다. 너무 형식에 얽매이는 일은 없도록 해야 합니다. 남녀 차별 말고 헌작하고 제사 끝낼 때 남녀 다 같이 2배하고 읍하는 것이 좋습니다.

질문 11. 추석이나 설날에 지방을 써야 하고 조상님 숫자대로 밥이나 떡국을 올리는지요? 제사나 장례 때 삼대경전, 금강경, 반야심경, 주기도문을 독송해도 되는지요?

답. 추석이나 설날에 지방은 써도 좋지만 생략해도 되고 조상님 숫자대로 밥이나 떡국을 올려도 됩니다. 천부경 기타 독경은 천제 때에 합니다.

질문 12. 부친이 돌아가신 지 한 달 두 달이 안돼서 갑자기 누나 한분은 버스에서 숨이 막혀 죽을 뻔했고 한 누나는 학교에서 넘어져 이가 흔들리고 두들겨 맞는 것처럼 얼굴이 시퍼렇게 멍들고 상처 입곤했는데 아버님 영가 때문이라고 누님들은 그러는데 그러는지요?

답. 정확한 것을 알려면 고수나 큰 스승을 찾아가 물어보고 천도를 해야 하는데 그렇게 하자면 비용이 적지 않게 듭니다. 그러니까 평소에 부모님이 섭섭지 않게 효도를 다하는 것이 정답입니다. 부모님이 돌아가신 후에도 섭섭지 않게 정성껏 제사를 모셔야 합니다.

질문 13. 돌아가신 어머님이 누나한테 꿈에 배가 고프다고 몇 년 전부터 그랬는데 제사를 대충 형식적으로 지내서 그런지 아니면 종교적 이유로 제사를 안 지내기 때문에 그런지요?

답. 질문 12와 비슷한 경우입니다. 돌아가신 부모님께 불효한 일이 있으면 깊이 참회해야 합니다. 그러니까 살아계실 때 더욱 효도해야 합니다.

질문 14. 부모님이 돌아가시면 49재나 천도재를 꼭 해야 하는지요. 안 하면 해를 입는지요? 사람이 죽으면 49일 만에 저승을 가는지요?

답. 자기 양심에 물어보아서 양심이 시키는 대로 따라하십시오. 고인의 영혼이 49일 만에 이승을 떠나시는 것은 맞습니다.

문 15. 부부 사이, 부모자식 사이, 형제자매 사이 이메일, 일기, 편지, 문자 메시지, 전화번호부 열람이 가능한지요?

답. 통신의 비밀은 누구나 법의 보호를 받게 되어 있습니다. 법대로 하십시오.

질문 16. 경제적, 시간적, 거리상, 직업상, 이유로 같이 모여 제사를 못 지내는 경우에 한날한시에 똑같이 각자 집에서 조상 제사를 지내거나 아니면 다른 날짜에 조상 제사를 지내는 것은 어떨런지요? 조상님께 양해를 구해야 하나요? 시제를 지낼 때 요즘은 간단하게 과일만 진설하고 헌작하는데 괜찮은지요? 술을 따를 때 초헌 아헌 종헌을 해야 하는지요?

답. 정성만 있으면 형식과 조건에 구애될 필요는 없다고 봅니다.

질문 17. 제가 자고 있는데 어제 돌아가신 아버님이 저한테 제사상 받으러 왔다고 생생한 목소리로 말씀하셨습니다. 대낮에 돌아가시기 직전 모습이었습니다. 두 사람이 왔는데, 한사람은 누군지 모르겠고 오늘은 신경질적으로 불만이 섞인 말투였습니다. 지금까지 아버님 꿈을 다섯번째도 꾸고 기분이 이상하고 찜찜하고 가슴도 답답합니다.

답. 가슴에 손을 얹고 차분하게 생각해 보십시오. 돌아가신 아버님에게 불효한 일이 있으면 지금 당장 참회하시고 다시는 아버님을 섭섭하게 하게 하지 마십시오. 사람은 누구나 잘못을 저지르게 되어 있습니다. 잘못을 저지르는 것이 나쁜 것이 아니라 잘못을 저지르고도 고칠 줄 모르는 것이 나쁩니다.

질문 18. 올해 저는 명절에 형님 댁에 가서 자는데 검정색 옷 입은 사람이 다리만 보이면서 밟아버린다고 그러고, 누나는 꿈에 남자 둘이 선명한 얼굴로 아버지가 사셨던 집으로 새벽에 오는 꿈을 꾸고 악을 쓰다가 일어났고, 형님한테 선도체험기에 나오는 호랑이 검객의 영 부분하고 신과 기에 대해서, 마리산 천제 지내는 부분, 현묘지도 체험기 한 명분, 단군 2권(천훈, 신훈, 천궁편, 세계훈)편을 드렸는데 호랑이 검객의 영이라는 글자를 읽지 않고 영이 싫다고 해서 제사는 꼭 지내야 하는가 부분을 읽고 다른 부분은 읽지 않고 한 시간인가 지나서 밖에 나가 약을 먹고 오더니 토하고 다음날 설에 형은 제사상에 인사도 못했는데, 형님이 부모님이나 조상님께 양해를 구하지 않고 종교를 믿고 제사도 안 지내다가 기가 센 선도체험기를 가지고 가서 읽게 해서 엄청 기가 세서 다른 귀신이 자리 안 빼앗길려고 그런 것이 아닌지요?

답. 평소에 생활을 바르게 하고 내공이 된 사람이라면 있을 수 없는 일입니다. 지금까지 나온 선도체험기 106권을 다 읽으면 책에서 가르친 대로 수련을 한 다음에도 이런 일이 있으면 그때 메일을 보내시기 바랍니다.

질문 19. 제가 과거에 형님 댁에 갔을 때 아무 이상이 없었습니다. 동생은 형님 댁에 가면 기분이 안 좋다고 합니다. 형님은 제사는 지낸다고 하는데 지내지 않아서 그런 것 아닌지요?

답. 좀 더 확실히 알아보고 다시 메일을 보내시기 바랍니다. 그런 어정쩡한 것은 스스로 알아서 처리하는 습관을 갖기 바랍니다.

211

일상생활에서도 관을 하는 습관을 기르기 바랍니다. 진지하게 관을 하다가 보면 해답은 저절로 나오게 되어 있습니다.

질문 20. 인터넷에서 검색을 해보니 강상원 박사라는 분이 그러는데 옥스퍼드 사전에 석가모니는 단군의 후손이고 팔도 사투리가 산스크리티어의 뿌리라고 하고 한자가 우리글이라고 동국정운東國正韻에 나왔다는 동영상 강의가 나오는데 그게 사실인가요?

답. 사실일 가능성이 충분히 있습니다.

7가지 궁금증

선생님 답변 주셔서 감사합니다. 재 질문드리겠습니다.

1. 구도자가 소, 돼지, 닭 등 짐승을 직접 살생해서 파는 것을 직업으로 하는 것은 악업은 안 되지만 수련하는 데는 살생으로 인한 짐승의 영의 빙의로 수련이 잘 안되는지요?

2. 아버님이 돌아가시기 한 9개월 전부터 꿈에 상체는 호랑이가 보이고 하체는 사람 같고 하는 것을 보고 그 뒤로 3개월 있다가, 시골집에 흰 두루마기 입은 사람이 엄청 많이 보이고 증조 할아버지 할머니가 보이고 죽은 친구 분들이 보이고 상여 소리가 들리고 하는 그런 일이 여러 번 있었습니다. 그러시다가 돌아가시기 이틀 전에 할머니, 할아버지를 비몽사몽간에 부르던데요. 임종하려면 다 그러는지요?

3. 서로서로가 부부 사이와 부모 자식끼리 형제자매 사이 일기, 편지, 이메일, 문자메시지, 전화번호부를 같이 살면서 법적인 열람 말고 신문이나 책 보듯이 또는 학교 선생님이 일기 검사 하듯이 보는 것이 윤리적으로 문제 되는지요?

4. 천부경에 인중지천일에서 천지 의미는 진리인 하나님 부처님을 뜻하는지요?

5. 소설 한단고기를 읽어봤습니다. 시중 서점에 증산도 상생 출판에서 나오는 두꺼운 한문본 한단고기 책을 봐도 괜찮은지요?

6. 직장 동료 사이에 취미 삼아 음료수 내기 고스톱을 쳐서 이긴 사람이 고스톱 친 사람과 주위 구경꾼과 음료수 나누어 먹는 것은 돈의 액수와 상관없이 악업인지요. 요즘엔 흔히 장례식장이나 놀러 가면 고스톱 많이 하는데 안 어울리면 따돌림 당하기도 하는데 괜찮을까요?

7. 선영이 묻힌 산소가 개발로 인하여 옮기게 되었을 때, 개발 이익금을 문중 사람끼리 나누어 갖고 시신은 화장해서 뿌리고 문중 돈도 나누어 갖는 것은 경우는 괜찮은지요? 조상들이 모아둔 돈이고 선산인데 좀 께름직합니다.

책 하나 소개해드리겠습니다.(신이 준 선물 오줌)이란 책에 김용태 약사 저서 오줌을 머리에 바르면 머리가 난다고 동영상에서 봤습니다. 오줌을 먹었는데 먹을 만합니다. 감사합니다. 고맙습니다.

3012년 3월 28일
임용연 올림

[회답]

1. 구도자가 소 돼지 닭 등 짐승을 직접 살생해서 파는 것을 직업으로 하는 것은 악업은 안 되지만 수련하는 데는 살생으로 인한 짐승의 영의 빙의로 수련이 잘 안 되는지요?

답. 도축屠畜을 직업으로 삼을 수 있다 해도 구도자라면 가능하면 다른 직업을 갖는 것이 좋습니다. 도축도 일종의 살생이기 때문입니다. 도축당한 가축들의 영들이 독축자에게 빙의되는 것을 보면 알 수 있습니다. 도축이 수련에 도움이 될 수는 없습니다.

2. 아버님이 돌아가시기 한 9개월 전부터 꿈에 상체는 호랑이가 보이고 하체는 사람 같고 하는 것을 보고 그 뒤로 3개월 있다가, 시골집에 흰 두루마기 입은 사람이 엄청 많이 보이고 증조 할아버지 할머니가 보이고 죽은 친구 분들이 보이고 상여 소리가 들리고 하는 그런 일이 여러 번 있었습니다. 그러시다가 돌아가시기 이틀 전에 할머니할아버지를 비몽사몽간에 부르던데요. 임종하려면 다 그러는지요?

답. 임종 전에 누구나 똑같은 꿈을 꾸는 것은 아닙니다. 수련 정도에 따라 백인백색百人百色입니다. 수련이 잘되는 사람일수록 꿈은 꾸지 않게 되어 있습니다. 구도자가 꿈 얘기를 자꾸만 하는 것은 창피한 일이라는 것을 알아야 합니다.

3. 서로서로가 부부 끼리나 부모 자식끼리 형제자매 사이 일기,

편지, 이메일, 문자 메시지, 전화번호부를 같이 살면서 법적인 열람 말고 신문이나 책 보듯이 또는 학교 선생님이 일기 검사하듯이 보는 것이 윤리적으로 문제 되는지요?

답. 학교 선생님이 교육을 위하여 제자의 일기를 보거나 부모가 어린 자녀의 교육을 위해 일기책을 보는 것이 윤리적으로 문제가 될 수는 없습니다. 그러나 성인이 된 부부, 형제자매끼리는 본인의 허락 없이 일기나 이메일을 보는 것은 사생활 침해가 될 수 있습니다. 앞으로 이 정도의 문제는 스스로 판단하시기 바랍니다.

4. 천부경에 인중지천일에서 천지 의미는 진리인 하나님 부처님을 뜻하는지요?

답. 여기서 말하는 천지는 우주자연을 말합니다.

5. 소설 한단고기를 읽어봤습니다. 시중 서점에 증산도 상생 출판에서 나오는 두꺼운 한문본 한단고기 책을 봐도 괜찮은지요?

답. 민감한 문제이므로 스스로 판단하십시오.

6. 직장 동료 사이에 취미 삼아 음료수 내기 고스톱을 쳐서 이긴 사람이 고스톱 친 사람과 주위 구경꾼과 음료수 나누어 먹는 것은 돈의 액수와 상관없이 악업인지요. 요즘엔 흔히 장례식장이나 놀러 가면 고스톱 많이 하는데 안 어울리면 따돌림 당하기도 하는데 괜찮을까요?

답. 스스로 판별하시기 바랍니다.

7. 선영이 묻힌 산소가 개발로 인하여 옮기게 되었을 때, 개발 이익금을 문중 사람끼리 나누어 갖고 시신은 화장해서 뿌리고 문중 돈도 나누어 갖는 것은 경우는 괜찮은지요? 조상들이 모아둔 돈이고 선산인데 좀 께름직합니다.

답. 문중 사람들끼리 회의를 해서 결정하시기 바랍니다.

지난번 20가지 질문과 함께 이번 질문도 결론적으로 말해서 구도자의 질문답지 않습니다. 마음공부, 기 공부, 몸 공부를 하다가 혼자서는 도저히 해결이 안 되는 경우가 있을 때 질문을 하셔야 할 것입니다. 수행자들의 수련을 돕는 것이 필자의 전공이기 때문입니다. 가능하면 지금까지 나온 선도체험기를 106권까지 다 읽으시기 바랍니다. 웬만한 의문은 그 책 속에 해답이 다 나와 있습니다.

우주같이 사랑하는 마음

스승님! 편안하신지요? 바쁘다는 구실로 찾아뵙지 못하여 죄송합니다. 대학원 수업이 금요일 저녁 6시간, 토요일 8시간이 되니 시간을 내기가 쉽지 않습니다. 마음은 늘 선생님께 향하고 그리고 있습니다.

이번 주 토요일에 대학원 행사가 춘천에서 오후 1시 30분에 끝나고 서울을 경유하여 온다고 하니 토요일에 좀 늦더라도 찾아뵙고 싶습니다. 스승님의 글을 읽고 저는 알즈너 효과를 많이 봐서 고3짜리 아들녀석에게 '알즈너'를 맞춰주고 싶은데 가능한지요?

알즈너는 성인이 된 다음 해야 되는 것인지, 바로 할 수 있는지 궁금합니다. 키가 178cm이니까 어느 정도는 성장을 다한 것 같은데 어떨지요? 답을 주시면 아들 정훈이와 함께 찾아뵙고 수련하러 가겠습니다.

저는 천안 쌍용고에서 근무연한이 다 되어서 아산(온양) 둔포고등학교로 발령이 나서 3월 1일부터 출근하고 있습니다. 전교생이 205명인 작은 학교라서 가족 같고 좋은데 마음이 많이 아픈 학생들이 많습니다.

공부 어느 정도 하고 집안이 살만한 학생들은 전부 온양 시내나 천안으로 진학을 하고 가난하거나 편부, 편모, 조손가정, 폭력가정, 결혼이민자 다문화 가정, 장애인 가정, 다른 학교에서 사고를 내고 부적응으로 전학 온 학생들이 대부분입니다.

옛말에 가난 구제는 나랏님도 못한다는 말이 떠오르는 상황입니다. 제가 할 수 있는 일과 사랑을 스승님께 배운 대로 실천하려고 합니다. 역지사지 방하착, 무한한 사랑, 무한한 지혜를 가진, 우주 같은 사랑하는 마음을 가지려 합니다.

나를 찾는 학생들에게 웃어주고 따뜻하게 어머니처럼 자애롭게 보살펴주고 꿈과 용기를 주려합니다. 인근 경로당을 찾아 봉사활동도 같이 하고요. 봉사를 하면서 저는 많이 성장했기에 학생들을 훈련시켜, 학생들이 가진 작은 것들은 어르신들과 나누면서 스스로의 존재감이 향상되어 좀 더 괜찮은 인생을 살아보려고 노력하는 계기를 만들려 하고 있습니다.

스승님 덕분에 마음공부가 많이 되어 이제는 작은 희로애락에 끄달리지 않습니다. 가까운 지인이 저더러 도사 같다고 하길래 웃었습니다. 스승님의 가르침이 제 가슴에 살아 숨쉬고 있기에 당당히 거침없이 지내고 있습니다.

요즘에 운동을 게을리하고 일본유학을 다녀온 아들 영양보충을 시켜준다고 함께 과식을 했더니 방심한 사이에 체중이 늘었습니다. 다시 정기신을 바르게 하고 몸공부 마음공부 기공부 열심히 하겠습니다.

오늘은 단식을 하려고요. 5월 26일, 100km를 16시간 안에 뛰는 울트라 마라톤을 신청했습니다. 매일 차분히 연습하면서 제 한계에 도전해보고 싶습니다. 몸공부도 자연히 되는 효과를 기대하면서요.

스승님의 온화한 기운, 따뜻한 기운, 평화로운 기운을 생각하며 토요일을 손꼽아 기다리겠습니다. 강령하시길 기원합니다.

2013년 4월 1일 둔포고등학교에서

엄지현 올림

[회답]

박봉의 고등학교 선생님이 어떻게 가난한 학생들을 물질로 도와 줄 수 있겠습니까? 선생님의 소임에 알맞게 제자들의 마음의 눈을 뜨게 하여 이기심에서 벗어나 무한과 영원의 세계를 맛보게 해 주는 일이야 말로 최선의 방법일 것입니다.

알즈너는 네 살부터 착용할 수 있으니 아드님을 데려와도 됩니다. 그런데 작년부터 알즈너 값이 33만원에서 35만으로 인상이 되었답니다.

[엄지현 씨의 회답]

토요일 5시 전후로 찾아뵙겠습니다. 학생들이 이기심에서 벗어날 수 있는 방법을 생각해보겠습니다. 감사합니다. ^~^

2013년 4월 1일

엄지현 올림

[회답]

이기심에서 벗어날 수 있는 방법을 이웃에게 가르치는 것이야말로 구도자가 이 세상에 존재하는 이유이고 사명임을 한시도 잊지 마시기 바랍니다. 필요할 때마다 열심히 관하면 반드시 좋은 방편이 떠오를 것입니다. 부디 용맹정진하시기 바랍니다.

파스 바른 것처럼 시원한 느낌

김태영 선생님께

선생님 안녕하세요! 3월에 찾아뵈었던 박비주안입니다. 이제야 메일을 드리게 되네요. 선생님 찾아뵙기 전에 미리 메일을 드린다는 것이 선생님을 찾아뵐거란 마음을 먹은 시점부터 일어나는 온갖 잡념, 번뇌들로 인하여 미처 정리되지 못한 마음으로 선생님을 뵌 것 같습니다.

당시 저의 수련 상황을 말씀드리자면 왼쪽 이마 위쪽 앞머리 경계선 쪽이 한 달 넘게 욱신거리거나 시원해지기도 하였고, 등줄기가 파스 바른 것처럼 시원하게 흐르는 느낌과 양팔에서 손목으로 물줄기가 흐르는 느낌, 발목 옆 뒤, 목 뒤 쪽, 허벅지 앞, 꼬리뼈 등 군데군데 파스 바른 듯한 느낌이라 한기를 많이 느꼈고, 제가 몸이 냉한 편인지라 살이 빠지면서 찬 기운이 들어온 것인지? 기가 유통이 잘 된 것인지? 미처 여쭙지 못했습니다.

단전은 항시 따뜻하지는 않지만 의식을 두면 따뜻해집니다. 삼공재에서 선생님 앞에서 정좌하고 호흡했을 때에는 선생님 기운을 받아서 단전이 금방 달아오르고 제 나름 호흡에 집중한다고 했는데 집중이 잘 안 됐던 것 같습니다.

삼공재를 다녀온 후 이틀 후쯤엔 TV를 보는데 백회 쪽이 콕콕콕콕! 드릴보다는 조금 약한 감으로 마치 제 머리 위에 새가 한

마리 앉아 머리를 쪼는 듯한 현상이 일어났습니다. 그리고 기감이 무척 예민해진 것 같습니다.

한날은 운동하러 조깅공원에 갔습니다. 운동기구로 운동을 하고 있는데 할머니 두 분이 오시더니 뒤에서 운동을 하시면서 "아이고 내가 허리가 안 좋은데. 내가 허리가 안 좋아서"하는 소리가 들림과 동시에 제 왼쪽 허리가 심하게 아파오는 것이었습니다. 당시 저는 집에서 충분히 몸을 풀어주고 나왔는데도 아무튼 이런 경우가 허다하다보니 선도체험기에도 여러 도우님들의 경험담을 보았기에 수련이 그리 만만하지는 않구나 하고 자각했고요.

기감이 민감해질수록 어려운 점은 주변의 심한 탁기와 빙의령으로 인해 어질어질하고, 머리 아프고, 가슴 답답한 증상이 계속됩니다. 그리고 제가 사람 많은 곳 버스나 지하철, 백화점 같은 데 가면 제 주변 사람들이 기침을 해댑니다. 한두 번도 아니고 매번 이런 일이 반복되다 보니 선도체험기에도 이런 경우의 메일을 쓴 분을 보았지만 도무지 이유를 모르겠습니다. 왜 그런 것일까요? 선생님.

언니는 모든 현상이나 문제에 대해 이유를 붙이고 예민하게 반응하는 저를 보고 매번 질타를 하였고 다투는 일도 많았습니다. 항상 뒤돌아서 후회하고 보면 언니의 염려하는 마음과 사랑이 컸다는 걸 알게 되지만요.

사실 선생님께 메일 쓰기가 쉽지 않네요. 대학시절 저는 메일 쓰는 걸 좋아하던 아이였습니다. 메일이나 편지만큼 서로의 마음을 주고받는 일이란 말로는 다 표현 못하는 어떤 것에 대한 진심이 서려있기에 값진 일이라 여겼던 것 같습니다.

그런데 지금의 제 자신을 보면 왜 이렇게 자신을 모르고, 망각한 채 살아왔는지 수많은 기억들과 생각의 조각들이 저를 괴롭히고 채찍질하고, 길 잃은 아이마냥 갈팡질팡 마음을 다잡지 못하고 있습니다.

긍정적이고 밝은 생각만이 저 자신을 사랑하는 길이라 다시금 생각해 봅니다. 곧 마음의 정리가 되겠지요. 그리고 지어주신 생식을 먹고부터 손발에 땀이 거의 나지 않습니다. 감사합니다. 선생님^^ 그런데 손발에 땀이 줄다보니 손이 너무 건조해졌다는 문제가 있지만 제 손을 사랑해 줘야겠지요.^^

선생님 그럼 오늘은 이만 적겠습니다. 선생님 사모님 건강하세요. 안녕히 계십시오.

2013년 4월 2일
박비주안 올림

[회답]

특정 부위에 콕콕 찌르는 느낌이 든다든가 파스를 바른 것처럼 시원하다든가 하는 것은 그동안 막혀있던 그 부위의 경혈들이 수련이 잘되어 운기運氣가 활발해지면서 기맥이 열리는 징후이므로 조금도 걱정할 것이 없습니다.

그리고 사람 많은 곳에 가면 주변 사람들이 기침을 하는 것은 박비주안 씨가 빙의된 상태여서 자기도 모르게 주위에 탁기를 발산하기 때문입니다. 물론 빙의령이 발산하는 탁기이므로 너무 개의할 필요는 없습니다.

빙의령으로 인해 불편을 느끼는 사람은 빙의된 사람 자신은 물론이고 그 주변 사람들도 마찬가지이기 때문입니다. 수련하는 사람은 일상생활에서 늘 겪는 일이므로 이런 일에 일일이 신경 쓰지 않는 것이 좋습니다. 이런 현상은 관觀이 잡힌 구도자는 스스로 알아차리게 되어 있습니다. 박비주안 씨도 하루바삐 그러한 수련자가 되기 바랍니다.

직업을 갖고 싶습니다

스승님. 안녕하십니까? 삼공재로 가는 기차 안에서의 시간은 저에게 있어 저를 되돌아보고 반성하는 데 더없이 소중한 충전의 시간이 되었습니다. 요즘 저는 저의 쓰임에 대해서 고민을 하고 있는 중입니다.

최근래 계속해서 안 나가던 집이 갑자기 나가는 바람에 며칠 내로 급하게 이사를 가게 될 계획이고, 분양받은 아파트 입주일이 몇 개월 남은 바람에 아이들 전학 문제 등으로 친정집에서 신세를 지게 될 예정입니다.

아이들이 많다 보니 사건사고가 끊임없이 일어나고 정신없는 와중에 짬을 내어 수련을 하는 것도 솔직히 좀 버거운 것도 사실입니다. 이 와중에 제가 제 쓰임에 대해서 고민을 한다는 게 좀 의아하실 수도 있겠습니다.

어차피 아이들은 자랄 테고 인간 박동주로서의 삶이 아이들 키우는 임무가 다가 아닐 것이며 앞으로 남겨진 여생을 어떤 경제적 가치를 창출하며 살아야 할지도 걱정이 되는 게 사실입니다 .

모든 주부들의 고민도 비슷할 것이라 생각되는데 아이들이 자람에 따라 늘어나는 교육비 생활비 노후대비 등등 경제적인 부담감을 뒤로 하고라도 앞으로 남은 반평생을 제가 좋아하고 잘할 수 있는 제2의 업을 찾는다는 게 쉽지가 않은 것 같습니다. 아이들 키우는 주부다 보니 여러 다양한 경험이 부족한 것도 사실이고요.

어떤 종류의 업을 가지게 될지 아직 탐색중이지만 구도자로서 부끄러움이 없는 직업을 선택하고 싶습니다. 스승님의 조언의 말씀 부탁드립니다.^^ 곧 뵙겠습니다. 스승님.

2013년 4월 5일
박동주 올림

[회답]

박동주 씨가 직업을 갖고 싶다니까 우선 떠오르는 것이 대학 시절의 일본어 전공과목입니다. 그 방면에 우선 도전해 보십시오. 그 분야에는 선후배들이 있을 것이기 때문입니다. 만약에 알아보아도 여의치 않다면 문필인이 되는 쪽을 생각해 보시기 바랍니다. 소설가 박완서는 40이 넘어서 아이들 다 키워놓고 여성동아에서 주관하는 장편소설에 응모하여 비중있는 소설가가 되었습니다. 박동주 씨에게는 글쓰는 재능이 보이기 때문에 하는 말입니다. 물론 성패는 집중과 노력 여하에 달려있습니다.

다시 뵈올 날만

선생님께

선생님께서도 빨리 등산을 시작하셔야 할 텐데 날씨가 이젠 좀 좋아졌는지요. 미국도 날씨가 좋았다 나빴다 반복하고 있습니다. 그래도 대체적으로는 좋은 편입니다. 항상 건강하신 선생님 모습을 생각하며. 언젠가 다시 뵈올 날만 생각합니다.

2013년 4월 28일 미국에서
이도원 올림

[회답]

등산은 5월 5일 일요일부터 다시 시작하려고 생각하고 있습니다. 선도체험기 104권을 28일에 우송했습니다. 천부경, 삼일신고, 대각경은 매일 염송하고 있는지요. 나는 하루에 적어도 10번 이상은 꼭 암송하고 있습니다. 그렇게 하면 무슨 도움이 있는지는 실천을 해보면서 체득하기 바랍니다.

[이도원 씨의 회답]

선생님께

등산을 다시 시작하신다니 반가운 소식입니다. 책은 받는 대로
연락하겠습니다. 천부경, 삼일신고, 대각경은 가게에 출근하자마자
선도체험기를 꺼내서 읽고, 가게문을 닫기 전에 또 읽곤합니다.
큰 변화를 기대하기 전에 저 자신의 마음가짐에 부동심이 자리하
는 것 같습니다.

2013년 4월 29일 미국에서
이도원 올림

[회답]

천부경, 삼일신고, 대각경은 책을 보면서 읽지 말고 통째로 완
전히 암기한 다음에 시간 날 때마다 암송해야 합니다. 나는 새벽
에 마을 인근을 한 50분 동안 한 바퀴 도는 동안에 여덟 번 암송
합니다.

그리고 수시로 조용한 시간이 날 때마다 암송합니다. 인간의 언
행은 마음먹기에 달려 있습니다. 무슨 마음을 먹느냐가 중요합니
다. 그러나 한번 마음을 먹는 것으로는 안 됩니다. 금방 잊어버리
고 말기 때문입니다.

그러니까 항상 습관적으로 하늘의 소리인 경전을 암송함으로써

우리는 우주와 나, 하늘과 나, 하느님과 나를 일치시킬 수가 있습니다. 물론 세 가지 경전을 완전히 외우는 것이 쉬운 것이 아니지만 결심만 하면 못할 것도 없습니다. 한번 작정하고 실천하여 보시기 바랍니다. 그러면 나에게 할 얘기들이 많아질 것입니다.

진리의 가르침

선생님께

보내주신 선도체험기 104권은 무사히 잘 받았습니다. 너무 오랜만에 나오고 선생님이 직접 서명하여 보내주신 귀한 책이라 아껴서 매일 조금씩 볼 작정입니다. 선생님이 주신 숙제는 바쁜 중에도 나름 틈틈이 하고 있습니다.

사람들을 많이 상대하고 많이 부딪히는 직업이라 평소에 탁기가 많이 들어오는데 특히 요즘은 부쩍 많이 들어오지만 선도체험기를 펴고 삼일신고를 읽고 있으면 머리가 금방 시원해집니다.

아마도 선도체험기를 보고 있으면 선생님 앞에 앉아있다는 상상과 추억과 그리움이 더해진 탓인지 암송을 하는 것보다 아직까진 더 효과가 있었던 것 같습니다. 곧 백 프로 암기를 끝내겠습니다.

대체 얼마나 많은 시간이 지나야 삼공선도와 같은 수준 있는 진리의 가르침이 펴지고 받아들여질 수 있는가 하는 생각이 내 마음에서 한순간도 떠나질 않습니다. 대체 언제쯤 가성의 세상이 진성의 세상으로 바뀔 것인가... 여러가지 제 능력의 부족함 때문에 항상 선생님께 죄송스럽습니다.

2013년 5월 9일 미국에서
이도원 올림

[회답]

그렇지 않아도 지난 5월 5일 일요일에는 5개월 21일 만에 늘 다니던 도봉산 은석암 뒷봉우리까지 혼자서 등산을 했습니다. 진달래는 거의 다 지고 철쭉이 활짝 피어나고 있었습니다. 2009년, 2010년에 이도원, 하선우 씨 등과 함께 등산하던 생각이 절로 났습니다.

하선수 씨에게도 이도원 씨와 함께 선도체험기 104권을 같은 날에 부쳤건만 아직 아무 반응이 없습니다. 상대에게서 연락이 없다고 해서 이도원 씨도 연락을 끊고 지낸다면 똑같은 사람이 될 것입니다. 인생이란 좀 손해도 본다는 생각으로 살아야 서로 각박해지지 않고 여유가 생길 것입니다.

아무쪼록 천부경, 삼일인고, 대각경을 대번에 쫙 암송할 수 있는 경지에 도달하기 바랍니다. 마음과 몸과 주변 환경에 여러 가지로 좋은 변화가 있을 것입니다.

몇 가지 궁금한 일들

삼공선생님 인천 만수동 홍승찬 인사드립니다.

2013년 5월 2일에 삼공재 방문 후에 많은 영감을 얻었습니다. 다만 빙의, 전생의 업에 의하여 단전이 따뜻하지는 않아서 기다리는 중입니다. 반면에 하단전에는 기가 많이 채워져서 항상 강하고, 풍부한 뱃심을 느끼고 있습니다.

생식도 꾸준하지 않고, 삼공재 방문도 2주에 한번은 오라 하시지만 잘 찾아뵙지 못하고 결국, 회사 다닌다는 핑계로 용맹정진의 자세가 나오지는 않았기에 결국 고만고만한 수준입니다.

더욱 매진하도록 하겠습니다. 한편 104권까지 선도체험기를 읽어서 흔들리지 않는 깨달음의 경지에 들어서고, 기수련이 생활화되어서 늘 몸과 기를 관하고, 제어할 수 있는 역량이 생기고, 대인관계, 마음에 대한 관이 잡혀서 크게 동요하지 않고, 마음의 중심, 힘의 중심이 생기고, 어떤 선택이 장기적으로(시간이 지날수록) 나(인간)에게 유익한지를 알게 되는 지혜가 들어서고, 32살~33살에는 접이불루(현재나이 38세, 연정화기는 아니고 관계 시 사정을 안 하는 제어능력)가 되었습니다.

빙의 때문에 아팠던 허리는 후유증 없이 '언제 아팠냐는 듯이' 완쾌되고, 빙의로 인한 컨디션 난조를 관하면서 태연해 지고, 거래형 인간, 역지사지 빙하착, 애인여기愛人如己가 생활화되어 화 안

내고(혹시 화내면 깊이 사과하고), 업 안 쌓고, 대인관계가 좋아지고, 인생이 어떤 것인지, 업이 어떻게 작용하는지를 관하며, 다른 사람의 삶을 들여다 볼 수 있는 힘이 생겼습니다.

그 만큼 자신의 인생을 들여다보는 평상심이 자리잡고, 이 모든 것이 스승님을 잘 만나서 크게 벗어나지 않게, 짧은 시간에 끌어올린 성과들입니다.

정말 5월 15일 스승의 날을 앞두고 다시 한번 깊이 감사드립니다. 제가 이번 글을 쓴 이유는 선도체험기 104권을 보면서 수련에 대하여 궁금한 것을 몇 가지 여쭈어 보고자 해서입니다.

1. 103권 206페이지에 차주영 님께서 메일을 보낸 내용 관련하여, 현묘지도 수련을 마친 이후에 계속 찾아뵙고 수련을 해도 되는지 여부.(현묘지도 후에는 졸업을 해서 더 이상 삼공재에 가지 않고 스스로 하는 것인지 혹은 이메일로만 문의를 해야 하는지, 삼공재에 가도 되는지 여부.)

2. 최근 선생님께서 거의 일어서지 못할 정도로 명현현상을 겪으셨는데, 그동안 많은 명현현상이 있으셨지만, 이번은 매우 큰 사건인 것으로 보입니다. 예수는 생전에 피땀을 흘리는 고통이 있었고, 부처는 뼈가 부러지는 증상이 있었다는 것은 자료에 나와 있습니다.

그 이유는 마치 전기가 110v로 흐르다가 10,000v의 전류로 바뀌어서 흐르듯이, 인간의 육체가 수용할 수 있는 최고치의 에너지가 흐르기 때문이라고, 의식혁명의 저자인 호킨스 박사는 설명했습니다.

그렇다면 이번 명현현상 이후에 몸과 마음으로 바뀐 부분이 실질적으로 무엇인지 알려 주셨으면 합니다.

3. 빙의 관련해서, 빙의령들이 꼭 저와 직접적인 관계가 없어도 간접적으로 오는 경우가 있습니다. 땅속의 영(사람도 아니고 동물도 아니고, 다른 세계에 있을 법한 모습을 한 생명)이 천도하고 싶다고 오는 경우, 천신이 지구에 왔다가 하늘로 돌아가질 못해서 오는 경우, 그리고 중음신 나름대로 수소문해서 천도받으려고 오는 경우도 분명히 경험을 했습니다.

최근에는 기가 장성해 지니, 친가쪽(부친쪽)에 뭔가 풀리지 않은 영, 업들이 오기도 합니다. 실제로, 친가 쪽에 큰 집, 작은 집, 고모분들에게 안 좋은 일들이 있었는데, 뭔가 공통된 업이 집안에 있었거든요. 특히 아버지께서 술을 좋아하시는데 몸이 안 좋아 병원에 입원하시면, 그 영들이 더욱 저에게 기승을 부립니다.

제가 볼 때는 제 인생이 이런 식으로 인연이 되기도 하는구나라고 느낀 바가 있습니다. 실제로 선생님께서도 전생의 제자가 빙의되어 천도하신 사실이 있으시고, 경주와 백두산 방문 시에도 천도를 하신 적이 있으십니다.

따라서 빙의는 당사자와 직접적인 원한으로 들어 올 수도 있지만, 집단 카르마(업)에 의해서 간접적으로도 가능하며, 이로 인해 자기 주변과 자기 환경에 맞게 인연이 닿아서 언제든지 올 수 있다고 관찰되는데, 이를 확인해 주셨으면 합니다.

그리고 선생님과 직접적인 인연이 아니라도, 한민족이라는 집단 카르마로 인해 왔던 빙의령들이 있다면 어떤 경우가 있었는지도 알고 싶습니다. 그리고 어느 정도 수련이 진척되면 집안의 업이 소멸되는 일이 있는지 확인해 주셨으면 합니다.

마치 본인이 수련을 하려해도 부인이 반대하면 어려운 것처럼, 집안에 업이 많이 소멸되어야 수련이 향상되는 것은 당연해 보이는데, 개인적으로 집안의 업을 개선시키신 영적인 구체적인 사례(집안의 빙의 천도 등)가 있으신지 궁금합니다.

이상입니다. 막상 질문드리니 한심한 질문 같아서 부끄럽지만 부디 너그러이 알려주셨으면 합니다. 저는 15일 스승의 날 전에 인사드리도록 했으면 합니다. 감사합니다.

2013년 5월 10일 제자
홍 승찬 올림.

[회답]

질문 1. 103권 206페이지에 차주영 님께서 메일을 보낸 내용 관련하여, 현묘지도 수련을 마친 이후에 계속 찾아뵙고 수련을 해도 되는지 여부.(현묘지도 후에는 졸업을 해서 더 이상 삼공재에 가지 않고 스스로 하는 것인지 혹은 이메일로만 문의를 해야 하는지, 삼공재에 가도 되는지 여부.)

답: 현묘지도 수련을 끝냈다고 해도 수행자 자신의 필요에 따라 삼공재에 정기적으로 계속 찾아올 수도 있고 그렇지 않을 수도 있습니다. 어디까지나 수행자 자신이 선택할 사항입니다.

질문 2. 최근 선생님께서 거의 일어서지 못할 정도로 명현현상을 겪으셨는데, 그동안 많은 명현현상이 있으셨지만, 이번은 매우 큰 사건인 것으로 보입니다. 예수는 생전에 피땀을 흘리는 고통이 있었고, 부처는 뼈가 부러지는 증상이 있었다는 것은 자료에 나와 있습니다.

그 이유는 마치 전기가 110v로 흐르다가 10,000v의 전류로 바뀌어서 흐르듯이, 인간의 육체가 수용할 수 있는 최고치의 에너지가 흐르기 때문이라고, 의식혁명의 저자인 호킨스 박사는 설명했습니다.

그렇다면 이번 명현현상 이후에 몸과 마음으로 바뀐 부분이 실질적으로 무엇인지 알려 주셨으면 합니다.

답: 나의 명현현상은 지금도 진행중입니다. 좀 더 진행되어 결론이 나면 그때 알려드리겠습니다. 홍승찬 씨는 남의 수련보다는 자기 자신의 수련에 더 깊은 관심을 기울여주기 바랍니다. 고시생들은 고시합격을 위하여 전력투구합니다. 그렇게 온 힘을 기울여도 합격하기가 어렵습니다. 그러나 열심히 일관되게 집중하여 공부하는 고시생들은 끝내 합격하고 맙니다.

구도자들도 마찬가지입니다. 일단 수련을 하기로 작정을 했으면 운기조식이 되는 이상 소주천과 대주천을 통과해야 합니다.

대주천을 통과한 수련자들은 다 저절로 다 알 수 있는 사항들을 홍승찬 씨는 거듭 질문을 하니까 이런 얘기를 하지 않을 수 없습니다. 부디 수련에 집중하시기 바랍니다. 반드시 새로운 지평이 열리게 될 것입니다.

질문 3. 빙의와 관련해서, 빙의령들이 꼭 저와 직접적인 관계가 없어도 간접적으로 오는 경우가 있습니다. 땅속의 영(사람도 아니고 동물도 아니고, 다른 세계에 있을 법한 모습을 한 생명)이 천도하고 싶다고 오는 경우, 천신이 지구에 왔다가 하늘로 돌아가질 못해서 오는 경우, 그리고 영 나름대로 수소문해서 천도받으려고 오는 경우도 분명히 경험을 했었습니다.

최근에는 기가 장성해 지니, 친가쪽(부친쪽)에 뭔가 풀리지 않은 영, 업들이 오기도 합니다. 실제로 친가 쪽에 큰 집, 작은 집, 고모분들에게 안 좋은 일들이 있었는데, 뭔가 공통된 업이 집안에 있었거든요. 특히 아버지께서 술을 좋아하시는데 몸이 안 좋아 병원에 입원하시면, 그 영들이 더욱 저에게 기승을 부립니다.

제가 볼 때는 제 인생이 이런 식으로 인연이 되기도 하는 구나라고 느낀 바가 있습니다. 실제로 선생님께서도 전생의 제자가 빙의되어 천도하신 사실이 있으시고, 경주와 백두산 방문 시에도 천도를 하신 적이 있으십니다.

따라서 빙의는 당사자와 직접적인 원한으로 들어 올 수도 있지만, 집단 카르마(업)에 의해서 간접적으로도 가능하며, 이로 인해 자기 주변과 자기 환경에 맞게 인연이 닿아서 언제든지 올 수 있다고 관찰되는데, 이를 확인해 주셨으면 합니다.

그리고 선생님과 직접적인 인연이 아니라도, 한민족이라는 집단 카르마로 인해 왔던 빙의령들이 있다면 어떤 경우가 있었는지도 알고 싶습니다. 그리고 어느 정도 수련이 진척되면 집안의 업이 소멸되는 일이 있는지 확인해 주셨으면 합니다.

마치 본인이 수련을 하려해도 부인이 반대하면 어려운 것처럼, 집안에 업이 많이 소멸되어야 수련이 향상되는 것은 당연해 보이

는데, 개인적으로 집안의 업을 개선시키신 영적인 구체적인 사례
(집안의 빙의 천도 등)가 있으신지 궁금합니다.

답: 수행자의 수련이 향상되면 그 진척 정도에 따라 개인적으로
는 물론이고 조상님들과 가까운 친척 이웃 사람들의 빙의령, 접신
령들이 자동적으로 천도되는 일이 분명히 있습니다. 그것은 오로
지 수행자 자신의 수련 정도에서 나오는 신령한 능력입니다. 지극
정성으로 관하는 수행자는 주변 사람들의 그러한 천도 과정들이
환히 영안에 떠오르게 되어 있습니다.

선도체험기 104권을 읽고

안녕하세요? 하연식 인사드립니다. 넙죽~~~

토요일 삼공재 방문을 허락해 주셔서 고맙습니다. 두달 만에 방문했더니 제가 뿜어내는 탁기로 인해서 기침을 하시는 것을 보니 정말 죄송했습니다. 평소 버스를 타고 다닐 때 니코틴 냄새가 몸에 밴 사람이 탑승 후 옆에 앉아 있으면 창문을 열거나 자리를 피하게 됩니다만 제가 스승님께 그런 존재가 되니 한심하기 그지없습니다.

선도체험기 104권에는 박주영 씨의 이메일과 스승님의 답변이 압권이었습니다. 스승님의 뒤를 이을 수제자는 '사람이 아니라 선도체험기가 되겠구나!'라는 생각이 들었습니다. 선도체험기 104권을 읽다가 오타가 눈에 띄어서. 다음에 재출간할 일이 있으면 수정해서 출간했으면 하는 바람에서 오타를 적어 보내오니 너그러운 마음으로 양해 부탁드립니다.

6쪽 - @kornet,net -> (,) 콤마가 아니고 (.) 마침표가 되어야 합니다.

13쪽 맨 마지막 문장 (") 큰 따옴표가 누락되었습니다.

34쪽 맨 마지막 문장 '대통을' -> '대통령을'

35쪽 중간에 6 25 -> 6.25 가운데 월과 일자 사이에 (.) 마침

표가 누락되었습니다.

67쪽 중간부분에 '컴퓨터를 모르는 것을' -> 표를 퓨로 바꿔야 할 것 같습니다.

75쪽 중간부분에 '국가 파과행위를' -> 파과를 파괴를

79쪽 맨 마지막 문장에서 큰 따옴표 방향이 바뀌었습니다.

237쪽 첫 문장에서 '모슨' -> 모든

오늘 입원해서 내일 팔골절로 인해 뼈를 고정시켰던 핀을 제거하는 수술을 받습니다. 어느새 1년이 훌쩍 지나갔습니다. 수술하고 몸 추스러서 찾아뵙도록 하겠습니다.

2013년 5월 13일
하연식 올림.

[회답]

지금과 같이 꼼꼼하고 차분한 관찰이 아예 몸에 밸 수 있다면 멀지 않아서 수련에도 큰 진전이 있을 것입니다. 계속 용맹전진하기 바랍니다. 그리고 부상당한 팔에서 핀을 제거했다니 빨리 원상회복하고 새로운 직장도 곧 나타나기 바랍니다. 수련 중에 시간이 나면 천부경, 삼일신고. 대각경을 하루에 꼭 열 번 이상 염송하기 바랍니다. 반드시 좋은 변화가 있을 것입니다.

그리고 선도 보급에 관한 일은 선계의 스승님들이 알아서 잘 아실 것이라 생각합니다.

선도체험기 104권 정오표는 출판사에 보내서 꼭 시정토록 하겠습니다. 고맙습니다.

기방氣房이 형성되었습니다

스승님, 메일은 잘 받았습니다. 인천에 홍승찬입니다. 감사 인사 드리고자 메일을 드립니다.

처음으로 단전이 따뜻해지고, 기방이 형성되었습니다. 이제 기방이 무엇인지 잊을래야 잊을 수 없을 정도로 명확하게 알게 되었습니다.

대맥도 무겁거나 답답함 없이, 따뜻하고 빛이 납니다. 물론 가볍고, 힘이 붙었고요 또한 생식도 하다 안 하다 했는데, 기방을 확실히 느끼니 정말 말씀대로 생식이 운기를 엄청나게 강하게 하는 것을 확인하고 있습니다.

제 나이가 올해 38세인데, 20대 초반에 느꼈던 힘보다 더욱 활기차고, 몸이 터질 듯한 힘을 느낍니다. 저도 항상 강조하신 대로 축기를 해서 소주천, 대주천, 연정화기 순서대로 곧 도달할 것 같습니다.

잘 이끌어 주셔서 물에 젖은 나무처럼 축축한 아랫배를 이렇게 따뜻하게 해주시고, 신천지를 알게 해 주셔서 감사합니다. 또한 우리 역사의 진실을 알게 된 것에 대해서도 감사드립니다. 선생님에 쓰신 "한국사의 진실"을 읽어보고 나서야 비로소 이해가 갔는데, 사실 아메리카 대륙의 북미, 남미, 오세아니아의 호주, 뉴질랜드를 포함해서, 모두 서세동점 시기에 원주민이 박멸되다시피 되었습니다.

세계 1, 2차 대전 때 죽은 인구보다 신대륙에서 죽은 인디언이 더 많다는 것은 기록으로 이미 드러난 사실이고요. 남미의 잉카, 아스카 문명 등이 국가를 이루고 문자도 있었겠지만 모두 처참히 파괴되고, 마침내는 원시부족처럼 미개인으로 간주되었는데, 사실 아시아 대륙도 근 600년 전부터 있던 서세동점의 시기에 점차 모두 왜곡되고 철저히 파괴된 사실로 볼 때에 모두 납득 가능한 일로 이해가 가게 되었습니다.

인터넷에서 섬서(산시)성을 보니, '광화문' 간판과 태극기가 눈에 띄었습니다. 특히 우리의 남대문이 서안의 4대문과 비슷한 것을 보고 정말 역사가 그렇겠구나 하는 생각을 하였고, 청해(칭하이)성도 보니, 철새의 고장이고 실크로드의 핵심적인 자리를 알게 되었고, 소금이 나는 것을 보았으며, 특히 서한의 진시왕릉이라 불리는 병마용도 그 당시 그 지역을 차지하고 있던 고구려의 것이 아닌가 합니다.

왜냐하면 진시왕의 무덤이 왜 거기에 있는가 하고 중국 역사학자들이 그 당시에 놀랐던 사건을 되새기면, 역사의 앞뒤가 맞아들어가는 것을 알 수 있었습니다.

모두 감사합니다. 삼공재에 스승의 날 전에 찾아뵙고 인사드리겠습니다. 감사합니다.

2013년 5월 13일 제자
홍 승찬 올림

[회답]

기방氣房이 형성되었다니 정말 축하할 일입니다. 이제 곧 대맥帶脈이 열리게 될 것입니다. 새로 들어오는 천기로 온몸에 에너지가 충만하게 되어 이 세상에 부러운 것도 무서운 것도 없게 될 것입니다. 그와 동시에 정력도 강화되어 까딱 잘못하면 방사를 자주 갖는 수도자들도 있는데 극히 조심해야 할 일입니다.

지금 충만해지는 에너지는 수련을 진행시키라는 것이지 성행위에 쓰라는 것은 결코 아니기 때문입니다. 그렇다고 해서 너무 금욕을 할 필요는 없습니다. 그저 평소대로 정상을 유지하면 됩니다. 이제부터 소주천, 대주천에 전력투구하시기 바랍니다.

섬서(산시)성과 감숙(깐쑤)성에는 환국, 배달국, 단군조선, 고구려, 발해, 통일신라, 고려, 조선 시대의 도읍들이 있던 곳이니 자연 한국식 건축물들이 즐비할 수밖에 없습니다. 가능하면 기록을 통하여 우리나라 역사 공부를 하시기 바랍니다. "한국사의 진실"을 읽어보면 필수 참고서적들이 소개되어 있는데 그 책들을 꼭 구입하여 읽으시기 바랍니다.

떠나는 사람

선생님께

선도체험기를 보다 차주영 씨가 떠난다는 애기를 봤습니다. 나는 차주영 씨가 삼공선도를 위해 큰 역활을 하기를 내심 기대를 했었는데 떠난다는 말에 약간 실망감이 들었습니다. 부모와 자식의 관계는 떠난다 해서 떠난 게 아니며 멀어진다 해서 멀어질 수 없는 관계이듯이 큰 이끌림을 받은 스승과 제자였던 관계는 영원히 없어지지 않는 관계인데 굳이 홀로 서고 말고 할 것이 없는 것이 아닐까요?

혹 더 좋은 방법이 있으면 접목하고 수정하여 좋은 방향으로 이끌면 될 것을 굳이 홀로 서고 말 것도 없는 것에 집착하여 한번 정한 도호조차도 반납한다 하니 수련은 앞지를 수는 있어도 생각의 차이는 쉽게 바뀌질 않는 모양입니다. 본인의 수련도 중요하지만 하화중생과 중생제도의 길을 같이 가지 않으면 그 수련은 끝이라는 기본적인 생각을 계속 잊지 않았으면 하고 바랄 뿐입니다.

2013년 5월 18일 미국에서
이도원 올림

[회답]

나는 처음부터 삼공선도 보급을 위해서 무슨 단체 같은 것을 만들 생각을 한 일이 없으니 누가 떠난다고 해도 전연 아쉬울 것은 없습니다. 회자정리會者定離라고 했으니 나와는 인연이 다하였거나 더 이상 배울 것이 없어서 떠난 것이라고 생각될 뿐입니다. 그렇다면 잘못은 나에게 있지 그에게 있는 것은 아닙니다. 내가 좀더 큰 스승이 되지 못한 것을 자책할 뿐입니다.

다만 도호道號 같은 것은 쓰지 않으면 그냥 잊혀지고 말 것인데, 굳이 반납까지 할 필요는 없지 않았을까 합니다. 인생이란 돌고 도는 것이어서 금생이 아니면 후생에 다시 만나야 할 일이 있을 것입니다. 회자정리會者定離가 있으면 이자정회離者定會도 있으니까요. 그래야, 후생에 만나도 서로 어색하거나 민망하지 않을 것입니다.

인연은 단 한번으로 끝나는 것이 아니라 전생, 금생, 후생을 통하여 계속 돌고 돈다는 것을 나는 잘 알고 있기 때문에 이런 말을 하는 겁니다.

허리는 좀 어떠신지요?

안녕하세요? 부산에 사는 하연식 인사드립니다. 지난 5월 25일 허리 다치셨다는 전화받고 깜짝 놀랐습니다. 김영준 씨에게 물어보니 욕실에서 넘어지셨다고 하던데 허리는 좀 어떠신지요?

주말에는 기차표 예매가 힘들어서 미리 여쭙습니다. 6월 15일 토요일 삼공재 방문을 하려고 합니다만 괜찮을는지요?

2013년 6월 8일
하연식 올림.

[회답]

지난 5월 19일에 일어난 일이었습니다. 허리가 아니라 골반을 다쳤습니다. 화장실 문턱에 발이 걸려 넘어졌는데 왜 엉뚱하게도 타격도 당하지 않은 골반에 골절상을 입었는지 모르겠습니다. 처음엔 나도 심한 통증으로 당황했었는데 강남세브란스 병원 정형외과에 가서 X-ray, CT, MRI 등 검사를 통하여 진료받고 입원할 필요는 없다고 하여 지금은 집에서 회복 중에 있습니다.

하긴 부상을 당한 순간 세 명의 각기 다른 방식의 갑옷 차림의 장군들의 얼굴이 또렷이 나타났습니다. 내가 과거 전장에서 이들 세 장군의 목숨을 앗았다는 직감이 왔습니다. 결국은 인과응보였 습니다. 나에게는 수련상 이런 절차가 꼭 필요했을 것입니다. 6월 15일 오후 3시에 기다리겠습니다.

동북아 정세 변화

선생님께 골반을 다치셨다는데 어떻게 얼마나 다치셨는지 궁금합니다. 집 사람이 얼마 전에 한국에 갔는데 사정이 어떻게 될지 몰라서 미리 이야기는 드리지 못했습니다. 동북아에 어떤 변화가 일어날 것인지 좀 더 구체적인 사항이 궁금합니다. 저도 이 세상이 언제쯤 눈에 띄게 변화가 시작될 것인지 그 시기도 동북아의 변화에서부터가 아닐까 생각하고 있었습니다.

2013년 6월 13일 미국에서
이도원 올림.

[회답]

5월 19일 도봉산 다녀와서 목욕하고 나오다가 화장실 문지방에 걸려 넘어지면서 골반이 골절되었습니다. 심한 통증 때문에 강남 세브란스 정형외과에 가서 진찰받은 결과입니다. 입원과 수술을 해야 할 정도는 아니어서 집에서 통원 치료받고 있습니다. 조금씩 호전되고 있습니다.

동북아 정세 변화는 중국이 북한을 그전처럼 혈맹으로 보지 않고 미국과 함께 핵을 포기하지 않는 한 제거의 대상으로 보고 있을 뿐 아니라 한국과는 더 가까워지려 한다는 것입니다. 6월 27일에 있을 한중 정상회담이 끝나면 그 화면이 더욱 분명해질 것 같습니다.

황금 궁전보다 좋은 등산

선생님께. 집사람이 선생님께서 몸도 불편하신데 너무 불편을 드리지 않았는지 걱정을 하더군요. 집사람이 수련에 좀 더 신경을 써야하는데 사는 데 바빠서 별로 수련에 신경을 쓰지 못하고 있습니다.

같이 간 집사람의 언니도 우리 집에 있는 선도체험기를 읽어보더니 좋다고 계속해서 미국에 있는 동안 몇 개월 동안 갈 때까지 책을 읽다가 한국으로 돌아갔습니다. 이번에도 선생님 뵙고 싶다고 서울로 같이 간 모양입니다. 선생님께서 빨리 쾌차하셔서 등반도 하고 하셔야 할 텐데 얼마나 답답하시겠습니까?

저는 황금궁전에 사는 것보다 작은집에 살아도 매일 등산을 갈 수 있는 곳이면 더 좋겠습니다. 거기다가 선생님까지 모시고 같이 갈 수 있으면 얼마나 좋겠습니까?

2013년 6월 19일 미국에서
이도원 올림

[회답]

김연자 씨 일행 즉 이희정 씨, 김군자 씨, 이해인 양 등은 17일에 방문했었고 18일에는 이해인 양만 빼고 세 분이서 방문했지만 이희정, 김연자 씨는 구면들이라 지난 얘기들 하면서 흥겨운 시간을 보냈습니다.

그렇지 않아도 이군자 씨는 서울에 올 때마다 삼공재에 꼭 오겠다고 말했습니다. 수련이 잘될 것이라는 인상을 받았습니다. 다친 뼈는 서서히 회복되어 가고 있습니다. 지금 상태라면 늦어도 7월말까지는 제대로 걸을 수 있지 않을까 합니다. 맡았던 숙제 하나를 힘겹게 풀어나가고 있는 느낌입니다. 등산에 대한 지극한 소망이 실현되도록 나도 기원할 것입니다.

빙의령에게 협박을 당했을 때

　스승님 안녕하십니까? 부산에 의암 박동주입니다. 대구에서 오전 중에 볼일을 빌미로 동대구역에서 서울행 KTX에 올랐습니다. 삼공재가 가까이 있으면 더할 나위 없이 좋겠지만 이런저런 빌미를 만들어서 떠나는 재미도 쏠쏠합니다.

　다만 뵈올 때마다 반갑지 않은 손님들까지 대거 대동하고 가니 스승님께 늘 죄송할 따름입니다. 그저께 스승님과 통화로 삼공재 방문을 약속드리기가 무섭게 빙의령들이 득달같이 덮쳐오더군요. 이제 면역이 되나 싶어도 아직 많이 부족한 탓에 한참이 지나 정좌수련에 들자 좀 진정이 되는 듯하였습니다.

　1년 넘게 자리하고 있는 뱀인지 구렁인지 이젠 수련에 들면 그 존재의 형상이 구체적이고 또렷하게 보입니다. 그전에는 뭐라 물어도 답이 없는데 이번에는 메시지같이 저에게 뭐라 말하는 듯합니다. 빙의가 심한 상태여서 그런지 잔뜩 독이 올라 저를 정면으로 쏘아보고 날카로운 이빨을 들러내며 하는 말이 "니 가족들 계속 못 살게 굴 테다" 그런 의미 같았습니다.

　그밖에 여러 빙의령들 노쇠하신 할머니, 김영복 할아버지, 강간범 등등 여러 존재가 감지되면서 이제는 그 형상들이 이전에 보여지는 영상들과 다르게 또렷이 보입니다. 지금 저희 가족은 입주할 아파트의 입주일이 남은 관계로 친정집에 더부살이하며 민폐를 끼치고 있습니다.

친정집에는 친정 부모님과 여동생이 살고 있고 저희 신랑은 직장 관계로 따로 거주하고 있습니다. 앞으로 2달은 족히 더 살아야 이사 갈 수 있습니다.

며칠 전에는 제가 시댁에서 살 때와 비슷한 일이 일어났습니다. 다름이 아니라 시댁에 있을 때 시아버지께서 아무 이유 없이 저한테 화를 내고 역정을 내시며 싸움을 거셨는데 그때 저는 현묘지도 화두 수련중이었고 아버님에 대한 원망과 화로 수련도 되지 않고 당장 나가 살고 싶은 맘이 굴뚝같았습니다.

이번에는 친정아버지가 평소에는 별말씀 없으시다가 갑자기 제가 아이들을 제대로 건사 못한다고 하시며 폭풍같이 화를 내시는 겁니다. 엄청난 손기와 빙의가 같이 밀려들면서 순간 이성이 마비될 정도로 화가 올라왔습니다.

그 짧은 순간, 그것도 트레이닝이 된 탓인지 관을 하게 되었습니다. 친정 아빠께서 빙의가 심하셨던 듯 빙의령들이 저에게 옮겨지며 제 내부에 끓어오르는 화를 관하게 되었습니다. 속으로 천부경 삼일신고 대각경을 외우니 한결 빨리 진정되고 평상심으로 돌아왔습니다. 앞에 선례가 많이 있었던 탓에 이젠 관이라는 것이 지금에야 좀 잡히는 듯합니다. 스승님께는 조금 부끄럽지만요...

이제 곧 뵈올 테지만 빙의령이 저에게 가족들을 못살게 굴겠다고 협박하는데 별로 개의치는 않지만, 이럴 땐 제가 어떤 마음가짐이어야 할까요? 실제로 제가 기운이 많이 쇠진되어 있을 때는 종종 아이들이 다치거나 여러 사건 사고가 발생하기도 합니다. 그것을 크게 두려워하지는 않고 그냥 일상사 중에 있을 법한 일 정도로 생각하고는 있지만요.

조금 있으면 뵙고 또 말씀드리겠습니다.^^

[회답]

빙의령들이 협박을 할 때는 마주 화를 내지 말고 그럴수록 차분하고 침착하게 상대를 주시해야 합니다. 빙의령이나 사람이나 상대가 자기보다 강할 때는 협박을 하거나 화를 잘 냅니다. 사람만 그런 것이 아닙니다. 북한이 한국에 대하여 거칫하면 협박공갈, 말 폭탄을 일삼고 화를 잘 내는 것도 자신이 약하기 때문입니다. 그럴 때는 의연하고 담대하게 상대를 응시만 해도 기가 죽게 되어 있습니다.

빙의령을 이기려면 관을 하세요

선생님 그간 안녕하셨어요? 부산의 박비주안입니다. 자주 찾아뵙고 수련을 해야 하는데 이리저리 여건이 되지 않아 못 찾아뵈었습니다. 저만의 핑계겠지요. 다치셨다는 얘기를 언니를 통해 들었는데 지금은 몸이 괜찮으신지요?

저는 언니네 사정으로 넉 달간 같이 살게 됨으로써 두 집 살림에서 한집으로 합쳐지는 과정에서 식구 수도 늘고 조카들이 넷이나 되다보니 정신없고 생활이 분주해지고 언니로 인해 의지가 많이 되고 있는 반면, 언니와 떨어져 살다가 한집에서 같이 살게 되니까 마음이 안 맞는 부분도 있습니다.

하지만 언니의 자기 삶에 대한 애착, 충실함을 보면서 저도 닮아가려고 노력중입니다. 그리고 조만간에 취업이 될 듯합니다. 제가 2년 전에 따놓은 한식, 양식 조리사 자격증이 있어서 얼마 전에 조리원으로 면접을 봤고요.

6월말에 연락이 오면 8월부터 열심히 일을 할 생각입니다. 요즘은 수영, 조깅, 스트레칭을 하고 있습니다만 수영을 하고 저녁에 집에 들어오면 피곤해져서 저녁을 먹고 일찍 잠자리에 들게 되어 책 읽을 시간조차 없이 체력적으로 많이 약해졌다는 걸 절감하게 되었습니다.

특히 체력적으로나 정신적으로나 힘든 게 저한테 들어오는 빙의령이 상당한 것 같습니다. 언니가 많이 힘들어 하거든요.

"단전호흡 하고 있냐?"는 언니의 말에 잊고 있었다니까, "하루에

257

생각나는 대로 단 10분이라도 수련을 해라"면서 "수련을 게을리하면 수련이 안 된다"는 말에 주변에 민폐 안 끼치고 내 빙의령은 내가 해결할 수 있는 능력이 생길 때까지 정말 열심히 수련해야 되겠다는 생각이 들었다가도 의지가 약해서인지 수련이 안되고 내~ 힘빠지고 멍한 상태로 빙의령에 휘둘릴 때가 많습니다. 부끄럽습니다.

그리고 다한증이 낫는가 했는데 더 심해진 듯합니다. 심장이 많이 약해져서인지 큰소리에 너무 놀라고 심장이 쿵쾅거리고 손, 발에 땀이 심합니다. 3월에 지어간 생식은 다 먹었고 선공은 아직 남아 있고요. 생식을 좀 지어서 택배로 보내 주셨으면 좋겠습니다. 꾸준히 먹겠습니다.^^ 생식비, 택배비 포함 가격과 계좌번호를 알려주시면 감사하겠습니다.

언니가 오늘 삼공재 갔는데 저도 같이 가고 싶었지만 조카들 때문에 저는 못 갔습니다. 죄송합니다. 선생님 7월쯤에 찾아 뵐께요. 그럼 선생님 사모님 더운 날씨에 건강하시고 안녕히 계십시오.

2013년 6월 20일
박비주안 올림

[회답]

취업이 되었다니 무엇보다도 축하드립니다. 나는 다리를 좀 다쳤지만 덕분에 착실히 회복되고 있습니다. 빙의되었을 때 가장 피해야 할 일은 전신을 멍한 상태로 내던져놓은 겁니다. 그건 날 잡

아먹으라는 신호와도 같습니다. 그럴 때는 정신 바짝 차리고 빙의
령을 주시해야 합니다. 그래야 빙의령에게 휘둘리지 않고 휘여잡
을 수 있습니다.

업자와의 다툼

선생님 안녕하세요. ^ ^

사모님께서 선생님의 상태가 좋아지셔서 수련생들을 받고 있으니 수련하러 오셔도 된다는 전화를 받고 기뻤지만 오늘은 수련을 하러 가지 못했습니다. 조만간 시간을 내도록 하겠습니다.

어떻게 다치셨는지는 모르나 삼공재 쪽을 바라보며 쾌유하시길 빌고 또 빌었습니다.

날씨도 더워서 지내시기가 매우 불편했으리라 생각됩니다. 아무쪼록 빨리 완쾌되시어 아침 조깅과 등산도 다니시길 바랍니다.

저의 수련은 침체기고 많은 마음공부를 하고 있습니다. 선생님 몸도 불편하신데 수련 외적인 문제로 메일을 드려서 죄송합니다. 허나 삼공재 수련생들 중에서도 앞으로 저와 같은 일을 당하지 않았으면 하는 마음으로 글을 쓰겠습니다.

지난겨울에 강원도 인제에 땅을 조금 사서 집을 지으려고 준비를 하였습니다. 건축업을 했던 친구가 자기가 지어 주겠다고 하기에 너는 토마토 농사로 바빠서 현장을 지킬 수 없어서 안 된다 했더니 믿을 만한 사람에게 맡겨 놓고 자주 가 볼 테니 걱정 말라고 하데요.

남들이 친구 간에 의리 끊어진다고 다른 사람 주라고 반대를 하길래 친구에게 한번 더 물어 봤습니다.

현장을 맡긴다는 강사장이라는 사람은 누구냐 했더니 니가 누구라 하면 아느냐 하고 감정 섞인 말투로 말을 하데요. 다른 사람에게 공사를 주면 의리가 끊어지겠기에 친구에게 네가 해라 했습니다.

공사비는 다 준비가 된 상태니 내가 실수할 것은 없고 친구가 실수하더라도 대화로 풀고 내가 조금만 양보하면 별 탈 없이 공사를 마무리할 수 있으리라 생각 했습니다.

공사를 시작했는데 느낌이 이상해서 물어 봤더니 친구가 나에게는 상의 한마디 없이 강사장이라는 사람에게 공사를 넘겨주었어요.

어이가 없었지만 친구에게 마무리까지 잘 부탁한다며 준공 서류 넣을 때까지 9,000만 원을 작업 진행에 따라 풀어주라며 송금을 해주었습니다.

강사장이 자재를 사왔는데 자재가 중고품도 안되는 쓰레기를 사다가 시공도 엉망으로 하는 거예요. 친구를 오라고 해서 자재가 정상이 아닌 거까지는 이해를 하겠다, 기둥을 용접을 한 다음에 판넬 작업을 해야지 가접(임시로 살작 용접 한 상태) 2방 용접 상태에서 판넬을 붙인다는 정신 나간 사람들이 어디 있느냐.

이게 눈이나 바람 불면 무너지지, 도대체 기둥을 용접도 안 하는 사람들이 어디 있느냐. 기둥을 발로 차면 축구공보다 멀리 날아가겠다.

내가 공사 현장을 25년간 다녀 봤어도 이런 현장은 본 적이 없다며 난리를 치니까 그때서야 미안하다고 사과를 하데요.

우물을 4월 초에 판다는 게 아직도 못 파고 있기에 전화를 해보라 했더니 계약금만 주면 당장이라도 가서 파준다네요.

친구에게 전화해서 우물 50만 원, 전기업자 100만 원 송금하라 시키고 돈을 얼마나 풀어 주었냐 하니까 5,500만 원이 나갔다기에 지금 공정이 50%도 안 된 상태에서 돈이 너무 많이 나갔다. 앞으로는 자재비와 인건비 등 모든 돈을 내가 직접 송금하겠으니 강사장님은 일만 하세요.

며칠 지나 자재가 들어 온데요. 석고 보드는 KCC 제품 쓰기로 했는데 그 제품이냐고 물으니 대답을 못해요.

제품 내역서를 보여 주기 전에는 나사못 하나 못 들어온다 했더니 나중에 제출(물건이 늦게 들어와 내일 할일이 없다고 난리)했습니다. 제품 내역서는 일주일 전부터 달라고 했는데 이제야 주면서 무슨 소리냐. 문짝 내역서도 내놔라했더니 주물 대문 95만 원이 적혀 있어요, 그래서 강사장님 대문이 250만 원 견적 들어와 놓고서 이거 95만 원짜리 달을 거예요. *아뇨 그거 중문예요. #중문은 25만 원 견적 들어 왔는데 95만 원짜리 달아 줄려고요.

*아! 그거 2층 방화문요. #2층 방화문은 35만 원짜린데 95만 원짜리 달아주세요. 그럼 *그거 잘못된 내역서예요. #ㅜㅜ

용마루도 150mm 이상이 재단을 잘못해서 하늘이 보여요. 일이 잘못된 것은 짜집기를 해서라도 마무리 하겠는데 2,000만 원을 본인한테 직접 달라네요. 자재비와 인건비 모두 내가 직접 주겠다 했더니 자기는 로보트냐고 하기에 자재비와 인건비 직접 풀어준다면 나 같으면 만세 부르고 그런 현장 100개라도 하겠다 했더니 일을 안 하네요.

친구에게 알렸더니 잘라 버리고 다른 팀 넣는다고 난리랍니다. 원망은 없습니다. 모든 일은 인과임을 알기에, 하지만 어떻게 마무리를 해야 하는지 선생님께 조언을 구합니다. 선생님, 불편 하

실 텐데 이런 질문드려서 죄송합니다. 안녕히 계십시오.^^

2013년 6월 22일
김춘배 드림.

[회답]

아무래도 불성실하고 신뢰하기 어려운 업자를 잘못 선택하신 것 같습니다. 그런 업자에게 계속 일을 맡긴다는 것은 손해를 자청하는 격이 아니겠습니까? 어떻게 하는 것이 좋을지는 그 방면에 문외한인 나에게 조언을 구하기보다는 당사자인 김춘배 씨가 잘 관찰하고 심사숙고해서 현명한 판단을 내리시기 바랍니다.

소주천 수련

죄송합니다. 친구와 업자간에 법적인 문제로까지 갈 것 같아서 걱정되는 마음에 선생님의 소중한 시간을 빼앗았습니다. 오늘 업자가 연장과 짐 등 모두를 철수해서 어느 정도는 의견이 조율되었고 내일부터는 다시 작업을 시작하기로 했습니다.

생식에 대해서 질문드리겠습니다. 지난겨울부터 생식을 하면 뼈속까지 시린 느낌이 듭니다. 신지현 님께서도 91권 244쪽에 저와 같은 현상으로 1단계 생식으로 주문하시던데 저도 1단계 생식으로 바꿔도 되는지요.

내일 새벽 4시에 현장으로 출발하면 인터넷이 없으므로 오늘 25만 원을 국민은행 계좌로 이체하겠습니다. 정산은 다녀와서 해도 되겠는지요? 가능하다면 택배는 이번만 강원도 인제군 서화면 서흥리 ○○○번지 김춘배로 보내 주세요.

수련은 단전에 기운을 느끼면 3일을 못 넘기고 빙의령이 항상 들어오는 것 같습니다. 좀 더 관을 해서 극복해야 될 숙제인가 봅니다. 다녀와서 메일 드리도록 하겠습니다. 안녕히 계십시오.^^

2013년 6월 24일
김춘배 올림

[회답]

1단계 표준생식으로 하려면 4통 기준으로 택배비 포함하여 28만 4,500원입니다. 4통을 우선 강원도 주소로 보내겠습니다. 수련은 소주천 대주천 순으로 하는 것이 좋습니다. 소주천이 되려면 임독이 열리고 단전의 기운이 임독을 한 바퀴 돌아야 합니다. 그렇게 되기까지 단전에 꾸준히 축기를 하기바랍니다.

끌려다니지 말고 끌고 다니시오

다리 부상은 어떠신지요? 벌써 한 달여가 지났네요. 그동안 더운 날씨에 힘드시진 않으셨는지요?

대전에 조성용입니다. 저는 그날 이후 힘겨운 나날을 보냈습니다. 마음은 우울해지고 몸은 여기저기 아프고 기운은 빠지고 빙의가 심하게 되었나보다 생각은 하면서도 어쩌지 못하고 질질 끌려다녔습니다.

그러다 어제서야 겨우 기운이 들어오기 시작하더군요. 오늘은 더 많은 기운이 들어오는 걸로 보아 하루나 이틀 정도면 천도될 것 같습니다. 지금 와서 돌이켜보면 선생님을 아뵈려던 그날 매우 강한 영가에 빙의되었나봐요. 그전 같으면 스승님의 도움으로 그날 천도가 되었을 터인데, 혼자의 힘으로 감당을 하려니 이리 긴 시간이 소요되나 봅니다.

전에는 스승님을 찾아뵙는 날 천도가 이루어지다보니 실감을 하지 못했는데, 이번 일을 겪으며 스승님의 도움이 얼마나 큰 것인지 느끼게 됩니다. 감사합니다. 스승님. 속히 쾌차하세요! 전에 발목을 다치신 게 전생에 적의 발뒤꿈치를 집중 공격해서라 하셨는데 이번 부상도 같은 인과의 결과인가요?

선도체험기 105권은 발간됐나요? 다음 주쯤 찾아뵈도 될까요? 조속한 시일 안에 뵙길 희망하며 이만 인사드립니다. 안녕히 계세요.

2013년 6월 29일
조성용 올림.

[회답]

빙의령에게 끌려다니지 말고 조성용 씨 자신이 그 빙의령들의 고삐를 꽉 잡고 끌고 다녀야 합니다. 그러자면 그 빙의령들의 일거일동을 빈틈없이 관찰해야 합니다. 이것이 빙의령을 빨리 천도시키는 지름길입니다.

다친 다리는 조성용 씨가 걱정해주는 덕분에 시간이 갈수록 꾸준히 나아가고 있습니다. 그리고 선도체험기 105권은 6월 21일에 저자의 교정을 마치고 출판사로 보냈으니 곧 나오게 될 것입니다.

기운이 몸에 가득 차는 느낌

삼공 선생님 몸은 좀 많이 나아지셨는지요? 저는 원주에 거주 중인 지안스님입니다 지난달 6월 5일 방문하고 생식 구입하고서 11일부터 쌀밥을 완전히 끊고 생식에 들어갔습니다. 생식이 비위에 치어서 미식미식거려서 고전을 했었고요. 하루 2끼 하던 습이 있어서 두끼 네 숟가락씩 하루 여덟 숟가락을 먹고 있습니다.

운동은 제 체력이 좀 떨어져서 맨손 줄넘기 2,000번을 쉬엄쉬엄 하고 있습니다. 벌써 한달이 다되어가고 허리가 10cm 줄고 몸무게는 4kg 빠져 지금은 몸이 홀가분해진 느낌입니다

지금은 허리 95cm 몸무게 78kg입니다. 무엇보다 기쁜 것이 아침에 일어나면 기가 하나도 안 모여서 식사 후에야 기가 느껴졌었는데 지금은 기상과 동시에도 의념을 집중하면 기가 모입니다. 배가 차가운 게 없어졌고요. 생식 후에는 기운이 몸에 가득 차는 감이 옵니다.

하루 2시간은 수련하고 있고요. 은근하게 항시 의수단전을 하고 있습니다. 조만간에 생식구입 차 또 뵙겠습니다. 늦어도 2주 내에는 들리겠습니다. 그리고 제 지인(50대 후반 여성) 중에 남동생하고 같이 생식하고 싶다는 분이 있으셔서 선생님 대리점으로 안내해서 7월 9일 화요일 오후 3시에 동생분하고 시간이 된다기에 이렇게 겸사겸사 메일을 올립니다.

화요일 오후 3시에 방문해도 괜찮은지요? 답장 부탁드립니다. 선생님 건강이 속히 회복되어서 움직임에 조금도 불편함이 없기를 기원합니다.

2013년 7월 6일 원주에서
지안스님 올림

[회답]

메일 잘 읽었습니다. 운기가 활발해졌다니 다행입니다. 계속 분발하시기 바랍니다. 내 다친 다리는 염려 덕분에 그동안 많이 회복되어 지금은 지팡이 집고 화장실 출입할 정도입니다.

7월 9일 화요일 오후 3시에 기다리겠습니다.

언니와의 갈등과 진동

삼공 선생님께. 선생님 안녕하셨습니까? 평안하신지요? 장마가 시작되어 비가 왔다 안 왔다 심술궂은 날씨입니다. 지금은 비가 그쳤구요. 또 오겠지요. 지난번 생식은 잘 받았습니다.

한 2주간 언니와 잦은 말다툼으로 감정이 쌓이면서 급기야 큰 싸움으로 번지고 그동안 언니, 동생으로서 살아오며 섭섭했던거, 못마땅했던 부분들이 끓어올라 감정적으로 많이 힘들었습니다. 싸움의 원인은 언니가 애들 넷을 건사하면서 아이들이 아직 어리다보니 큰소리치는 일이 많은 겁니다.

언니는 아이들에게 잘해줄 때에는 사랑스런 엄마지만 엄할 때에는 특히 공부 가르칠 때에나 나무랄 때에는 엄청 엄하거든요. 아이들이 말을 안 들을 때에는 거의 애들을 잡는다고 해야 할까요.

물론 언니의 교육방식이겠지만 같이 사는 저로서는 큰소리에 놀라게 되고 예민하게 반응하게 되어 애들에게나 가족들을 고려해서 자제해 줄 것을 당부했지만 언니 나름으로는 힘든 부분이 있기에 저에게는 스트레스로 작용하게 되고 또 제가 무슨 말을 하면 이성적으로 매몰차게 대하는 언니의 태도에 섭섭한 감정만 늘었습니다.

이런 이유로 저는 아이들이 학교나 유치원에서 돌아올 시간이 되면 집을 나와 자연 피하게 되고 집 근처 하천가를 걸으면서 많은 생각을 해 보았습니다. 생각에 잠겨있는데 계속 진동이 왔습니다.

언니한테 그동안 내가 너무 의지하려 하고 많은 것을 바랬는가 보다. 이젠 내 스스로 자립된 삶을 살고 수련도 스스로 해결해야지. 애들 키우기도 바쁜 몸인데 내가 크게 도움 주지도 못하고 있을망정 감정의 노예는 되지 말아야지. 언니와 조카들에게 잘하도록 노력하자. 생각을 하고 언니를 대하려고 하면 이제는 선을 긋고 가족이 아닌 남같이 대하는 언니와 대화도 안될 뿐더러 냉전의 연속이었습니다.

그러다 언니와 식탁에 마주 앉아 잠시 대화를 했는데 뭐가 문제냐는 언니의 말에 저는 감정적으로 쌓인 게 많다보니 감정적으로 대한 부분이 있었는데, 나는 잘 지내보려는 마음인데 언니는 뭐가 문제냐며 물으니, 언니는 나만 보면 화가 난답니다.

물론 빙의령 때문이겠지요. 그전에도 산에 갔다 내려오면서 제가 섭섭했던 마음을 털어 놓으려고 하니 언니도 애들에게도 그렇고 저의 행동에 섭섭함이 많은 듯했습니다. 그러면서 버럭 화를 내면서 저에게 아주 안 좋은 기운이 흐른다는 말을 했거든요.

솔직히 그 말을 듣고 이제 수련을 시작하고 있는 저로서는 미안한 마음이 들기도 하고 남이 아닌 가족임이 분명한데 수련을 했다는 사람이 그런 말을 하다니 전 너무 화가 났습니다. 그렇게 다투고 혼자 산 벤치에 앉아 생각하자니 언니에 대한 미움과 저 자신에 대한 미움이 번갈아 슬픔으로 밀려오더군요.

그래.. 실체가 없는 감정.. 내려놓자! 그러곤 산을 내려왔습니다. 그리고 며칠 뒤 언니가 나갔다가 마음을 정화했는지 저에게 옷을 사주겠다면서 전화를 걸어왔습니다. 처음엔 냉담했지만 이내 풀렸고요..

저희 언니는 꼭 저와 다투고 나면 저에게 뭔가를 해줄려고 합니다. 물질적인 것보다 그 마음이 중요한 거겠지요. 언니와 화해하고 나서 저녁을 먹고 조카들과 함께 집 근처 하천가를 걸어갔습니다. 하천 구역 안에는 어린이도서관이 새로 생겨서 책읽기에도 좋고 시설도 잘되어 있어서 조카들에게 여러모로 유익해서 좋습니다.

저는 근처 벤치에서 일본의 코이케 류노스케라는 스님이 지은 "생각버리기 연습"이라는 책을 읽었습니다.

소유욕이라는 내용이 나오더군요. 가까운 상대일수록 많은걸 바라게 된다는 소유욕에서 벗어나 어느 정도의 거리는 필요할 것 같다는 생각과 집착을 벗어난 무소유에 대해 생각해 보게 되었습니다.

언니가 어떻게 해주기를 바라기 이전에 언니라는 존재에 대해 있는 그대로 놓고 바라볼 줄 알아야겠다는 소중한 진리를 마음에 새겼습니다. 선생님, 진정한 무소유란 뭐라고 생각하십니까?

아침저녁으로 좌선시, 호흡하면서 제 마음에 집중하니 진동을 하면서 사람인, 갈지, 계집 녀, 없을 무, 뫼비우스 띠 모양이 그려졌습니다.

그리고 뭔가에 집중하고 있을 때나 생각을 하고 있을 때에도 앞뒤로 또는 원을 그리며 진동이 계속해서 왔습니다. 수련을 하라는 신호인지요?

혹시 빙의령으로 인해 진동이 올 수도 있는지요? 그럼 선생님 사모님 더운 날씨에 건강하시고 평안하시길 바라겠습니다. 안녕히 계십시오.

2013년 7월 8일
박비주안 올림

[회답]

질문1: 진정한 무소유란 뭐라고 생각하십니까?

회답: 진정한 무소유란 자기 내부에서 수시로 일어나는 욕심을 다스리는 능력입니다. 구도자가 자기 욕심을 다스릴 수 있다면 그의 수련은 이미 끝난 것과 같습니다. 그러니까 이왕 구도자가 되기로 작심하고 이 길에 들어선 이상 욕심을 다스리는 데 전력을 기울여야 할 것입니다.

질문2: 진동은 수련을 하라는 신호인지요?

회답: 진동은 수련을 하라는 신호라기보다는 수련이 이미 진행 중에 있다는 신호입니다.

질문3: 빙의령으로 인해 진동이 올 수도 있는지요?

회답: 빙의령으로 인해 진동이 오는 경우가 없는 것은 아닙니다. 그러나 진동이 일어나는 대부분의 경우는 수련이 지금 한창 진행되고 있다는 신호입니다. 그러니까 진동이 일어나면 수련을 열심히 하라는 채찍으로 생각하고 수련에 가일층 분발해야 할 것입니다.

끝으로 언니가 큰 소리를 치든가 심한 말을 할 때는 반발을 일으키지 말고 조용히 들어주기만 하면 됩니다. 언니가 소리를 치고 심한 막말을 하는 것은 언니가 평소에 쌓여있던 스트레스가 만만한 동생을 만나자 돌파구를 찾았기 때문입니다. 동기 좋다는 것이 무엇입니까? 이럴 때 마음놓고 화풀이할 수 있는 대상이기 때문이 아닐까요? 마주 화내지 말고 그 자리에선 아무 말 없이 다 받아주는 것이 바로 언니를 이기는 길입니다. 지금 당장은 그렇게 할 수 없다고 해도 그렇게 되도록 노력을 기울여야 하는 것이 구도자가 가야 할 길입니다.

무심이 무엇입니까?

스승님 안녕하십니까? 아마 동생이 스승님께 메일을 보냈는데 읽어 보셨는지 모르겠습니다. 몇 주 전부터 동생에게 스승님께 메일을 쓰라고 여러 번 얘기했었습니다. 선도체험기 103권에 나오는 김수연 씨 경우처럼 삼공재에 자주 갈 순 없어도 스승님과 빈번한 메일 교환을 통해 수련에 많은 도움이 되리라 생각하였기 때문입니다.

동생이 너무 고민하길래 일상적인 수련 내용에서부터 자기 자신의 내면의 문제도 하나씩 드러내며 조금씩 변화되기를 갈망했기 때문입니다. 오늘 오후에 밖에 나갔다가 들어오니 동생이 스승님께 메일을 썼다고 저보고 한번 읽어보라고 하더군요. 헐~(죄송) 온통 제 흉으로 가득 차 있네요.(ㅎㅎ).

다시 한번 느낀 것이지만, 제 동생은 제 얘기를 아예 듣지 않는다는 사실입니다. 그나마 내용적인 것을 뒤로 하고라도 스승님께 메일을 보내고 자기 감정을 드러내기 시작한 것을 다행으로 여겨야 하나 생각하고 있습니다.

첫술에 배부를 순 없으니까요. 바로 전에 메일에서 잠깐 말씀드렸지만 저희 식구들이 입주할 아파트가 아직 공사 중이어서 서너달 동안 친정집에 민폐를 끼치고 있는 중입니다.

조용하던 친정집에 아이가 여섯이 그것도 한참 별난 사내아이가 다섯씩이나 되다 보니 전쟁터가 따로 없습니다. 친정엄마는 새벽부터 밤 늦게까지 식당일을 하시고, 아버지는 2교대로 경비 일을 하시다 보니 자주 마주칠 일은 없지만, 가뜩이나 예민하신 친정아버지는 그나마 경비 일을 보시고 쉬시려고 하면 아이들이 설쳐대는 통에 제가 통제를 한다 해도 역부족일 때가 많구요.

그럴 때마다 저의 목소리는 확성기가 저리 가버릴 정도로 굉음을 냅니다. 식구들이 서로 약간은 불편하지만 그래도 친정이고, 동생과 같이 산에도 가고 수련도 같이 하다보면 동생도 건강을 되찾고 여러모로 좋을 것이라 생각했는데...

제 예상은 보기 좋게 빗나갔습니다. 문득 결혼 전에 제가 얼마나 우리 집을 못견뎌했는지 생각이 나더군요... 결혼하고 10여 년이 흐른 지금 저는 저대로 아이 여섯을 낳고 키우고 건사하느라 간간이 들려오는 친정집에 대한 우울한 얘기들은 현실에 바빠 안타까운 감정을 오래 지속할 여력이 안 되었구요.

동생이 신경정신과에 치료를 받으면서는 제가 계속 병원에 데리고 다니면서 동분서주했었습니다. 우리 사정으로 아이 넷을 끌고 10년 만에 다시 엄마, 아빠, 여동생이랑 살게 되었는데 ...

변한 건 아무것도 없었습니다.

아버진 퇴직 후 경비 일을 하시지만, 평생을 이런저런 일을 벌이시구, 빚을 내시고, 빚에 허덕이시고, 늘 괴로워서 죽겠다고 하십니다. 엄마가 새벽부터 밤늦게까지 음식물 냄새로 온몸이 절도록 힘들게 번 돈으로 장만한 집도 아버지의 과용으로 순식간 날아가 버리고 늘 술만 드시면 곧 죽을 것처럼 연기하십니다.

카드빚만 몇 번을 신랑 몰래 막아드렸구요. 그래도 ... 연세가 드셔도 변한건 없구요. 엄마의 고단한 삶도 변한 게 없습니다. 한

때는 그런 아빠랑 이혼하지 못하는 엄마를 원망 많이 했었는데...

그나마 제가 변해서 다행일까요... 저는 정말 제 앞가림 하기도 바쁜데 말입니다. 요 근래, 저는 동생을 다소 냉정하게 대했습니다. 동생은 선도체험기를 읽으면서부터 부쩍 저를 많이 의지해 왔고 수련 의지도 보이며 생식은 저보다 더 잘 챙겨 먹고 운동도 꽤나 열심입니다. 여기까지는 정말 대견합니다.

동생은 신경정신과 약을 끊으면 환청, 환각에 현실감이 떨어지는 비논리적인 생각을 현실인 양 착각하는 이상 징후를 보이기 시작합니다. 수십 차례 약을 끊었다 먹었다 반복했습니다. 약을 거부하는 이유는 신경정신과 약의 특성상 정신이 멍해지고, 살이 찌고, 생리불순 등 여러 부작용 때문입니다.

무엇보다 선도체험기를 읽으면서부터는 거의 모든 정신과 질환이 영적인 병이라는 사실을 알고는 약을 더욱 거부하게 되었습니다. 자기의 증상이 빙의의 증상이지 약을 먹어서 해결될 것이 아니라는 얘기죠.

그건 맞는 말입니다. 그래도 저는 동생에게 약을 먹으라고 했습니다. 여러 부작용이 있는 건 사실이지만 정신 줄 놓고 헛소리하는 것보단 낫으니까요. 신경정신과 약을 먹어도 운동하고 생식 먹고 약을 점차적으로 줄여 나가보면 나중에 끊을 수도 있고요.

어쨌건 동생은 발병 이후부터 끊임없이 약을 먹었다 안 먹었다 반복하며 증상이 나타날 때마다 온 집안을 뒤집어 놓았습니다. 그때마다 제가 어르고 달래서 또다시 약을 먹게 하면 며칠 먹다가 안 먹었습니다.

마침내 저는 마음대로 하라고 손 놓았고, 니 말대로 영병이니 수련을 열심히 해서 선도체험기에 나오는 김수연 씨처럼 이겨내라고 했습니다. 동생도 그러겠다고 했고요. 하지만 제가 보기엔 동생에겐 그닥 수련의 열의나 의지가 있어 보이지 않았습니다.

문제는 저랑 있을 때 가슴막힘, 어지럼, 화가 나는 증상이 점점 심해져서 급기야는 저로 인해 빙의되고 저의 기운이 안 좋아서 동생에게까지 악영향이 간다고 생각을 하는 것이었습니다. 이 문제는 저번에 삼공재 갔을 때 스승님께 따로 물어본 내용이기도 하지만 스승님께서 직접 답변해 주신 내용을 전달해주니 그제야 수긍을 하는 듯했습니다. 그전에 제가 아무리 구체적으로 설명해주어도 수긍 못했습니다.

같이 살다보니 동생의 고질적인 악습관이 보이기 시작했고, 전 계속 그 부분을 지적하게 되고, 시정되지 않으면 잔소리로만 듣고, 감정의 골이 깊어지다 보니 저는 제가 동생의 수련적인 부분에 도움이 안 된다는 결론에 도달했습니다.

정말 제 앞가림하기도 바쁘고요. 제가 정말 수련이 깊어져서 누군가에게 귀감이 되고 가까이 있는 가족들이 인정해주는 수준까지 와 있다면 굳이 고민할 내용도 아니지만, 제 짧은 수련으론 동생을 바르게 이끌기가 참으로 역부족이란 생각이 듭니다.

가족들을 무심으로 대하라는 감응이 오는데 무심이 무엇입니까, 스승님? 정말 무식하게 질문드리네요. 머리로는 알겠는데 가슴으로 적용이 잘 안됩니다.(처음에 메일을 적을 때는 정말 이런 저런 것들을 놓아 버리고 싶은 심정으로 시작했는데 … 지금은 첫술에 배부를 수 있겠는가 하는 생각이 절로 들면서 제가 너무 성급하게 변화를 바랬다는 생각도 듭니다.)

2013년 7월 10일 제주에서
박동주 올림

[회답]

무심이 무엇입니까 하고 물었는데, 무심은 거짓나를 지우고 참나만 남는 상태입니다. 삼공재를 23년 동안 운영해 오는 동안 선도체험기를 읽은 친척이나 친구의 손에 이끌려 정신상태가 불안정한 수많은 사람들이 찾아왔습니다.

결론적으로 말해서 남의 손에 끌려오는 사람은 아무리 나한테 찾아와서 도움을 받으려 해도 헛수고입니다. 그러나 비록 처음에는 남의 손에 끌려온다 해도 나중에는 자기 스스로 수련을 하면서 장애를 극복해 보겠다는 의지와 열의와 실행력이 있으면 누구나 확실한 성과를 올릴 수 있습니다.

선도체험기에 등장하는 조성용 씨와 김수연 씨가 그 실례입니다. 이들 두 사람은 지금도 나와 실명으로 이메일 교환을 할 정도로 상태가 좋아진 분들입니다. 모두冒頭에 무심에 대한 얘기가 나왔지만 이들 두 사람은 자신의 본명이 선도체험기에 그대로 노출이 되어도 조금도 개의치 않을 정도로 자신을 객관화하여 관찰할 수 있는 사람들입니다.

동생되는 분도 좀 더 노력하면 이들 두 사람과 같은 경지에 오를 수 있을 것이라고 봅니다. 지속적으로 진동을 일으키고 있는 것은 그 가능성을 보여주는 아주 고무적인 현상입니다. 동생이 지금 선도체험기를 몇 권까지 읽었습니까? 만약에 106권까지 다 읽었다면 자기 실명이 선도체험기에 등장하는 것을 꺼려할 수준에서는 벗어나 있어야 할 것입니다.

어떤 일이 있어도 동생과 감정적으로 맞서는 일은 없어야 합니다. 속으로 동생을 좋지 않게 생각하고 겉으로만은 친한 척해 보앉자 민감한 동생을 그것을 금방 꿰뚫어보고 있다는 것을 알아야 할 것입니다. 그러자면 동생을 진정으로 무심으로 대할 수 있어야 진정한 사형師兄으로 동생의 존경을 받게 될 것입니다.

수련이 아니더라도

선생님께

몸은 좀 어떠하십니까? 끝없이 작고 신경 쓰이는 일들이 연결이 되다보니, 차분한 시간에 맑은 마음으로 선생님께 편지를 올리려다가 자주 편지를 올리질 못 하는가 봅니다.

그래도 선생님 생각을 안 하는 날은 하루도 없는 것 같습니다. 저는 수련이 아니더라도 개인적인 정만으로도 선생님을 많이 의지하고 좋아하는 모양입니다.

친아버님을 한번도 본적이 없어 그런 마음이 더 든다고 생각할 수도 있겠지만 그런 작은 이유일 리 있겠습니까? 어쨌든 이런 마음은 영원할 것 같습니다.

제가 부모나 선생님으로부터 반듯이 뭔가 받아야하는 대상이라고 생각한다면 그런 순수한 생각은 유리알처럼 깨어져버리겠죠. 아마도 보통 사람들의 모습이 이런 것이겠죠.

2013년 7월 15일 미국에서
이도원 올림

[회답]

메일을 읽고 나니 어쩐지 가슴이 찡하는 울림이 옵니다. 아무래도 이도원 씨와 나는 전생에 부자 인연이었던 것 같습니다. 부디 금생에는 그 좋은 인연을 잘 승화시켜서 구도자로서 훌륭한 사제 師弟의 열매를 맺기 바랄 뿐입니다.

다친 골반은 서서히 회복되어 가고 있습니다. 원래 전치 3개월짜리 부상이라고 합니다. 지금은 지팡이를 짚고 화장실 출입을 할 수 있는데, 지금 상태대로라면 8월 중순에는 지팡이 없이 걷는 데 이상이 없을 것 같습니다.

무릎 통증

안녕하십니까. 선생님. 울산에 사는 최성현입니다. 메일을 살펴보니 마지막으로 선생님께 메일을 드린 뒤 거의 2년이 다되어가더군요. 정말 죄송합니다. 행동 없이 말만 하다가 금방 식어버리는 제 모습에 변명할 말조차 없군요.

기공부는 하루 30분 정도 체험기를 읽거나 와공을 하는 수준이고 몸공부는 헬스장에서 달리기를 40분 정도 하고 있습니다. 그것도 간간히 빠지고 있고요. 전에 한창 생식하면서 65kg까지 빠졌던 몸무게는 다시 늘어서 75kg에 육박하고 있습니다. 살이 쪄서 그런지 아니면 학원강사라 일주일 계속 수업을 해서 그런지 무릎에도 슬슬 이상신호가 오는 것 같습니다.

조끔씩 작은 통증이 있는 정도로요. 그래서 이대로는 안 되겠다는 생각에 생식부터 해서 수련을 다시 시작하려고 합니다. 허락해주신다면 다시 한번 열심히 해보겠습니다.

이왕이면 삼공재를 방문해서 다시 진맥을 받고 생식을 짓는 게 최선이겠지만 일주일 계속 수업이라 시간 내기가 힘들어서 예전에 먹던 대로 하려고 하는데 상관이 없을까요? 체중에 변화가 없는 한 체질은 그대로라고 체험기에서 읽어서요. 전에는 금, 수, 표준2, 선공 이렇게 먹었습니다. 허락해주시고 금액과 계좌번호를 메일로 주신다면 바로 입금하겠습니다. 보내실 때 주소는 제 집주소로 부탁드립니다. 그리고 삼공재 주소도 부탁드립니다. 조금 있으면 학생들 방학이라 어떻게든 시간을 내서 삼공재로 올라가도록 하겠습니다. 죄송하고 감사합니다. 선생님.

2013년 7월 18일
최성현 올림

[회답]

신장 170cm에 체중이 75kg이라면 비만 단계입니다. 따라서 처방도 토, 금, 금, 수, 선공으로 바꾸어야 합니다. 체중이 떨어지면 무릎 통증도 곧 사라지게 될 것입니다. 슬통은 위경에 이상이 생겼기 때문입니다.

이번에는 좀 비장한 각오로 생식에 임하시기 바랍니다. 체중 75kg은 곧바로 80kg, 90kg, 100kg이 될 수도 있는데 이번에 다시 생식을 해보시기로 한 것은 현명한 선택입니다. 비만은 고혈압, 당뇨, 심장병으로 발전할 수 있기 때문입니다.

일단 생식을 하기로 결심을 했으면 보통 사람들이 먹는 주식인 밥, 빵, 떡, 국수, 라면, 냉면 같은 것은 일체 입에 대지 말고 그 대신 반찬은 무엇을 들어도 괜찮습니다.

이렇게 하여 체중이 60kg으로 떨어져도 생식은 그대로 해야 합니다. 5년 내지 10년쯤 그렇게 하다가 보면 생식 체질로 바뀌게 됩니다.

그런 후에도, 어쩌다가 화식을 하면 급격하게 다시 체중이 늘어나게 됩니다. 그때는 건강을 위해 생식을 계속하느냐 맛을 위해 다시 화식으로 바꾸느냐를 신중하게 결정해야 합니다. 맛이냐 무병장수냐 양자택일을 해야 할 것입니다. 수련에도 계속 관심을 가지시기 바랍니다. 선도체험기기 106권까지 나왔으니 큰 서점에서 구입해 보시기 바랍니다.

삼공재 주소는 서울시 강남구 삼성 2동 한솔 아파트 101동 1208호입니다. 택배비 합쳐서 26만 6,500원을 계좌번호 국민은행 431802-91-103970에 입금되는 대로, 이의 없으면 상기 처방대로 생식을 보내드리겠습니다.

[최성현 씨의 회답]

선생님 메일 정말 감사합니다! 꼭 꾸준히 생식을 해서 체중을 60kg으로 만들겠습니다. 그리고 이번 방학 때 꼭 시간을 내서 삼공재를 방문하겠습니다. 다시 한번 세가지 공부에 집중하겠습니다. 감사합니다.

8차 선도수련 체험기

신성욱

2013년 2월 13일 삼공재 수련 217번째

삼공 선생님이 내가 보낸 선도수련 체험기(7차)를 보시고 현재 수련이 정상적이라 하셨다. 수련 후 동남아 4개국을 2달간 다녀오겠다고 말씀드렸다.

2013년 2월 27일

2월 17일 방콕을 시작으로 태국 여행 열흘째, 외국 손님이 서울은 3가지 없는(보고, 놀고, 사고) 도시라고 하나 방콕은 보고 놀거리가 많으나 교통체증과 공해는 심했다. 너무 덥고 햇빛이 강해 오후에는 3시까지 호텔에서 보냈고 용천에 열이 나서 그런지 조금만 걸어도 발에 물집이 생겨 많이 걸을 수 없었다. 어제 수련에는 오른쪽 종아리에 뭐가 뭉쳐 있어 자다가 그곳에 쥐가 나고 오늘 아침에는 용천이 바늘로 찌르는 것 같았다.

2013년 3월 2일

태국 북부 고대도시 Chiang Mai, 시내 관광 중 Muen Ngen Kong 사찰을 지나다가 백회 쪽으로 많은 기운이 들어와 가던 길을 돌려 참배하고 나왔다. 여기는 유명 사찰도 아닌데 왜 그럴까?

나는 조계사에서 이런 기운을 처음 느꼈고 오늘이 두 번째, 이때까지 가장 큰 기운이고 들어오는 시간도 10분이 넘어 왜 그런지 알 수가 없었다. 저녁 수련 시 왼쪽 용천에 벌레가 기어다니는 것 같았고 목구멍 좌측으로 새로운 기운줄이 생기는 것 같았다.

2013년 3월 6일

3월4일 태국 Chiang Khong에서 Mekong강을 건너 라오스 Huay Xai에 입국했다. 이 강의 발원지는 중국 티베트이고 라오스, 캄보디아, 베트남을 거쳐 남중국해로 흐르는 세계 12번째(길이= 4,180km) 긴 강이었다.

Huay Xai 국경초소 인근 호텔에서 1박 후 이틀간 배(슬로 보트)를 타고 (첫날 5:20분, 다음날 8:30분 승선) 라오스 고대도시 Luang Prabang에 도착했다. 이곳은 유네스코가 지정한 세계문화유산에 등재된 도시로 800년간 란쌍 왕국의 수도였고 왕궁, 사원, 고옥들이 잘 보존되어 있었다. 특히 시내 중심 야산(높이=100m)에서 바라본 도시 전경이 무척 아름다웠다. 아침 수련 후 열기 순서는 1번 장심과 용천 2번 유중, 3번은 하단전이었다.

2013년 3월 12일

라오스 수도 Vientiane, 인구 75만 명의 소도시이고 Mekong강 하구에서 1,584km 상류에 위치, 강 동쪽은 Vientiane 서쪽은 태국 Nong Khai, 이곳 메콩강 폭은 서울의 한강과 비슷했다. 시 외곽 부다 파크로 가던 중 시내버스 앞면에 그려진 일장기를 보고 심한 거부감이 생겼다. 알아보니 일본 황태자가 라오스 방문 기념으로 시내버스 30대를 기증한 것이라 했다.

그런대 나는 일장기만 보면 왜 심한 거부감이 생길까? 해방 68년이 지나도록 일본에 대한 적개심이 아직도 머릿속에 지워지지 않으니 죽을 때까지 못 버릴 것 같다. 수련 중 팔, 다리의 내측(삼음교)은 따뜻하고 외측(족삼리)은 싸늘하여 내측으로만 기가 뚫린 것 같다.

2013년 3월 14일

라오스 여행을 끝내고 캄보디아로 가려고 Vientian에서 Siem Reap까지 버스를 탔다. 침대버스라고 하나 실제 운행구간은 Vientian에서 Pakse까지이고 다른 곳은 일반버스를 5번 갈아타며 총 30시간(승차시간=24시간 35분)만에 도착, 작년 남미여행에서 세운 26시간 기록을 넘겼다.

라오스의 개인소득은 1,130$이며 거리에는 자동차와 오토바이가 많고 휴대폰도 많이 가지고 있었다.

2013년 3월 17일

캄보디아 Siem Reap, 이곳은 세계문화유산 Angkor Wat에서 6km 거리에 위치한 관광도시, 이제 동남아 여행 한 달이 지나 안심하고 이곳 물과 얼음을 먹었더니 이틀 동안 설사로 고생했다. 돈은 거의 모두 달러로 결제되어 현지 화폐로 바꾼 나는 5%의 손해를 보면서 공산주의 국가에서조차 자국 화폐를 불신하는 것을 보고 놀라지 않을 수 없었다.

이곳 앙코르 와트를 찾은 관광객 중 동양인과 백인의 비율은 각 50%였고 노인들도 좀 보였으나 다른 관광지에서는 70%가 백인이고 동양인은 30%에 불과하며 70세 이상 노인 중 백인은 여

러 명 만났으나 동양인은 거의 나 혼자였고 일본 노인을 한번 만
났다.

2013년 3월 21일

캄보디아 수도 Phnom Penh에서 출발하는 3박 4일 메콩 델타
투어에 참가했다. 이 코스는 캄보디아에서 베트남으로 가는 도중
주변관광을 하고 호찌민(구 사이공)시로 가는 코스였다. 첫날은
Mekong강을 따라 보트로 베트남 Chou Doc 수상호텔 숙박, 다음
날 수상가옥 방문후 Can Tho 도착, Floating Market(수상시장)을
관광하고 마지막 날 My Tho에서 작은 배(관광객 4명에 원주민 2명
이 노 저음)를 타고 열대우림을 보고 호찌민시에 도착했다. 이 투어
비는(호텔 3박, 조식 3회, 교통비 포함) 75$이고 나는 혼자 독방 3일
15$가 추가되어 총 90$로 이번 여행 중 가장 재미있는 관광코스
를 아주 싸게 구경했다. 참고로 2011년도 1일당 국민소득은 캄보
디아=820$, 베트남=1,270$이다.

2013년 3월 30일

베트남 호찌민역 19:00 출발 열차(침대)로 17시간을 달려 낮
12시 Da Nang에 도착 호텔에 짐을 풀고 해수욕장에 돌아 다녔더
니 몸살이 났다. 지난 17일 Siem Reap에서 이틀, 이번 이틀 총 4
일간 관광을 중지하고 호텔에서 지냈다.

이곳 여행 중 같은 동네에서 이곳은 모내기, 저곳은 추수, 내가
초등학교에서 배운 그대로였고 아쉬운 점은 쓰레기를 태우는 연기
와 도로에 휴지와 비닐이 너무 많았다는 것이다.

2013년 4월 7일

베트남 Hue 에서 기차로 Ha Noi 역에 도착. 가짜 택시(택시 표시 및 미터기 부착)를 만나 미터기 조작으로 정상요금의 10배를 주고 환치기까지 당했다. 즉 내가 준 200,000동짜리 지폐를 바꾸어 10,000동(우리 돈 환산 10,000원을 500원) 받았다고 하니 이런 수법은 서울에도 없는 신기술(?)이었으나 그가 나에게 더 받아간 돈은 25,000원에 불과했다. 수련 중 오른쪽 무릎 위 10cm 지점에 쥐가 나서 2분 동안 4번이나 다리를 펴주었다.

저녁 무렵 침대에 누워 오늘 일어난 일을 화두로 잠시 생각해 보았다. 전생의 업장인가? 내가 우주의 주인? 나는 무엇인가? 나라는 마음을 없애야 무일물이 된다? 그러나 어느 것 하나 가슴에 와 닿는 것은 없었다.

2013년 4월 16일

베트남의 수도 하노이, 시내 중심에 롯데 하노이센터 건물(65층)이 신축 중이고 가는 곳마다 삼성, LG, 현대 자동차를 보며 경제 대국 우리나라 국력을 실감했다.

이번 동남아 여행에서 안타까운 것은 유원지 주변에서 장사하는 어린이였다. 배워야할 나이에 학교에 못가는 그들은 평생 문맹자로 살아가며 가난과 부모를 얼마나 원망할까? 실제 캄보디아 호텔 여종업원의 봉급은 50$이며 대부분 글을 모른다고 했다.

또 사진을 보며 절경이라 생각했던 수상가옥의 생활은 열악했다. 물론 경제적으로 어려워 물위에 살고 있으나 집(방, 마루, 부엌)만 있고 옆은 모두 물이니 잘못하다 빠지면 끝이 아닌가.

우리가 방문한 도시에는 손님을 태우려는 오토바이가 관광객보다 많아 마치 우리나라 50년대와 같이 동네마다 실업자가 넘쳤다.

여행 중 선도수련은 4일간 아픈 다음에는 한 호흡 1분 30초가 40초로 짧아져 회복에는 한 달이 넘게 걸려 제일 큰 문제가 되었지만 하루 2회 수련은 나 자신과의 약속이므로 꼭 지켰다.

2013년 4월 19일 삼공재 수련 218번째

어제 아침 귀국하여 오늘 선생님께 귀국 인사를 했다. 그동안 쌓인 피로로 하단전에 기가 부족하여 수련은 잘되지 않았다.

2013년 5월 3일 삼공재 수련 224번째

삼공재 수련 중 가부좌한 다리가 아파 2분에 한번씩 바꿔야했다. 특히 들숨이 평소 50초이나 오늘은 10초도 어렵다가 수련 1:30분 후 안정되었다. 선생님에게 빙의가 왔는지 여쭈어 보았더니 수련 중 그런 때가 있으니 걱정 말라 하셨다.

2013년 5월 13일 삼공재 수련 227번째

아침 수련 시 용천에 열이 나는 느낌이고 저녁에는 곡골 구미간 원을 그리며 연결되던 따뜻한 줄이 또다시 나타났고 며칠 전부터 시작한 한 호흡 2분이 몸에 정착되었다.

2013년 5월 27일

수련 중 왼쪽 겨드랑이와 허리를 연결하는 기운줄이 폭 10cm로 넓게 퍼지면서 열이 나고 오른쪽은 겨드랑이에서 갈비뼈까지 폭이 5cm로 좁게 열이 났다. 여기서 허리까지 약 10cm는 기운줄이 끊어져 차가웠다.

2013년 6월 2일

석수역에서 호암산을 거쳐 서울대로 내려오는 3시간 반 산행 중 반이 지나자 갑자기 주저앉고 싶어졌다. 집에 도착 후 열이 나고 몸살기가 있으나 체온은 36.9℃ 이상 올라가지 않아 지난주 등산 때와 같은 증상이었다. 나중에 확인 결과 갑상선 호르몬 부족이라고 하니 나와 무슨 인과가 있어 또다시 찾아 왔는지 궁금했다. 아침 수련 중 좌우 갈비뼈와 허리가 아프다가 갑자기 허리 통증으로 변하여 견디기 어려웠다.

2013년 6월 6일

수련 집중도를 높이고 1년 중 4개월을 외국에 다니며 금생에 세운 목표 대주천 달성이 쉽지 않아 오늘부터 수련 시간에 가부좌하고 1시간 20분을, 누워서 40분을 합하여 2시간으로 늘렸다. 하루 2회 수련이니 하루 4시간을 선도에 집중하는 셈이다.

나의 경우 누워서 수련하면 허리와 옆구리가 아프지 않고 용천에서 기가 잘 올라오는 것 같아 당분간 이 시간대로 수련하고 서서히 가부좌 수련 시간을 늘려나갈 예정이다. 저녁 수련 시 하단전의 열기가 장심, 용천과 같아졌다. 그동안 하단전이 차고, 더워지기를 여러 번 반복하다 오늘부터 따뜻해지기 시작했다. 하단전의 냉기는 2011년 11월 20일부터 오늘까지 1년 6개월 동안 계속된 셈이다.

2013년 6월 10일 삼공재 수련 231번째

나의 체온은 평상시 35.6℃로 다른 사람과 악수하면 제일 차가웠다. 그러나 지난주 몸살 기운으로 매일 체온 점검 결과 1주일 동안 계속 36.2℃로 전보다 0.6℃가 따뜻해졌고 금년 1월22일부터 나타나던 구미에서 곡골까지 원을 그리던 따뜻한 열기도 사라져 버렸으니 몸 전체가 따뜻해져 그런지 복부 주변에 기가 통하여 없어졌는지는 알 수 없다.

삼공재 수련 시 내쉬는 호흡이 20초를 넘어가면 장심에서 팔꿈치까지 땀구멍으로 피부호흡을 강하게 하는 것 같고 아침에 누워서 수련 시 용천에서 피부호흡을 하는 것 같았다.

2013년 6월 24일 삼공재 수련 235번째

하단전에 기 뭉치가 한번씩 소용돌이 쳐서 이것을 대맥으로 돌리는 것이 좋은지를 선생님께 여쭤보았더니 아직 축기가 덜 되었으니 그대로 두라 하셨다. 옆에 앉은 선배 도우는 가만히 있어도 저절로 돌지만 그보다 먼저 하단전에 열이 나고 돌과 같이 단단해져야 된다고 했다. 수련 중 왼쪽 손목에 시계를 안쪽으로 차고 있는 것 같았고 수련 후 찬 곳은 가슴과 팔꿈치에서 어깨 사이의 외측뿐이었다.

2013년 7월 2일 삼공재 수련 237번째

한 호흡을 3분으로 연장하여 어제부터 수련하고 체온이 올라간 지 1개월이 지나도록 아무 변동이 없는 것으로 보아 이제 몸에 정착된 것 같다. 아침 수련 시 열기의 순서는 1번 다리 전체, 2번 장심과 하단전, 3번이 유중(가슴)과 팔로 변하여 용천에서 열기가 위로 올라오는 것 같다.

2013년 7월 5일 삼공재 수련 238번째

아침 가부좌하고 수련 중 다리에 기가 뚫리는 느낌이고 1시간 20분 동안 자세를 바꾸지 않고 수련했으며 누워 수련 중 좌우 태충(족궐음간경)혈이 따가워지고 특히 좌측이 심했다. 삼공재에서는 한 호흡을 4분(들숨 2분, 날숨 2분)으로 고정시켜 수련해도 별 어려움이 없었고 좌우 어깨가 따가운 것은 이곳으로 피부호흡을 하는 느낌이 들었다.

2013년 7월 15일 삼공재 수련 241번째

아침 수련 중 장심과 용천이 좀 더 따뜻하고 차가운 곳은 엉덩이와 등(허리)이고 다른 부위의 체온은 모두 같아져서 체온의 부분적인 변화가 또 왔다. 도인체조 중 팔은 힘있게 앞으로 나가는데 주먹은 움켜쥘 힘이 없어 이상했다. 삼공재 수련시 명문으로 피부호흡을 하는 것 같았다.

2013년 7월 20일

이때까지 수련 전에는 하단전과 유중이 용천과 장심보다 차가웠으나 오늘은 처음부터 비슷했고 수련 시 다리에서부터 따뜻해지기 시작하여 50분이 지나면 몸 전체의 열기가 비슷해졌으나 옆구리와 등 아래는 차가웠다. 누워서 수련 시 중단전이 따가웠고 조금 후 좌우 유중(젖꼭지)까지 따가워지다가 곧 이 세 곳이 서로 연결되면서 마비가 되었다.

2013년 8월 4일

아침 침착, 고요하게 수련 시 1시간 20분 동안 한 호흡 8분(들숨 4분, 날숨 4분)으로 수련했고 열기가 용천으로부터 올라오는 시간은 다리까지 10분, 하단전 30분이며 가슴, 옆구리와 팔은 1시간이 걸렸다. 열기의 순서도 위와 같이 다리, 하단전, 가슴의 순서였고 누워서 수련 시 옆구리가 몹시 아팠다. 앉아 있으면 등 뒤 양쪽 견갑골과 종아리가 피부호흡을 하는지 꼭꼭 찌르는 느낌이었다.

2013년 8월 7일 삼공재 수련 248번째
아침 수련 시 한 호흡 12분으로 수련해도 별지장 없으니 지금부터 한 호흡을 10분(들숨 5분, 날숨 5분)으로 정하고 질은 향상시켜야겠다. 삼공재 수련 시 기운이 세차게 들어오다 중간에 한번씩 꽉 막히는 느낌이 들었다.

2013년 8월 10일
수련 중 한 호흡 기록을 보면 나 혼자 수련을 시작한 2005년 3월 1일=10초, 삼공재 수련 시작(2010년 6월 15일)=30초, 2011년 1월 15일=60초, 2011년 11월 20일=1분 30초, 2013년 5월 13일=2분, 7월 5일=4분, 8월 7일=10분으로 늘어났으며 요즈음 어려운 점은 내쉬는 숨에서 10초~50초 사이에서 조금 힘들었다.

삼공 선생님께
이번에는 진전이 많았습니다. 첫째 체온이 35.6℃에서 36.2℃로 올라가 몸 전체가 따뜻해졌고 한 호흡시간도 10분(들숨 5분, 날숨 5분)으로 길어졌으나 혹시 몸에 무리가 되지 않을까 걱정입니다.

이 체험기를 쓰면서도 몸의 열기가 수련 전, 후가 다르고, 아침, 저녁이 다르니 거짓말 같으며 정말 알 수 없는 일입니다. 저의 체험기를 보시고 선생님의 고견을 듣고 싶습니다.

2013 8. 11일 신도림에서 제자
신성욱 올림

[필자의 소감]

그동안 상온常溫이 35.6℃에서 36.2℃로 오른 것은 0.6℃나 몸이 따뜻해진 것을 말합니다. 이것은 그만큼 기운이 강해진 것을 말합니다. 호흡의 길이도 10초에서 10분으로 길어진 것은 장족의 발전입니다.

그러나 호흡의 길이보다도 호흡의 질에 더 관심을 기울이시기 바랍니다. 다시 말해서 비록 짧은 시간에라도 강한 기운을 운기運氣할 수 있어야 한다는 말입니다. 기운이 강해야 소주천, 대주천도 뚫고 나갈 수 있습니다. 어떻게 하면 지금보다 강한 기운을 경맥상에 흘려보낼 수 있을까 항상 연구를 해야 될 것입니다.

호흡의 길이보다는 호흡의 질에 더 집중하시기 바랍니다. 간절한 뜻이 있으면 길은 반드시 열리게 되어 있습니다. 또 지성이면 감천이니까 천지신명들도 반드시 도와주게 되어 있습니다.

삶의 방향이 완전히 바뀌었습니다

선생님 그동안 안녕하십니까? 저는 지난달 6월 17일, 18일 미국에서 온 동생이랑 함께 방문했던 제주도에 사는 김군자라고 합니다. 저는 10여 년 전에 선도체험기를 3권까지 읽고서 기수련을 다녀볼까 하여 찾다가 그만 둔 지 십년이 지나 다시 기회를 갖게 되었습니다.

그동안은 많은 시련과 고통을 겪고 나서 딸과 함께 미국으로 이민을 갔습니다. 그곳 동생네집에 있으면서 선도체험기를 다시 접하게 되어 읽기 시작했고 달리기는 가끔 했지만 체조는 거의 매일 하였습니다. 35권까지 책을 읽는 동안 제 삶의 방향이 완전히 바뀌었습니다.

모든 사물, 생물을 보는 제 눈이 확 바뀌진 느낌이었습니다. 좀 더 일찍 이 책을 봤더라면 제 삶도 달라졌을 텐데 하는 후회도 했습니다. 미국에서 35권까지 읽고 한국에 오게 되어 여기서 아들과 살기로 했습니다.

제 딸은 미국 오하이오 주립대 다니고있구요, 제 언니가 뒷바라지 해주고 있습니다. 한국 생활은 역시나 다들 바쁘게 돌아가고 나 역시 끌려다니다 보니 몸도 마음도 지쳐서 몸이 아프기까지 했습니다.

이러는 중에 미국에서 제 여동생이 왔습니다. 동생이 선생님 댁을 방문하러 간다기에 저 또한 무조건 따라간다고 해서 함께 가게 되었던 것입니다. 마음 준비도 없이 방문한 거 정말 죄송하게 생각했지마는 저 혼자서는 선생님 뵈올 날이 없을 것 같았습니다.

그때 책도 36권부터 40권까지 사왔는데 지금 39권을 읽고 있습니다. 지금은 발이 좀 아파서요. 다 나으면 달리기, 등산(제가 좋아합니다)할 예정입니다. 제 올케가 책을 읽고 싶다고 해서 선도체험기 1권부터 5권까지 구입하고 싶고요, 저도 41권부터 50권까지 구입하고 싶은데요. 어떻게 구입해야 할지 모르겠습니다. 선생님께서 갖고 계신다면 보내주실 수 있는지요?

만약 보내주실 수 있으시다면 선생님 계좌번호랑 가격을 연락해주시면 미리 보내드리겠습니다. 저 글쓰기가 너무 서툴어서 죄송합니다. 선생님 다시 뵈올 날을 생각하면서 열심히 수련할려고 합니다. 그럼 무더운 날씨에(서울은 장마로 물난리라는데) 건강하시길 바랍니다.

2013년 7월 19일 제주에서
김군자 올림

[회답]

선도체험기를 읽고 삶의 방향이 완전히 긍정적으로 바뀌었다니 참으로 다행입니다. 부디 지금 나온 선도체험기 105권까지 읽으시면 더 많은 공부가 될 것입니다.

고구려국본기 후기

다음은 환단고기 중 고루려국 본기의 후반부를 재야사학자 마윤일 씨가 번역, 해설한 것과 발해와 통일신라에 대한 기사다. 고구려 16대 고국원제부터 26대 영양제에 이르는 시기의 이야기가 주류다. 그때 고구려는 동북아시아 초대강국으로서 중원대륙을 어떻게 석권했는가를 잘 보여준다. ―편집자주―

마 윤 일 역주

제16대 고국원제

13년(342년) 7월 제는 평양의 동황성으로 옮겼다. 성은 지금의 서경(서안) 동쪽의 목멱산 속에 있다. 동진에 사신을 보냈다.

15년(344년) 연왕 모용황이 모용각을 시켜 우리의 남소성을 쳤다.

19년(348년) 제는 전 동이호군 송황을 연에 돌려보내니 연왕 모용준은 그를 사면하여 이름을 송활로 고쳐 중위 버슬에 임명하였다.

25년 왕자 구부를 책립하여 왕태자로 삼았다.

39년(368년) 9월에 제는 군사 2만을 이끌고 백제를 정벌하여 치양에서 싸우다 패하였다.

40년 진秦(전진: 357~385)의 왕맹이 연을 쳐부수니 연의 태부 모용평이 우리에게 도망쳐 왔다. 그를 잡아 진에 보냈다.

41년 10월 백제 근초고왕이 군사 3만을 이끌고 평양성을 치니 제는 군사를 내어 막다가 유시에 맞아 이달 23일에 돌아갔다. 고국원에 장사를 치뤘다.

제17대 소수림제 재위 14년

원년 휘는 구부니 고국원제의 아들이다.

2년 6월 전진왕 부견이 사절과 부도(승) 순도를 보내어 불상과 경문을 전하였다.

대학을 세우고 자제를 교육하였다.

3년 율령을 반포하다.

4년 승려 아도가 왔다.

5년 2월 처음으로 초문사를 창설하여 순도를 머물게 하고, 또 이불란사를 개창하여 아도를 두니 이것이 해동 불법의 시초였다.

7월 백제의 수곡성을 침공하였다.

6년 백제의 북경을 침범하였다.

이때 고구려와 백제의 국경선은 대륙의 한수와 양자강이었다.

대륙의 중심 중원땅을 적시며 흘러가는 한수는 무한시에서 양자강으로 합쳐진다.

이 합쳐지는 부근이 홍수가 많이 나는 지역으로 홍주라 불리우는데, 고려시대에는 운주도 단련사를 두었고 백제시대의 혜군이었던 혜성군과 백제의 임존성이었던 대흥군이 여기에 있다.

7년 10월에 눈이 오지 않고 때 아닌 우뢰가 있었으며, 역질이 성하였다.

백제가 군사 3만을 이끌고 평양성을 침범하였다.

11월에 남으로 백제를 치고 사신을 부진(부견의 전진)에게 보내었다.

8년 가뭄이 있어 백성이 굶주려 서로 잡아먹을 지경이었다.

9월에 거란이 북변을 침범하여 8개 부락이 함락되었다.

14년 제가 돌아가니 소수림에 장사하다.

제18대 고국양제

휘는 이련으로 소수림제의 아우이다.

2년 6월 제는 군사 4만 명을 내어 요동을 습격하였다.

후연왕 모용수는 대방왕 모용좌로 하여금 용성(조양)으로 진군하여 수비를 맡겼는데, 모용좌는 우리 군사가 요동을 습격하자 사마학경을 시켜 요동을 구원하게 하였다. 고구려군은 이를 격파하고 드디어 요동과 현도를 함락하고 남녀 1만을 사로잡아 돌아왔다.

11월에 후연왕 모용수의 아우 모용농이 군사를 이끌고 침범하여 요동, 현도 2군을 회복해 갔다.

처음에 유주, 기주의 유민이 고구려에 많이 항복하므로 농은 범양의 방연으로 하여금 요동태수를 삼아 유민을 위무하였다.

3년 정월에 왕자 담덕을 태자로 삼았다.

8월에 군사를 일으켜 남으로 백제를 침범하였다.

7년 9월 백제가 달솔 진가모를 보내어 도압성을 쳐부수고 200명을 사로잡아갔다.

9년 봄에 사신을 신라에 보내어 수호하니 신라왕이 조카 실성을 보내어 볼모를 삼았다.

5월 왕이 돌아가니 고국양에 장사하다.

제19대 광개토경호태황 재위 23년(연호는 영락)

영락永樂 원년(391년) 휘는 담덕으로 나이 18세에 광명전에서 등
극하였다.

2년 7월에 태황제는 남으로 백제를 쳐서 10성을 빼앗았다.

9월에 북으로 거란을 쳐서 남녀 500명을 사로잡고, 또 본국의
함몰민구 1만 명을 불러서 권유하여 이끌고 돌아왔다.

10월에 백제의 관미성을 쳐서 함락시켰다. 그 성은 사면이 초절
하고 바다로 둘려 쌓여 있으므로 제는 일곱길로 나누어 공격하여
20일 만에 함락하였다.

3년 8월에 백제가 남변을 침입하였다.

4년 7월에 백제가 침범해와 제가 친히 정병 5천을 거느리고 맞
서 무너뜨리니 남은 적은 밤중에 달아났다.

8월에 남쪽에 일곱 성을 쌓았다.

5년 8월 패수에서 백제와 싸워 크게 대패시키고 8천 명을 사로
잡았다.

영락 10년(400년) 3가라가 모두 고구려에 속하게 되었다.

정월에 제가 후연에 사신을 보냈다.

후연은 북경 지방의 연, 기 땅을 차지하고 있던 전연이 전진
(357~385)을 세운 부견에게 수도인 업을 빼앗기고 북만주로　겨
갔던 모용수 일당이 부견이 동진을 공격하다 치명적 패배를 당한
후 반란을 일으키고 세운 것으로, 수도는 하북성 중산이다. 후에

302

용성으로 천도했다가 탁발규가 세운 북위에 멸망한다.(387~407)
하루살이 왕조이다.

북위는 409년 건국하여 528년 동위, 서위, 북제, 남제로 쪼개지
기까지 고구려의 제후국으로 연명하는 왕조로 산서성 태원을 본거
지로 고구려 고씨가 왕으로 등극하기도 한다.(북연왕 고운)

2월에 연왕 모용성이 군사 3만 명을 이끌고 침범하였는데 표기
대장군 모용희로 선봉을 삼아 신성, 남소의 두 성을 함락하여 700
여 리를 개척하고 5천 호를 옮겨놓고 돌아갔다.

12년 대제는 군사를 보내어 후연의 숙군성(현 북경부근 용성 동북)
을 치니 후연의 평주자사 모용귀는 성을 버리고 달아났다.

14년 11월 군사를 내어 후연을 공략하였다.

15년 정월 후연왕 모용희가 요동을 공격하였는데, 희가 거만하
게 구는 것을 보고 방비를 엄하게 하자 마침내 이기지 못하고 돌
아갔다.

16년 12월 연왕 희가 거란을 습격하여 형북에 이르렀는데, 거
란의 무리가 많음을 꺼리어 돌아가려 하다가 갑자기 치중병을 버
리고 경병으로 고구려를 습격하였다. 연군은 3천 리를 행군하여
병사와 말이 피로하고 추위에 얼어 죽은 자가 길에 즐비하였고,
우리의 목저성을 치다가 이기지 못하고 돌아갔다.(후연의 멸망)

17년 2월 궁궐을 증수하였다.

18년 3월 북연에 사신을 보내어 종족의 예를 베푸니 북연왕 고
운도 시어사 이발을 보내어 답례하였다.(고운의 조부는 고화로 고양씨
의 후예라 하여 고씨를 자처하였는데 모용보가 태자로 있을 때 운은 무예로
동궁을 시측하였는데 보가운을 아들로 삼아 모용씨를 사성하였다.)

19년 4월 태자 거련을 책립하여 태자를 삼았다.

7월에 나라의 동쪽에 독산성등 여섯 성을 쌓고 평양의 민호를 옮겼다.

8월에 열제는 남순南巡을 하였다.

여기서 남순은 남쪽 지방의 여러 제후들을 둘러보는 것을 의미한다. 이때 백제, 신라, 가락의 여러 나라가 모두 조공을 끊임없이 바쳤고 거란, 평량도 모두 평정 굴복시켰다. 임나, 이왜의 무리들은 신하로서 따르지 않은 자가 없었다.

여기서 평량은 지금도 감숙성 평량으로 지도에 표기되어 있는 곳으로 현재 중국군 서북부 군단 사령부가 있는 곳인데 고려사지리지에 의하면 고구려의 평원군으로 통일신라 때는 문무왕이 이곳에 북원소경을 설치하였고, 고려 태조는 원주로 이름을 고쳤으며, 정원도호부, 익흥도호부 또는 성안부로 되었고 이 주 내에 치악산이 있으며, 평량경 또는 평량이라고 부른다라고 기록되어 있다.

이 주에 속한 군·현에 영월·제주·평창·단산·영춘·주천·황려현 등이 있는데 이중 주천은 지금 서북부 돈황 지방의 현재 지명으로 역시 대륙의 지도에 기록되어 있는데 우주 로켓 발사 기지가 있는 곳이다.

지도의 갈색 부분이 감숙성인데 의주라고 동그라미 친 도시 난주 동남쪽에 평량平涼이란 도시가 보이고, 북서쪽 끝에 돈황이 있는 곳의 지명이 주천酒泉이라고 나와 있다. 또한 이곳 감숙성 난주 위에 정원이라는 지명이 뚜렷하다. 바로 고려사지리지의 정원도호부가 있던 자리임을 입증하여 주고 있다. 또 이곳의 지명에는 회령·정령·중령 등의 지명이 나오는데 이곳이 고려사지리지의 안북대도호부 영주이며 현 대륙의 영하회족자치주가 되어 있는 곳이다.

이곳에는 또한 고랑古浪이라는 도시가 있다. 옛 낙랑이었던 곳이다.

이곳이 원주이고 평량이다.
영락 23년 10월 열제께서 돌아가셨다.

제20대 장수홍제호태열제

연호를 건흥이라고 바꿨다. 건흥 원년 제의 휘는 거련으로 광개
토대제의 원자이니 모습이 괴걸하고 지기가 호매하였다. 제는 장
사 고익을 동진에 보내어 국서를 보내고 자백마를 선물하였다. 인
의로서 나라를 다스려서 강역을 널리 넓혔다.

이에 웅진강 이북이 모두 고구려에 속하게 되어 북연, 실위의
여러 나라들이 족속의 서열에 들어오게 되었다. 또 신라 매금, 백
제 어하라와 남쪽 평양에서 만나 납공과 수비 군사의 수를 정했다.

여기에서 웅진강이란 지금의 양자강을 말한다.

건흥 15년(428년) 평양으로 천도하였다.

고구려가 평양으로 도읍을 옮긴 것은 서기 250년 동천제 때로
위의 유주자사 관구검의 공격으로 환도성이 폐허가 되어 다시 도
읍할 수 없었으므로 평양성을 쌓고 백성과 종묘사직을 옮겼다.

고국원제 4년(343년) 평양성을 증축하였고, 12년 환도성의 수축
이 끝나고 또 국내성을 쌓았다 8월에 환도성으로 옮겼다.

10월에 연왕 황이 정병 4만 명을 이끌고 쳐들어와 미천왕릉을
발굴하고, 궁실을 불지르고 환도성을 헐어버리고 돌아갔다.

고국원왕은 다시 평양의 동황성으로 이거하니 성은 지금 서경의
동쪽 목멱산 속에 있다는 등의 기록이 삼국사기에 나와 있다.

23년 후위가 자주 북연을 공격하니 북연의 국세가 날로 위급하

였다.

북연왕 풍홍은 일이 급해지면 고구려에 의지하여 후일을 도모하리라 하였다.

건흥 24년 4월 후위가 북연의 백랑성을 공격하여 이기니 열제는 장수 갈로, 맹광으로 하여금 군중 수만을 이끌고 화룡(조양)에 이르러 연왕을 맞게 하였다.

5월에 연왕이 용성의 호구를 이끌고 고구려로 옮기면서 궁전에 불을 지르니 10일 동안 꺼지지 않았다.

위왕은 고구려에 연왕을 압송하라 하였으나 고구려는 듣지 않았다.

위주는 고구려를 칠 것을 의논하고, 장차 농우(지금의 감숙성)의 기병을 일으키려다가 후환이 두려워 그만두었다.

26년 3월 처음 북연왕 풍홍이 요동에 왔을 때 그를 위로해 다정히 하였으나 풍홍은 자격지심에 거드름을 떨었다.

열제는 홍의 시인을 빼앗고 태자 왕인을 인질로 삼으니 홍은 원망하여 송나라에 망명을 원하였다.

송태조 유유는 사자 왕백구를 보내어 군사 7천을 이끌고 왔으나 고구려는 연왕 홍을 괘씸히 여겨 북풍에서 그를 죽이고 자손들까지 없앴다.

이때 송과 고구려의 관계를 보면 동진이 멸망하고 이름도 가문도 없던 하급 무사였다는 유유가 송태조가 된다.(420년) 또 이 송나라가 멸망하고 하급 관리 출신인 소도성이 제나라를 건국하고 479년~502년까지 7명의 소씨 황제가 등장한다. 그 다음은 양나라(502년~557년)와 마지막 진나라(557년~589년)였다. 이들 하루살이 왕조들이 다 황제국이라고 할 수 있는지 의심스럽다.

건흥 63년(474년) 9월

열제께서 군사 3만 명을 이끌고 백제를 침입, 백제왕의 소도인 한성을 함락하고 제왕 부여경을 죽이고 남녀 3천 명을 사로잡아 돌아왔다.

이 시기 대륙의 5호16국시대에 대륙의 지배자는 고구려와 백제였다.

제 21대 문자호태열제

명치라고 개원하였다. 열제의 휘는 나운이며 장수홍제호태열제의 손자다.

아버지는 고추대가 조다이니, 조다가 일찍 죽으니 장수제가 그를 길러 대손을 삼았다.

명치 3년 2월 부여왕과 그 처자가 나라를 들어 항복하였다.

위에 장수제 건흥 24년의 기록에 북연의 백랑성이 나오는데 한단고기 가섭원 부여기의 기록에는 가섭원 부여의 마지막 왕 대소가 학반령에서 고구려 장수 괴유에게 살해당하고 왕의 친척 동생이 옛 도읍의 백성을 이끌고 고구려에 투항하니 고구려는 그를 왕으로 봉하여 연나부에 안치하였다. 그의 등에 띠와 같은 무늬가 있어 낙씨성을 하사하였는데 뒤에 차츰 자립하여 개원 서북으로부터 옮겨가 백랑곡에 이르니 바로 연나라 땅에 가까운 곳이었다. 문자열제 명치 갑술(494년)에 이르러 나라를 들어 연나부에 편입하니 낙씨는 마침내 제사조차 끊겼다.

위의 기록을 볼 때 연나라가 있던 지금의 북경 지방이 고구려의 연나부인 것을 알 수 있다.

그리고 북연은 고구려 연나부였던 연나라 땅에 있었던, 즉 지금의 북경 유역에 있던 나라였다.

대륙의 한수가 양쯔강(고려사의 楊津양찐)과 만나고 있다.

이 무한이라는 도시가 무창과 한양이란 두 도시를 역사 왜곡의 차원에서 하나로 합쳐 놓은 것이다. 한수와 양자강이 합쳐지는 무한시의 약도를 보라. 한양대로라는 길 이름이 나와 있다.

그리고 무창첨이라고 역의 이름이 있다.

명치 4년 7월 열제께서 남으로 순수하여 바다를 망제하고 돌아왔다.

명치 11년 제齊·노魯·오吳·월越의 땅은 고구려에 속했다. 이에 이르러 나라의 강토는 더욱더 커졌다. 이제 강남의 양자강 하구 쪽의 동진·송·제·양·진이 있었던 곳이 고구려의 판도가 되었다.

제22대 안장제(재위 13년)

휘는 흥안이요, 문자제의 장남이다. 양 고조 소연이 조공하여 사자 강주성을 보냈는데 해상에서 위병이 사자를 잡아 낙양에 보냈다. 북위도 조공해 왔다.

11년 백제와 오곡성에서 싸워 이기고 적 2천을 죽였다.

제23대 안원제(재위 15년)

휘는 보연이며 안장제의 동생이다. 4년 동위가 조공하였다. 5년 양나라가 조공하였다. 10년 백제가 우산성을 에워싸므로 제는 정기 5천을 보내어 쳐 쫓았다.

제24대 양강상호태열제(재위 15년)

휘는 평성이니 안원제의 장자이다.

3년(545년) 7월에 백암성을 개축하고, 신성을 수즙하였다.

고구려 "태조대왕 융무 3년 요서에 10성을 쌓아 한의 10성에 대비하였다"고 하였고 또, 5년 봄 정월엔 또 백암성과 용도성을 쌓았다고 했는데 이제 500년 만에 백암성을 개축하였다는 기사이다. 이곳 백암성은 지금 황하의 상류 영하회족자치주에 있는 석각산시가 되었다. 이곳에 만리장성이 시작되었다는 갈석산이 있는데 지금은 하란산으로 이름이 바뀌었다.

▲ 암벽화의 보물 하란산 자락에서

▲ 하란산 산중턱에 새겨져 있는 태양신-하란산 암벽화는 고대 인류가 하란산 일대에 약 1만 년 전부터 석각한 6,000여 점의 암벽화로 고대 인류의 생활상이 생생하게 기록되어 있다. 이는 종교, 문화, 원시예술 등 연구에 귀중한 자료를 제공하고 있다.

4년 정월에 동예의 병사 6천을 이끌고 백제 독산성을 쳤으나 신라 장군 주진이 백제를 구원하므로 이기지 못하고 물러났다.

6년 정월에 백제가 침범하여 도살성이 함락되었다.

3월에 백제의 금현성을 공격하니 신라가 그 틈을 타 두 성을 취하였다.

6월에 북제가 조공을 하였다.

북제는 고양이 왕위에 올랐으니 고구려의 속국임을 자처했다.

북위가 멸망하고(386년~534년) 동위(534년~550년) 서위(535년~556년) 북제(550년~577년) 북주(557년~581년) 등으로 고구려의 제후국들의 열병식이 한창이다.

7년 9월 돌궐병이 와서 신성을 에워쌌다가 이기지 못하고 백암성으로 옮겨 공격하므로 열제는 장군 고흘을 시켜 군사 1만을 이끌고 대항하게 하여 적을 이기고 천여 명을 포획하였다.

이때 돌궐은 정령의 부류로 금산 알타이 산맥에 있던 것으로 그 추장 토문 때의 일이다. 이때 토문이 독립하여 이리가한이라고 칭하고 있었다.

신강 위그루의 우랄알타이 산맥에 있던 돌궐이 지금 감숙성에 있던 신성을 공략한 것이다.

지도상의 감숙성이 돌궐이 주천 단산을 지나 평량으로 쳐들어 온 것이다.

이 평량이란 지명 아래에 농서란 지명이 있다. 이곳에 신성이 있었다. 감숙성 실크로드의 길을 따라서 신라군이 내침하여 10성을 공취하였다. 신라 명장 거칠부전에 의하면 죽령 이외 고현 이내의 10성이라고 했다. 이 두 기사에 의하면 신라가 공취한 죽령의 땅은 감숙성을 말하는데 돌궐의 공격 루트와 같다. 신라=돌궐의 공식이 성립되는 것이다.

8년 장안성을 시축하였다.

이 장안성이 평양성인데 지금도 대륙의 지도에 서안 옆에 장안이란 도시가 있다. 저 위의 섬서성 지도를 들여다보라! 서안이라고 표기된 곳 바로 아래에 장안長安이라고 표기 되어 있는 것이 현재의 중국 지도이다.

10년 겨울 백제의 웅천성을 치다가 이기지 못하였다.

백제의 웅천은 공주로 백제 문주왕 때 한성으로부터 이곳으로 수도를 옮기었고 성왕에 이르러 다시 남부여로 수도를 옮겼다. 신라 신문왕이 웅천주로 고쳐 도독을 두었고, 고려 태조 23년 공주로 고치고 성종 2년 처음으로 전국에 12개의 목을 설치할 때 그 중 하나로 14년 12개 주에 절도사를 두면서 본 공주는 안절군이라 하여 하남도에 소속시켰다.

계룡산과 웅진연소(상류는 금강이다)가 있고 회도라고도 부른다.
—고려사 지리지—

제25대 평강상호 태열제(재위 32년)

대덕으로 개원하였다. 제위 휘호는 양성이요 양강상호 태열제의 장자이다. 담력이 있고 말을 타고 활 쏘는 것을 잘하였으니, 곧 주몽의 풍이 있었다. 대덕 18년 병신(577년)제는 대장 온달을 보내 갈석산과 배찰산을 토벌하고 추격하여 유림관에 이르러 북주를 크게 격파하니 유림진 동쪽이 모두 평정되었다. 유림은 지금 산서성의 경계이다.

대덕 19년 사신을 북주에 보냈다.

23년 12월 사신을 수에 보냈다.

27년 12월 진이 조공하였다.

28년에 장안성으로 도읍을 옮겼다.

고구려의 장안성과 유림진이 있는 곳을 지도에서 참조하기 바란다. 대륙의 중심 황하와 양자강 사이에 고구려의 도읍지 장안성이 있다.

유림관이야말로 고구려의 수도 장안을 지키는 북방의 중요한 관문이다.

32년 진이 수나라에게 멸망하였다.

제26대 영양무원호태열제(재위 29년)

홍무라고 개원하였다. 휘는 원(또는 대원)이요, 평강상호태열제의 장자이다. 풍신이 준수하고 제세안민을 자임하였다. 천하가 크게 다스려지고 나라는 부하고 백성은 은성했다. 이보다 앞서 백제는 병력을 파견하여 제나라, 노나라, 오나라, 월나라 등지를 평정한 후 관서를 설치하고 호적을 정리하고, 왕위와 작위를 분봉하여 험난한 요새에 군대를 주둔시키고, 정벌한 곳에 세금을 고르게 부과하여 모든 것을 내지에 준하게 하였다.

그 후 문자호태열제 명치 연간에 백제의 군정이 쇠퇴하고 진흥치 못함에 권익의 집행이 고구려의 관리 하에 놓이게 되었다. 성읍을 구획짓고 문무의 관리를 두었는데 수나라가 또 군대를 일으켜 난리가 났다.

남북이 소요하여 사방이 온통 시끄러워지니 해독은 백성에 미치게 된지라, 열제는 몹시 화를 내어 삼가 하늘의 뜻을 행하여 이들을 토벌하니, 사해에 그 명령을 따르지 않는 자가 없게 되었다. 그런데 수나라왕 양견이 은밀하게 모반의 뜻을 품고 감히 복수의 군대를 내어 몰래 위충 총관을 파견하여 공명을 위해 관가를 부수고 읍락에 불을 지르고 노략질을 하였다. 이에 제는 곧장 장병을 보내 적의 괴수 위충을 사로잡아 죽이니, 산동 지방은 이에 다시 평정되고 해역은 조용해졌다.

이 기사에서 대륙의 고구려와 백제의 영토가 어디였는가가 명백히 들어난다. 즉 수나라는 내몽고와 한반도 북부지방에 있었던 선비족으로 지금의 북경인 요동을 차지하려 하였으며 호시탐탐 산동 지방으로 영향력을 확대하려 하였으나 그 지방 즉 제·노·오·월나라가 있던 지역은 원래 백제가 차지하고 있다가 백제의 군정이 쇠퇴하자 고구려의 영역이 되었고, 수나라와 고구려의 전쟁 중 백제는 한때 수나라의 향도가 되려한 이유가 이 지역이 원래 백제의 영토이었던 까닭이다.

영양무원호태열제 홍무 9년(598년) 이 해에 양견은 또 양량왕 세적 등 30만 명을 파견하여 싸우도록 했으나 겨우 정주를 출발하여 아직 요택에 이르지도 못하였을 때 물난리를 만나서 식량은 떨어져 배고픔은 심하고 전염병마저 크게 돌았다.

주라구는 병력을 모아 등주에서 웅거하여 전함 수백 척을 징집하여 동래로부터 배를 띄워 평양으로 향하게 하였는데 고구려가 이를 알아차리고는 후군으로 이를 방어하도록 내보냈는데, 갑자기 큰바람이 일어나서 전군이 물에 떠다니는 판에 백제가 수나라에 청하여 군의 향도가 되려 하다가 고구려의 타이름을 받아 실행에 옮기지 않았다.

수나라 양광은 본래 선비의 유종족인 바, 중원을 향한 욕심에 상국(고구려)을 업신여기고 자주 대병을 일으켰으나 고구려는 이미 대비가 있어 한번도 패한 적이 없었다.

홍무 25년(614년) 양광은 또다시 동쪽으로 침략해 와서 먼저 장병을 보내 비사성을 여러 겹 포위케 하였다.

여기에서 비사성은 어디인가? 고구려 장안성 남서쪽의 상락군이다. 즉 황하를 거슬러 오다가 낙양성에서는 낙수를 거슬러 오르게 되는데 이 상류를 상락이라고 부른다.

하남이란 지명이 황하의 남쪽 지방이란 뜻이고, 상락上洛이란 지명은 낙수의 상류라는 지명이며, 이 상락이 상주가 되며 원래는 사벌국沙伐國이란 나라가 있었고, 고구려의 비사성이 된다. 후에 신라의 상주尙州가 된다. 지도에 상주라는 지명이 뚜렷하다.

고구려 관병은 싸웠으나 승리하지 못하니 바야흐로 평양성을 습격하려 했다. 제께서는 이를 듣고 완병술을 쓰려했다. 계략을 꾸미며 곡사정을 보냈다. 때마침 조의 가운데 일인이라는 자가 있어 자원하여 따라가기를 청한 끝에 함께 표를 양광에게 바쳤다. 양광이 배에서 표를 손에 들고 읽는데 절반도 채 읽기도 전에 갑자기 소매 속에서 작은 활을 꺼내 쏘아 그의 뇌를 맞혔다.

양광은 놀라 자빠지고 실신했다. 우상 양명은 서둘러 양광을 업게하여 작은 배로 갈아타고 후퇴하여 회원진에 명을 내려 병력을 철수시키도록 하였다.

을지문덕은 고구려국 석다산 사람이다. 일찌기 입산수도하여 꿈에 천신을 보고 크게 깨닫다. 3월 16일이면 마리산으로 달려가 공물하며 경배하고 돌아오고, 10월 3일이면 백두산에 올라가 제천했다. 제천은 곧 신시의 옛 풍속이다.

홍무 23년 수군 130여만 명은 바다와 산으로 나란히 공격해 왔다.

을지문덕은 능히 기이한 계책으로 군대를 이끌고 나아가서 이를 초격하고 추격하여 살수에 이르러 마침내 이를 대파하였다. 수나라 군사는 수륙 양군이 무너져 살아서 요동성까지 돌아간 자가 겨우 2천 7백 인이었다. 양광은 사신을 보내 화해를 구걸했으나 문덕은 듣지 않고 영양제도 또한 엄명하여 이를 추격케 하였다. 문덕은 제장과 더불어 승승장구하여 똑바로 몰아부쳐 한쪽은 현토도로 부터 태원까지 추격하고 한쪽은 낙랑도로부터 유주에 이르렀다. 그 주군에 쳐들어가 이를 다스리고 그 백성들을 불러다가 이를 안무하였다. 여기에 건안, 건창, 백암, 창려의 제진은 안시에 속하고, 창평(북경북쪽 옛 양평), 탁성, 신창, 용도의 제진은 여기에 속하고, 고노, 평곡, 조양, 누성, 사구을은 상곡에 속하고, 화룡, 분주, 환주, 풍성, 압록은 임황에 속했다. 모두 옛처럼 관리를 두고 다스렸다. 이에 이르러 강병 백만으로 강토는 더욱더 커졌다.

양광은 임신(612년)의 오랑캐라고 한다. 출사가 성대하기로는 예전에는 그 예가 없었다. 그런데 조의 20만 인을 가지고 모조리 그 군을 멸망시켰는데 이는 을지문덕 장군 한 사람의 힘이 아니겠는가?

을지공과 같은 분은 곧 만고에 세상의 흐름을 만드는 한 성걸이다. 보장제 개화4년(645년)의 일이다.

고려 중기의 명신 유공권의 소설에서.

<육군六軍은 고구려의 조롱거리가 되고 거의 떨쳐 일어날 기미도 보이질 않았다. 척후병이 영공의 군기는 흑색 깃발로 에워싸였다고 보고하니 세민은 크게 놀랐다. 종내 저 혼자 탈출했다 해도 위험은 이와 같았다.>

라고 하였으니, 신구당서와 사마공의 통감은 부끄러워 이를 감추고 역사에 기록하지 않았으니 나라의 치욕을 감추려는 졸렬한 처사였다.

이세적은 세민에게 말한다.

"건안은 남쪽에 있고 안시는 북에 있습니다. 우리 군대의 양곡은 벌써 요동으로 수송할 길을 잃었습니다. 지금 안시성을 넘어 건안을 습격하는데 만일 고구려가 수송로를 끊으면 군세는 궁하게 될 것입니다. 먼저 안시를 공격함만 같지 않을 것이니 안시가 함락되면 곧 북치고 행군하여 건안을 취할 뿐이옵니다."

안시성의 사람들은 세민의 깃발이 덮여오는 것을 멀리 바라보며 성 위에 올라 북치고 떠들며 침을 뱉으며 세민을 조롱했다. 그의 죄목을 열거하면서 무리에게 떠들어 댔다. <그대 세민은 아비를 폐하고 형을 죽이고 동생의 아내를 음란하게 받아 들였으니, 그 죄가 크도다.>

세민은 몹시 화를 내면서 성을 함락시키는 날에는 성중의 남녀를 가릴 것 없이 모조리 흙구덩이에 생매장하겠다고 했다. 안시성 사람들이 이 말을 듣고 더욱더 굳게 성을 지키니 성을 공격해도 함락되지 않았다.

이때에 장량은 사비성에 있었는데 그를 불러오게 하였으나 채 이르지 못하였고, 이리저리 망설이는 사이 기회를 잃고 말았다. 장량은 막 병력을 이동시켜 오골성을 습격하려 하였으나 도리어 고구려 관병 때문에 패하고 말았다. 이도종도 역시 험악한 곳에 떨어져 떨치지 못하니 당군의 여러 장수들은 의논한 끝에 갈라졌다. 세적만이 홀로 생각하기를, "고구려는 나라를 기울여 안시를 구하려 하니 안시를 버리고 곧 바로 평양을 치는 것만 못하다"고 했다. 장손무기는 생각하기를 "천자의 친정은 제장의 정벌과는 달라 요행을 바라고 행동한다는 건 안될 말이다. 지금 건안 신성의 적의 무리가 수십 만 명이요, 고연수가 이끄는 말갈의 군대도 역시 수십 만 명이다. 국내성의 병력도 오골성을 돌아 낙랑의 여러 길을 차단할 것 같다. 그리된다면 세력은 날로 성해지고 포위당하는 것이 될 것이다. 그러니 우리가 적을 우롱하다가는 후회막급이 될 것이니, 먼저 안시성을 공격하고 다음에 건안을 취하고 그런 후에 천천히 진격하느니만 못하다. 이것이 만전책이다"라고 했다.

이 문제가 채 결론이 나기도 전에 안시 성주 양만춘은 이를 듣고 밤 깊음을 틈타 수백의 정예를 데리고 밧줄을 타고 성을 내려오니 적진은 스스로 서로 밟고 찔러 살상된 자가 수없이 많았다. 세민은 이도종을 시켜 흙산을 안시성의 동남쪽에 쌓게 하였다. 관병은 성의 틈 사이로 출격하여 마침내 토산을 뺏고 참호를 파고 이를 지키니 군세는 더욱더 떨치더라.

당군의 여러 진은 거의 싸울 힘을 잃으니, 부복애는 패전으로 목 잘려 죽고 도종 이하 모두가 맨발로 나와 죄를 청하였다.

막리지는 수백 기를 이끌고 난파(황하의 상류 난주 유역)를 순시하며 상세하게 정세를 듣더니 사람을 보내 총공격하여 사방을 칠 것을 명하였다.

연수등도 말갈병과 합쳐 협공하고 양만춘은 성 위에 올라 싸움을 격려하니, 사기는 더욱 더 떨쳐져서 일당백의 용맹이 없는 자가 없었다. 세민은 이기지 못함을 분하게 여기어 감연히 나서서 싸우려 했다. 양만춘은 이에 한마디 소리지르며 화살을 당겨 반공에 날렸다. 세민은 진에서 나섰다가 왼쪽 눈에 화살을 맞아 말에서 떨어져 버렸다. 세민은 어쩔 줄을 모르고 군사들 틈에 끼어서 도망쳤다. 세적과 도종에게 명하여 보병, 기병 수만을 이끌고 후군이 되도록 하였으나 요택의 진흙길은 군마의 행군을 어렵게 했다. 무기에게 명하여 모든 병사들에게 풀을 베게하여 길에 깔고 메우게 하고, 물이 깊은 곳은 수레로 다리를 만들게 하니, 세민도 몸소 장작을 말고삐에 연결하여 매고 역사를 도왔다.

겨울 10월 포오거에 이르러 말을 쉬게 하고 길이 메워지기를 기다렸다가 모든 군사가 발착수를 건너는데 심한 바람과 눈이 몰아쳐 사졸들을 적시니 죽는 자가 많이 나왔다. 이에 불을 길에 지피고 기다렸다. 때에 막리지 연개소문은 승승장구 이들을 심히 급하게 추격했다. 추정국은 적봉에서 하간현에 이르고 양만춘은 곧바로 신성으로 나아가니, 군세는 크게 떨쳐졌다. 당나라 군사는 갑옷과 병기를 마구 버리면서 도망가, 드디어 역수를 건넜다. 때의 막리지는 연수에게 명하여 용도성을 개축하니 지금의 고려진이다. 또 제군을 나누어서 일군은 요동성을 지키게 하니 지금의 창려이다. 일군은 세민의 뒤를 바짝   게 하고 또 일군은 상곡을 지키게 하니 지금의 대동부이다. 이에 세민은 궁지에 몰려 어찌할 바를 모르고 마침내 사람을 보내 항복을 구걸하게 되니 막리지는 정국, 만춘등의 수만 기를 이끌고 성대하게 의용을 갖추어 진열한 뒤 선도하게 하여 장안에 입성하여 세민과 약속하였으니 산서성, 하북성, 산동성, 강좌(곧 양자강 북쪽)가 모조리 고구려에 속하게 되었다.

이에 고구려는 백제와 더불어 밖에서 경쟁하는 사이가 되어 함께 요서의 땅에 있게 되었으니, 백제가 영유하던 곳은 요서의 진평이라 했다.

강남에는 월주가 있었다. 그 속현은 산음, 산월, 좌월이 있었다. 문자제 명치 11년 11월에 이르러 월주를 공격하여 취하고 서군현을 고쳐 송강, 회계, 오월, 좌월, 산월, 천주라 했다. 12년 신라의 백성을 천주로 옮기고 이로서 알맹이를 삼았다. 이 해에 백제가 조공을 바치지 않음으로 병력을 파견하여 공격하여 요서의 진평 등의 군을 취하고 백제군을 폐했다.

고려진은 북경의 안정문 밖 60리 되는 곳에 있고, 안시성은 개평부의 동쪽 70리 되는 곳에 있다. 지금의 탕지보이다. 고려성은 하간현의 서북 12리에 있다. 모두 태조 무열제때 쌓은 것이다. 《삼한비기》에서 말한다. 옛 책에선 <요서에 창요현이 있다>고 했는데 당나라 때 요주라 개명했다. 남쪽에 갈석산이 있고 그 밑은 곧 백암성이다. 역시 당나라 때의 소위 암주가 그것이다, 건안성은 당산의 경내에 있다. 그 서남을 개평이라 한다. 일명 개평이요, 당나라 때에는 개주라 한 곳이 이것이다.」

《자치통감》에 말하기를 「현도군은 유성과 노룡 사이에 있다」. 《한서》의 「마수산은 유성의 서남쪽에 있다. 당나라 때 토성을 쌓다」라고 했다.

발해와 통일신라

다음은 통일신라와 『대진국 본기』에서 두 제국이 대륙을 양분한 모습을 보자 .

대조영(서기 698년)은 국호를 정하여 대진이라 하고 연호를 천통이라 하고 고구려의 옛 땅을 차지하니, 땅은 6,000리가 개척되었다.

천통 21년(718년) 봄 대안전에서 돌아가시니 묘호를 태조라하고 시호를 성무고황제라 하다.

태자 무예가 즉위하다. 개원하여 인안이라 하고 서쪽으로 거란과 경계를 정하니 오주목의 동쪽 10리에서 황수를 굽어본다. 이해에 개마, 구다, 흑수의 여러 나라가 모두 신하가 될 것을 청하며 공물을 바쳤다. 또 대장 장문휴를 보내 자사 위준을 죽이고, 등주와 동래를 취하여 성읍으로 삼다. 당나라 왕 융기가 노하여 병사를 보냈으나 이기지 못했다. 이듬해 수비장수 연충린이 말갈병과 함께 요서의 대산의 남쪽에서 크게 당나라 군사를 격파하였다. 당나라는 비밀히 신라와 약속하여 동남의 여러 군과 읍을 급습하여 천정군에 이르다. 제는 조서를 내려 보병과 기병 2만을 보내 이를 격파한다. 이때 큰 눈으로 신라와 당의 군사는 동사자가 아주 많았다. 이에 추격하여 하서의 이하에 이르러 국계를 정하니, 지금 강릉의 북이하가 그것이다. 해주 암연현은 동쪽으로 신라와 접했는데 암연은 지금의 옹진이다. 이로부터 신라는 해마다 입공하고 임진강 이북의 제성은 모조리 발해에 속하였다.

다시 이듬해 당나라는 신라와 연합하여 침입하였으나 결국은 아무 공도 없이 물러났다.

여기서 천정군에 대한 고려사 지리지의 기록을 살펴보자. 고려사 지리지에는 천정군에 관한 기록이 두 번 나온다. 첫 번째는 남경유수관 양주의 소속 군, 현에 대한 설명에서 본 주에 소속된 군이 3개, 현이 6개 있으며 관할 하에 도호부가 1개, 지사군이 2개 현령관이 1개가 있다.

교하군交河郡은 원래 고구려의 천정구泉井口현《굴화군 또는 어을매곳이라고도 한다》인데 신라 경덕왕이 교하군으로 고쳤다. 현종 2년 양주의 소속이 되었는바 선성宣城이라고도 부른다. 오도성烏島城(한수과 임진강 하류가 이곳에서 합류된다), 낙하나루落河渡(이 현의 북쪽에 있다) 두 번째의 기록은 동계東界는 고려의 5도 양계의 하나인데 이 동계의 관할하에는 도호부가 1개, 방어군이 9개, 진이 10개, 현이 25개가 있었다가 예종 때 대도호부 1개, 방어군 4개, 진 6개를 추가로 설치하였다. 공민왕 이후에는 부 2개를 설치하였다. 이에 소속된 안변도호부 등주는 원래 고구려의 비렬홀比列忽군(천성淺城군이라고도 한다)인데, 신라 진흥왕 17년에 비렬주로 만들고 군주를 두었다. 경덕왕은 삭정군으로 고쳤고, 고려초에 등주라고 불렀으며 성종 14년에 단련사를 두었다. 삭방朔方이라고도 부른다. 이 주에 소속된 현이 7개가 있으며 관할하에 방어군이 9개, 진이 10개(사使가 3개 장將이 7개있다), 현령관이 8개 있다.

의주宜州는 원래 고구려의 천정泉井군(어을매라고도 한다)인데 신라 문무왕 21년에 이곳을 빼앗아 정천군으로 만들었다. 고려초에 용주라고 불렀고, 성종 14년에 방어사를 두었다가 후에 의주로 고쳤으며, 예종 3년에 성을 쌓는바 동모東牟(성종때 정한 명칭) 또는 의춘宜春, 의성宜城이라고도 부른다. 이 주에 요해처로서 철관鐵關이 있고, 섬으로는 죽도가 있다.

이 의성宜城과 선성宣城이 문자가 비슷하며, 천정泉井군(어을매라고 한다)으로 동일한 곳임을 알 수 있다. 이곳이 어디일까? 대륙의 하남성이다. 이곳 한수 유역에 건설된 도시가 백제의 수도 한성이다, 본래는 고구려의 북한산군인데 백제의 근초고왕이 빼앗아서 서기 370년 남한산으로부터 이곳으로 수도를 옮겼다.

105년이 지난 후 개로왕 20년(474년)에 고구려 자비왕이 군사를 거느리고 한성을 포위하니 개로왕이 성을 벗어나 달아나다가 고구려 군사에게 살해당하였으며 이 해에 개로왕의 아들 문주왕이 수도를 웅진으로 옮겼다.

그 후 신라 진흥왕 15년(554년)에 북한산군이 신라의 영토가 되었고 경덕왕 14년(755년)에 9주 5소경으로 개편할 때 한양군이 되었다. 고려초 다시 양주로 고쳤으며 성종 14년 처음으로 전국을 10개 도로 정하고 12개 주에 절도사를 두면서 양주를 좌신책군으로 불러 해주와 함께 좌, 우 2보로 삼아서 관내도에 소속시켰다. 문종 21년 남경 류수관 양주로 승격되었고, 충렬왕 34년 한양부로 고쳤는데 광릉이라고도 부른다. 삼각산, 한수漢水, 양진이 있다. 이 양주에 소속된 교하군이 천정군이라고 고려사 지리지는 기록하고 있다. 과연 지도상에 낙양을 향하여 흐르는 낙수洛水(낙하도洛河渡)와 의성宜城이라는 지명도 뚜렷이 지도에 기록되어 있다. 무엇보다도 중요하고 분명한 것은 한수漢水가 엄연히 흐르고 있다는 것이다. 다른 이름은 다 고칠 수 있어도 중원 땅을 흐르는 한수漢水만큼은 손댈 수가 없었던 것이다. 이 임진강과 한수가 만나는 교하군 즉 천정군이 대진국 발해와 신라의 국경이었다. 대진국 본기의 기록에 임진강 이북의 모든 성이 모조리 대진국에 속하였다고 기록되어 있다.

그리고 또 하나의 국경이 해주 암연현이다. 한단고기 대진국본기에는《해주 암연현은 동쪽으로 신라와 접했는데 암연은 지금의 옹진이다》라고 기록하고 있다. 또한 요사지리지에는 다음과 같은 기록이 있다.《암연현은 동쪽으로 신라와 경계하고 옛 평양성은 암연현의 서남쪽에 있으며 동북쪽으로 120리 지점에 해주가 있다》라고 기록하고 있다.

해주는 지도에 해성으로 표기된 곳이다. 현재 지명이 서녕西寧으로 고려사 지리지의 해주의 또 다른 이름 대녕서해大寧西海와 일치한다. 또 이곳을 고죽이라고 불렀다. 이곳 청해성이 고려의 서해도이고 서녕이 해주였음을 알 수 있다. 또 한 곳은 대장 장문휴를 보내 자사 위준을 죽이고, 등주와 동래를 취하여 성읍으로 삼다. 여기서 등주와 동래는 지금의 산동성이다. 이때 대륙의 지도에는 당나라가 없다. 왜 그럴까? 사실 당나라는 이때 멸망하고 없다. 당나라의 마지막 현종은 양귀비와 정신없이 세월을 보내다가 안록산의 난에 겨 사천성으로 피난한다. 신라 땅으로 깊숙이 도망와서 망명정부를 세운 것이나 같다. 이때 신라 경덕왕은 강(양진=양자강)을 거슬러 현종에게 위로의 사절을 보낸다, 이때 고마워하는 현종의 구구절절 감사의 글이 삼국사기에 실려있다. 현종 이후의 왕들은 신라의 보호 아래 이름만 이어간다. 서기 917년 고려가 건국할 때까지 일부에서는 후당이라는 명목으로 … 그 때 후촉왕 왕건은 사천성 성도에서 고려를 건국한다.

촉막군 개주에서 …

이상입니다. 다음에는 고려의 수도 개경의 위치를 고찰한 내용을 보내드리겠습니다. 삼복더위에 건강 유의하시며 항상 건승을 기원합니다. - 부산에서 마윤일

[부록]

금언金言과 격언格言들

상하불화, 수안필위上下不和, 雖安必危. ─관자管子─

위 아래가 불화하면 편안한 것 같아도, 반드시 위태로운 일이 벌어진다.

* 《관자管子》는 춘추시대春秋時代 제齊의 재상이던 관중管仲의 저작으로 믿어졌으나 현재로는 전국시대 제齊에 모인 사상가들의 언행을 전국시대부터 전한前漢 때까지 현재의 형태로 편찬한 것이라고 생각된다.

과거를 기억하지 않는 자는 그 과거를 다시 살게 된다. ─스페인계 미국 철학자 조지 사티야나─

* 한국이 과거 중국과 일본에게 당한 침략 행위를 기억하고 적절한 대책을 세우지 않으면 반드시 같은 일을 미래에도 당하게 된다는 뜻이다.

세상에서 가장 아름다운 것은 부모와 주군의 원수를 갚는 것이다.

-일본의 5천원권 초상으로 나오는 니토베 아니조(1862년~1933년)
의 말-

* 과연 부모와 주군의 원수를 갚는 것이 가장 아름다운 일일까?
그것이 과연 일본인의 도덕적 수준이라면 우리는 일본을 다시 보
고 경계해야 할 것이다.

백인예지불가밀百人譽之不可密 백인훼지불가소百人毀之不可疎. -소순(蘇
洵 소동파의 부친)-

백 사람이 칭찬하는 사람도 너무 가까이하지 말고, 백 사람이
비난하는 사람도 너무 멀리하지 말라.

복수불가수, 행운난중심覆水不可收, 行雲難重尋. -이백(李白, 당나라 시인)-

엎질러진 물은 다시 퍼 담을 수 없고, 흘러간 구름은 되찾을 수
없다.

바르게 생각하는 사람은 출가해서도
한 집에 머물기를 좋아하지 않는다.
호수를 등지고 떠나는 백조처럼
그들은 이 집도 저 집도 버린다. -법구경-

남자가 가르침을 받지 못하면 자라서 반드시 우둔하고 미련해
질 것이고, 여자가 가르침을 받지 못하면 자라서 반드시 거칠고

야무지지 못할 것이다. -명심보감-

거안사위, 사즉유비, 유비무환居安思危, 思則有備, 有備無患. -좌전左傳-

생활이 편안하면 위험을 생각하고, 생각하면 준비를 하게 되고, 준비를 갖추면 환란을 면할 수 있다.

입기국자종기속入其國者從其俗 입기가자피기휘入其家者避其諱. -회남자淮南子-

남의 나라에 들어가면 그 나라의 풍속을 따라야 하고, 남의 집에 들어가면 그 집이 싫어하는 것을 피해야 한다.

사내아이가 나이 들어가면 풍악과 주색을 즐기는 버릇을 익히지 못하게 하고, 계집아이가 커가거든 놀러 다니지 못하게 하라. -명심보감-

재산을 모아두지 않고 검소하게
사는 사람의 깨달음의 경지는
텅 비어 있어
아무 흔적도 없으므로
하공을 나는 새의 자취처럼
알아보기 어렵다. -법구경-

노잠작견, 진금부도老蠶作繭, 眞金不鍍.

늙은 누에가 고치를 만들고, 진짜 금은 도금을 할 필요가 없다.

호사토비狐死兎悲.
여우가 죽으니 토끼가 슬퍼한다.

* 자기네를 잡아먹는 여우가 죽으면 토끼는 좋아해야 할 터인데도 슬퍼한다는 것은 한 수 앞을 내가보았기 때문이다. 여우도 토끼도 사람의 사냥감인 것은 마찬가지다. 자신을 괴롭히던 상사가 잘렸다고 좋아만 할 일 만은 아니다. 그 다음엔 자기 차례일수 있으니까.

인지수요재원기人之壽天在元氣, 국지장단재풍속國之長短在風俗. ─소식(蘇軾, 소동파, 북송 시대의 문인, 정치가)

사람의 수명은 원기에 달려있고, 나라의 흥망은 풍속이 좌우한다.

잡념이란 잡념은 모두 끊어버리고
먹고 입는 것에 구애받지 않는 사람의
깨달음의 경지는 텅 비어 있어서
허공을 나는 새의 자취모양
알아보기 어려우니라. ─법구경─

엄한 아버지는 효자를 길러내고, 엄한 어머니는 효녀를 길러낸다. ─명심보감─

(선도체험기 107권에 계속됨. 107권은 이 책이 나간 지 3, 4개
월에 후에 발행될 예정임.)

저자약력

경기도 개풍 출생
1963년 포병 중위로 예편
1966년 경희대학교 영어영문학과 졸업
　　　코리아 헤럴드 및 코리아 타임즈 기자생활 23년
1974년 단편 『산놀이』로 《한국문학》 제1회 신인상 당선
1982년 장편 『훈풍』으로 삼성문예상 당선
1985년 장편 『중립지대』로 MBC 6.25문학상 수상

저서로는 단편집 『살려놓고 봐야죠』(1978년), 대일출판사, 민족미래소설 『다물』 (1985년), 정신세계사, 장편 『소설 환단고기』(1987년), 도서출판 유림, 『인민군』 3 부작(1989년), 도서출판 유림, 『소설 단군』 5권(1996년), 도서출판 유림, 소설선집 『산놀이』 ①(2004년), 『가면 벗기기』 ②(2006년), 『하계수련』 ③(2006년), 지상사, 『선도체험기』 시리즈 등이 있다.

선도체험기 106권

2013년 11월 10일 초판 인쇄
2013년 11월 20일 초판 발행

지은이　김 태 영
펴낸이　한 신 규
펴낸곳　글앤북
주　소　138-210 서울특별시 송파구 문정동 99-10 장지B/D 303호
전　화　Tel. 070-7613-9110　Fax. 02-443-0212
등　록　2013년 4월 12일(제25100-2013-000041호)
E-mail geul2013@naver.com

ISBN　979-11-950284-6-7　03810　정가 15,000원